宇野朴人
illustration ミユキルリア
七つの魔剣が支配する
Side of Fire ─煉獄の記─

「汚い手で触れるな、化け物。……彼は俺の友達だ」
アルヴィン＝ゴッドフレイ
Alvin=Godfrey
「――火炎盛りて《フランマ》！」

「――!?
ダメよアル、逃げなさい!
自分で何とかするから――」
カルロス＝ウィットロウ
Carlos=Whitlow

「今日の目標に関してだが、
拠点の候補地を見繕いたい。
俺たちの活動のアジトだ」

オフィーリア＝サルヴァドーリ
Ophelia=Salvadori
レセディ＝イングウェ
Recedy=Ingwe
ティム＝リントン
Tim=Lynton

「ついさっき見た顔だな。
……俺の後輩に何をしている？」

「ジーノ＝ベルトラーミ。
あなたと同じ二年生です。
よろしければ〈酔師《バーマン》〉とお呼びを」
ジーノ＝ベルトラーミ
Gino=Beltrami

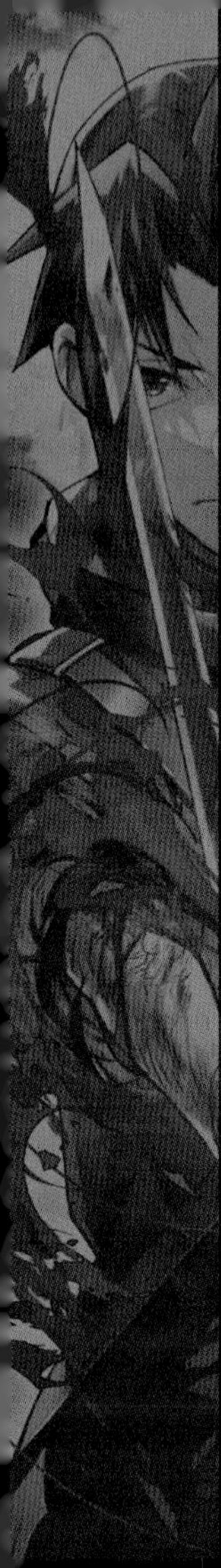

目次

CONTENTS

Seven Swords Dominate
Presented by Bokuto Uno

Cover Design：Afterglow

七つの魔剣が支配する

Side of Fire

-煉獄の記-

宇野朴人
Bokuto Uno

illustration
ミユキルリア

Character **登場人物**

アルヴィン＝ゴッドフレイ

後のキンバリー学生統括。
が、この頃はまだ何者でもない。

レセディ＝イングウェ

鋭い目つきの女性。異大陸にルーツを持ち、独特の蹴り技を得意とする。

カルロス＝ウィットロウ

中性的な風貌の男性。ゴッドフレイがキンバリーで得た初めての友人。

オフィーリア＝サルヴァドーリ

カルロスの幼馴染の少女。異性を蠱惑する惹香《パフューム》を生まれ持ち、それに苦悩する。

ティム＝リントン

剣呑な気配をまとった少年。本人にも解毒不可能な強毒を扱い、周りを恐れさせる。

本編の主人公。器用貧乏な少年。
七人の教師に母を殺され、復讐を誓っている。

オリバー＝ホーン

東方《エイジア》からやって来たサムライ少女。
オリバーを剣の道における宿命の相手と見定めた。

ナナオ＝ヒビヤ

連盟の一国、湖水国《ファーンランド》出身の少女。
亜人種の人権問題に関心を寄せている。

カティ＝アールト

魔法農家出身の少年。
率直で人懐っこい。
魔法植物の扱いを得意とする。

ガイ＝グリーンウッド

非魔法家庭出身の勤勉な少年。
性が反転する特異体質。

ピート＝レストン

名家マクファーレンの長女。
文武に秀で、仲間への面倒見がいい。

ミシェーラ＝マクファーレン

教師

キンバリー学校長。魔法界の頂点に君臨する孤高の魔女。

エスメラルダ

魔法生物学の教師。傍若無人な人柄から生徒に恐れられる。

バネッサ＝オールディス

魔道工学の教師。大怪我前提の理不尽な課題ばかり出す。

エンリコ＝フォルギエーリ

シェラの父親。ナナオをキンバリーへと迎え入れた。

セオドール＝マクファーレン

呪文学の教師。千年を生きる至高の魔女。

フランシス＝ギルクリスト

「剣聖」の二つ名で呼ばれる魔法剣の名手。ダリウスとは学生時代からの友人でライバル。

ルーサー＝ガーランド

錬金術の教師にして魔法剣の達人。傲慢で尊大な性格だが、面倒見の良い一面も。

ダリウス＝グレンヴィル

- デメトリオ＝アリステイディス
- ダスティン＝ヘッジズ

——入学時から卒業までの平均脱落率約二割。内訳は死亡、発狂、蒸発、その他《た》諸々《もろもろ》。

キンバリー魔法学校。その名で呼ばれる現世の地獄が、ひとつ在る。

「——**集えよ風よ**《フォルテイス》　**渦巻き貫け**《インペトゥス》**！**」

杖《つえ》より生じた烈風が空中で収斂《しゅうれん》、一本の槍《やり》と化して目の前の「敵」へ突き進む。使い手たる三年生ミシェーラ＝マクファーレンの潤沢な魔力で編まれた二節呪文。岩盤すらたやすく貫く威力のそれが、立ちはだかる分厚い水の層の半ばで勢いを失って立ち消える。

「……二節の直撃が通らない⁉」

「**斬り断て**《ぐらでぃお》**！**」

反撃に伸びてきた水の触手を、同じく三年のナナオ＝ヒビヤの切断呪文が斬り払う。断たれた先からは輪郭を失ってただの水に還《かえ》るものの、周りの沼地から補充された水ですぐさま新たな触手が生え伸びる。刀を構え直した少女がむぅ、と唸《うな》る。

「——斬っても手応えがござらぬ。これは面妖な」

彼女の声に隣に立つ同学年の少年、オリバー＝ホーンが頷《うなず》く。——巨大な不定形の水の層は精霊を介して操られている外套に過ぎず、目を凝らせば揺らめく水面のその奥に「本体」の姿が見て取れる。滑らかな鱗《うろこ》に覆われた流線型の胴体、鰭《ひれ》として進化した幅広の四足、細長い首の先端にある鋭い牙を備えた捕食者の顔。同じ水竜の中でも特異なその外見で、相手の正体は窺《うかが》い知れる。

「……蛟《ミディーチ》。東方《エイジア》の河川に生息する神獣の眷属《けんぞく》だ。休眠個体が三層に生存しているという噂《うわさ》はあったが……」

語りながらオリバーが視線を上げる。本体を覆う水の鎧《よろい》の最上部。腰から下をそこへ埋める形で、ひとりの男子生徒が躁《そう》じみた笑い声を上げていた。

「──ひっ、ひひっ！　けひひひひ……！　すごいよお前、予想以上だよ！　もっと暴れろ、その力で河伯の威を知らしめろ！　僕がお前を三層の主《ヌシ》に返り咲かせてやるよぉ……！」

万能感に陶酔しきった声。それを聞いて相手の現状を悟り、オリバーが眉根を寄せる。

「……使役したつもりで、逆に自我を取り込まれかけている。あれはもう魔に呑《の》まれる手前だ」

「驕《おご》りましたわねMr《ミスター》.ザイツ。三年生が手を出すには早すぎる相手と分かるでしょうに」

ふたりと並んで厳しい顔で杖剣《じょうけん》を構えるミシェーラ。一方、彼らに守られる形で背後にいた三人の後輩たちも果敢に前へ出ようとする。先立つ戦闘で全員が負傷していたが、気にしてはいられない。蛟《ミディーチ》がまとった水の層の中に、先ほど取り込まれた友人の姿があるからだ。

「……ディーン……」「……助けないと……！」

「焦《あせ》んな、こいつは結構な修羅場だ。……下手に動くと死ぬぜ。テレサ、おまえもだ」

割って入った長身の三年生ガイ＝グリーンウッドが後輩たちを諫《いさ》め、単独で先行しようとしていた二年のテレサ＝カルステにも釘《くぎ》を刺す。と、ふいに沼地から寄せてきた水が足首を浸し、小柄な三年生ピート＝レストンが目を細める。

「……波が……」

「気を付けて！　見える形だけが脅威じゃない！　ここ一帯の水があの子そのものだよ！」

魔法生物の知識に長《た》けた三年生カティ＝アールトが警告を飛ばし、それに応じて全員が魔法による水上歩行を開始する。同時に蛟《ミディーチ》が操った大水が三十フィートを越える津波と化して彼らに襲い掛かった。回避はもはや間に合わない。後輩を庇《かば》った三年生六人が並んで杖《つえ》を構え、

「――**吹けよ烈風《インペトゥス》！**」

頭越しに背後より押し寄せた烈風が大水を真っ向から迎え撃つ。彼らを襲うはずだった津波が風圧に力負けして逆流し、蛟《ミディーチ》の水の層へと被《かぶ》さって盛大な飛沫《しぶき》を上げた。思わぬ助けにオリバーたちが一斉に振り向き、その先に杖剣《じょうけん》を構えたひとりの男の姿を見て取る。

「またずいぶんな大物を相手にしているな、君たちは。それもいつものことだが」

「ゴッドフレイ統括……！」

切れ上がった眉の下の力強い眼差《まなざ》し。彼らが最も信を置く上級生がそこにいた。すぐさまオリバーたちの前に進み出て蛟《ミディーチ》と睨《にら》み合《あ》い、彼はがっしりとしたその背中で後輩へ問う。

「Mr《ミスター》.ザイツが呑《の》まれかけているのは分かる。が、こんな魔獣が三層にいたか?」

「休眠から目覚めた蛟《ミディーチ》の生き残りと見られます! このところ目撃例が続いていて……!」

「蛟《ミディーチ》……なるほど、リヴァーモアが使役している屍《しかばね》のつがいか。体内にMr《ミスター》.トラヴァースが囚《とら》われているようだが、彼の状態については?」

「まだ無事のはずです。保有する魔力の多い獲物はすぐ食べないで、体内で生かして飴玉《あめだま》みたいに舐《ねぶ》るんです。そのほうが最終的に得られる栄養が多いから……」

オリバーとカティの説明から状況の把握を済ませ、男はこくりと頷《うなず》く。——後輩が囚《とら》われているのは厄介だが、人質にされる懸念《けねん》はおそらくない。魔獣の蛟《ミディーチ》はもとより、そんな策を弄する思考など、魔に呑《の》まれかけたエーリヒ＝ザイツの頭に残ってはいないだろう。

「把握した。……諸君は友人を助け出せ」

方針を決めた男がオリバーたちへ指示を出す。彼らもまたキンバリー生、立ち回りについては細々と指示を出すまでもない。故に為《な》すべきはたったひとつ。彼らが友人を救い出すまで、自分のほうで相手の注意を引き続けること。

「すでに喧嘩《けんか》は売った。彼らの相手は、俺がする」

一歩踏み出してそう告げる。蛟《ミディーチ》の意識もまた、目の前に現れた男を最大の脅威を見なしている。それを真っ先に叩《たた》き潰すべく、水の層の一部分が砲弾と化して高速で放たれた。

「ハアッ!」

正確に自分を狙ったそれを、ゴッドフレイが即座に右足の蹴りで受け止める。射出時の勢いに勝る力を受けた水球が打ち返され、まったく同じ軌道で蛟《ミディーチ》の水の鎧《よろい》へと激突した。およそ現実離れした対処にピートがあんぐりと口を開ける。

「み――水を蹴り返した？」

「踏み立つ湖面《レイクウォーク》の応用です！　相変わらず信じられない脚力ですわね……！」

「**我が手に引かれよ**《ドゥーケレ》**！**」

続けて男が放った呪文が水の鎧《よろい》へ直撃し、その一部分を力ずくで引き剝がす。あえて大威力の魔法を避けて防御を削るに留《とど》めたその行動の意味を、オリバーたちの側でも即座に理解する。

「統括が削った分だけ水の守りが薄くなる！　ディーンを助けるチャンスだ！」

動き出したオリバーたちが蛟《ミディーチ》の両側面に回り込み、それぞれの場所から同じ方向を見据えて杖《つえ》を構える。即《すなわ》ち、水の層の中に囚《とら》われた後輩を。

「「「「**浮き上がれ**《スーペルナーテ》**！**」」」」

呪文を束ねて水中の後輩へと放つ。蛟《ミディーチ》の側の干渉力によって威力は減衰するが、六人もそれを織り込んで浮力の方向を一致させている。差し引きで勝った分の力で後輩の体が浮き上がり、ほどなくその位置が水の鎧《よろい》の表面近くへと達する。

「体が表層に浮きましたわ！」「今だ！　斬れ、ナナオ！」

「**斬り断て**《ぐらでぃお》**！**」

即応したナナオが切断呪文で水を断ち、後輩を含んだ一部分が蛟《ミディーチ》の支配から解き放たれて地面へと落下する。その体を受け止めたガイへと他の後輩たちが駆け付ける。

「ディーンくん！」「しっかりして、ディーン……！」

「早く背負って逃げろ！　テレサ、そっち頼むぞ！」

「承知しました」

ガイに委ねられた友人を両脇から抱えて走り出したふたりと共に、その殿《しんがり》を守ってテレサが走り出す。後輩たちの離脱を見届けたゴッドフレイが微笑《ほほえ》み、そのままザイツを見上げる。

「気兼ねが消えたな。――力比べといくか、Mr《ミスター》.ザイツ」

「ヒハハァ！　舐《な》めるなよ、〈煉獄《れんごく》〉――！」

挑発を受けたザイツと意思が一致し、蛟《ミディーチ》がありったけの力で周囲の水を吸い上げる。見る間に数倍まで膨れ上がった水の鎧《よろい》、そこから放たれるであろう破滅的な一撃を予想してオリバーたちが援護に動きかける。が、ゴッドフレイは敵の正面に立ったまま悠然と杖剣《じょうけん》を構え、

「**炎よ集え《カルディ》　熔かし貫け《イグニス》！**」

鋼をも穿《うが》つ高圧で射出された水流へ向けて、真っ向から自らの呪文をぶつけた。紅蓮《ぐれん》と衝突した激流が水蒸気と化して爆発する。その巻き添えを避けて後退したオリバーたちの前で、男はなおも自らの杖剣《じょうけん》に魔力を注《そそ》ぎ込み、

「オォォォォォォォッ！」

拮抗《きっこう》を超えて、炎が水を押し返し始める。真っ白な湯気が立ち込める中の余りにも馬鹿げた光景に後輩たちが思考を忘れる。激流の根元を突き抜けた紅蓮《ぐれん》が水の鎧《よろい》を一瞬で貫き、その熱に晒《さら》された蛟《ミディーチ》の本体が焼ける間もなく蒸発した。同時にはじけ飛んでばしゃばしゃと地面を叩《たた》く魔獣の名残。その中を落ちてきたザイツの体を男ががっしりと両腕で受け止め、

「待たせたな、諸君。——これにて一件落着だ」

事も無げに言ってのける。後輩たちが杖《つえ》を下ろし、呆然《ぼうぜん》とその決着を見届ける。


魔境キンバリー。この地獄に、〈煉獄《れんごく》〉と称されるひとりの男がいる。

学生統括アルヴィン＝ゴッドフレイ。桁外れの魔法出力と折れぬ心を武器に、志を同じくする仲間を生徒会として束ね、以《もっ》てあらゆる理不尽と渡り合う魔法使い。校内を跋扈《ばっこ》する魔人たちは等しく彼を畏《おそ》れる。各々《おのおの》の魔道を極めて半ば人の域より外れた者たちですら、この男には一目置かずにはいられない。

では、彼は最初からそうであったか。——否である。断じて、否である。

彼もまた、かつては一介の生徒に過ぎなかった。周りに非才を蔑まれ、己の無力を噛《か》みしめ、暗闇の中で数え切れぬ辛酸を嘗《な》めた時期があった。そうした苦労は他の生徒よりもむしろ多い。力を持たぬ頃から、他者を守らんとする心根だけは今と変わらなかったのだから。

その日々を詳《つまび》らかに記したノートが生徒会にはある。閲覧を望めば誰もが手に取れる形で。

いつから誰が呼び始めたか定《さだ》かではない。が、生徒たちは口を揃《そろ》えて、それをこう呼ぶ。

——煉獄《れんごく》の記、と。

プロローグ

Side of Fire
Seven Swords Dominate

まるで金庫の中にいるようだ。この部屋に入る度、少年はいつもそう思う。

長い階段を降り切った先の地下の一室。静謐《せいひつ》というよりも重圧に近い空気で満たされ、床、壁、天井の全てに夥《おびただ》しい修練の痕跡が刻まれた歴史ある大部屋。その中で厳格な父の前に立つことは、彼という少年を常に極限の緊張へと追い込んだ。

「……フゥ……」

アルヴィン＝ゴッドフレイ十五歳。身長は同年代よりやや高く、切れ上がった眉の下の瞳は凜《りん》と輝き、実直さと愚直さを同時に窺《うかが》わせる。魔法使いらしい風格や威厳はまだ見て取れず、自然な形で引き締まった体とも相まって、田舎の壮健な少年といった風貌である。

「——**火炎盛りて**《フランマ》**！**」

呪文の詠唱と共に杖《つえ》先から放つ炎。勢いの安定しないそれが左右へと流れ、萎《しほ》んではまた膨れてを繰り返す。

「……ッ……！」

火勢を安定させようと必死にもがくほど、少年の顔から血の気が引いていく。その時点で評価は済んだ。今までと何ら変わらぬ結果を見て取った父が、ため息と共に視線を落とす。

「……もういい。やめろ、アルヴィン」

冷たい声が息子の努力を打ち切る。杖《つえ》を下ろして息を荒げる少年の前で、父は失望も露《あら》わにため息を吐く。

「出来が悪いのは分かっていたが。まさか、十五歳でこの体たらくとはな……」

「……申し訳ありません、父上」

不甲斐《ふがい》なさを滲《にじ》ませて少年が詫《わ》びる。父が歩み寄り、その頰を容赦なく平手で張った。

「……ッ……」

「軽々しく謝るな。自分でも分かるだろう、すでにそんなものが意味を持つ段階にはないと。現状がどうあれ、お前は来年度からいずれかの魔法学校に入学せねばならん。しかし――このザマで、一体どこの試験に通ったものか」

嘆くようにそう言って身をひるがえし、父は息子に背中を向けたまま口を開く。

「連合《ユニオン》内の受験対象校は、当然リストにまとめてあるな？」

「……はい」

「なら、日程が重ならない限りは片っ端から全て受けろ。名門にはどうせ門前払いを食《く》らうにせよ、そこは運良く通れば儲《もう》けものだ。……不幸中の幸いに過ぎんが、お前は頭のほうはそれほど悪くない。筆記で点数を稼ぐことで滑り込める学校もあるかもしれん」

わずかな期待を残した父の指示。他の返事などあろうはずもなく、ゴッドフレイが直立不動のまま頷《うなず》く。

「承知しました。――では、行って参ります」

「朗報を願うぞ。これ以上私にため息を吐かせるな」

そう告げた父に一礼し、隣を横切って少年が部屋を出る。一瞬だけ覗《のぞ》き見た相手の顔には、もはや失望さえ通り越した平坦《へいたん》な無表情が浮かぶのみだった。

彼が住む屋敷《やしき》からそう遠くない距離に、畑と交じって素朴な木造家屋が並ぶ、普通人たちの町がある。

人口規模は辺境にしてはそれなりだが、現代における運送の要である循環水路は未《ま》だ通っておらず、それはゴッドフレイ家からも魔法行政に対して繰り返し要請している点だった。残念ながら反応は芳《かんば》しくない。家の歴史が三百年余りというのは短くないにせよ些《いささ》か半端《はんぱ》で、海千山千の旧家と比べて政治力に欠ける面は否《いな》めないのだ。

が、ゴッドフレイ自身は今の町並みも好んでいる。水路は通らないまでも綺麗《きれい》な川は流れているし、そこで獲《と》れる鱒《トラウト》や鯉《カープ》は軒並み美味だ。地元の漁師たちの手伝いで小舟に乗ることも多く、そうすると澄んだ水の中には水妖精《リバーフェアリー》が群れをなして泳ぐ姿も見られる。この光景も開拓に伴っていずれ失われるのかと思うと、彼のほうでは物寂しさも湧く。

「──あっ、アル！」「旅の格好だ！　どっか行くの⁉」

荷物をまとめたゴッドフレイが家を出て町へ入り、じゅうたん乗り場の待合所で時間を待っていると、その姿に気付いた近所の子供たちが一斉に走り寄ってきた。小さな友人たちに笑顔で向き直り、精いっぱいの明るさで彼は頷《うなず》く。

「魔法学校の受験巡りにな。数を回るからそれなりの長旅になる。ひと月ほどお別れだ」

「えー、長いよー！」「早く帰って来いよ！　頭数減ったら球蹴りつまんないじゃん！」「アルは体でかいからキーパー強いもんな！」「おみやげ！　おみやげ買って来てね⁉」

口々に不満やら要望やらを口にする子供たち。その気ままさにゴッドフレイが苦笑していると、そんな彼のもとへエプロン姿の中年女性が小走りでやってくる。

「──間に合った。アル、今から出発なのね？」

「おばさん？」

「お弁当よ、持っていきなさい。大きい包みのパイは日持ちしないから早めに食べてね。着替えの用意は大丈夫？　道中はじゅうたんから落ちないように気を付けるのよ。それに乗り換えの時も行き先を必ず確認して……」

実の両親以上に彼を気遣って喋《しゃべ》り続ける女性。さすがに気恥ずかしくなり、ゴッドフレイが両手を翳《かざ》してそれを遮る。

「ありがとう。でも大丈夫だよ、おばさん。旅の日程やルートはきっちり計画してあるし、途中でトラブルがあった場合の対処もそこに含めてある。試験自体はともかく、旅の道程に不安はないさ」

「そう、ならいいんだけど……。ちょっと不安なのよね。あなたは良い子だけど、昔からあまり魔法使いって感じがしないから……」

痛いところを突かれたゴッドフレイがう、と言葉に詰まる。——実際、いっぱしの魔法使いなら移動にいちいち公共の飛行絨毯《カーペット》など使わない。自前の箒《ほうき》で飛んでいけば済む話なのだから。

彼も一応は箒《ほうき》を伴っているのだが、それは絨毯《じゅうたん》が飛べなくなった場合などに備えた緊急用。過去に何度も落下して大怪我《けが》したことで、遠乗りは父から原則禁じられている。

今の時点で何を言ったところで印象は覆《くつがえ》らない。だからせめて、ゴッドフレイは相手の期待を未来へと導くことにする。

「魔法学校に入れば、その印象もきっと少しは変わるよ。期待していてくれ」

「……ああ、ごめん。もう時間だ。じゅうたんに場所を取らないと」

乗り場に降りてきた飛行絨毯《カーペット》の姿を見つけて、弁当の包みを抱えたゴッドフレイが慌ててそこへ向かう。「箒《ほうき》を持って絨毯《じゅうたん》に乗る」奇妙さに気付いた乗り合い客から視線を感じるが、そんなものは気にしても始まらない。絨毯《じゅうたん》の片隅に陣取って荷物を置く間も、女性と子供たちは待合所からじっと彼の様子を見守っている。

「それじゃ、行ってきます。——頑張ってくるよ！」

ほどなく出発の時刻になり、手を振るゴッドフレイを乗せた絨毯《じゅうたん》が空高く飛び上がっていく。手を振り返す子供たちと一緒に、絨毯《じゅうたん》が地平線を越えて見えなくなるまで、女性は不安げにそれを見送っていた。

目的地までの飛行は八時間に及んだ。本来の予定では六時間なのだが、速度は魔法生物である飛行絨毯《フライングカーペット》のコンディションに左右されるため大幅にずれ込むことも珍しくない。この日の絨毯《じゅうたん》はとりわけ老齢の個体で、途中で何度もふらふらと高度を下げるのを、乗客全員で必死に撫《な》でて励ますような有様《ありさま》だった。

「――定刻からやや遅れまして、終点ガラテアに到着～。はいはいお客さん、さっさと降りて。絨毯《じゅうたん》が休めないでしょ」

御者に押し出されたゴッドフレイがよろよろと地面に降り立つ。久しぶりの地面の感触に安堵《あんど》しながら、彼は老人のように腰が曲がった姿勢で呟《つぶや》く。

「……二時間オーバーが『やや遅れて』……？　……ぐぅ。思ったより腰にくるぞ、これは」

呻《うめ》きながら、今ばかりは地元に循環水路を通したがる父の気持ちも分かってしまう。が――痛みの引いてきた腰を伸ばしながら周りを眺めると、そんな思考は一瞬で吹き飛んだ。地元の素朴さとは打って変わった魔法都市の華やかな街並みが広がっていたからだ。

空は格子《こうし》状の天蓋で覆われ、空中に敷かれた光の道を、箒《ほうき》と絨毯《じゅうたん》に乗った多くの人々や荷物が行き来する。蓑虫《みのむし》のように天蓋から吊《つ》り下《さ》がった建物もあり、それらは飛んで訪れることが前提の店だ。地上のメインストリートも大変な賑《にぎ》わいで、道沿いの露店の店主たちが競って客を呼び込んでいる。田舎から出てきた身では何かの祭りかと錯覚してしまうが、それはゴッドフレイも過去に一度済ませており、ここではこれが日常の様相なのだと理解していた。

「久しぶりだな、ガラテアは。……八つの時に母上に連れて来られて以来か」

深呼吸して気持ちを切り替える。──長らく来ていなかった都市部の空気は刺激的だが、それに浮かれている暇はない。物見遊山《ゆさん》に訪れたわけではなく、彼にはこれから人生を決める大一番の勝負が控えているのだから。

「しかし、受験行脚《あんぎゃ》の初っ端《しょばな》がここと は。フェザーストンも同時に受けられるのは好都合ではあるが……」

そう呟《つぶや》きつつ街並みの上空を見上げる。その一角に、「キンバリー魔法学校　一般受験会場この真下」という光文字が浮かんでいた。

予約した安宿で一夜を明かして体調を整え、気力充実で迎えた翌朝。身支度を整えたゴッドフレイは主に挨拶して宿を後にし、外へ出たところで景気付けに両手で頬を張った。

「……よし、万全だ。向かうぞ！」

「誰かぁ～～～！」

一歩目を踏み出そうとしたところで背後から悲鳴が響く。振り向けば、同じ通りの脇にへたり込んだ中年の女性がいた。放ってもおけず、ゴッドフレイは反射的にそこへ駆け寄る。

「……どうされました？」

「ひったくりよぉ！　あっ、あなた魔法使いさん⁉　早く追って、あいつよ！」

そう言って彼女が指さした先に、ハンドバッグを小脇に抱えて通りを駆けていく男の姿があった。たちまち状況を理解したゴッドフレイが眉根を寄せる。

「なぜこのタイミングで……！　待て、そこの盗人《ぬすっと》――――！」

ともあれ地を蹴って走り出す。すでに距離はあったが、未熟とはいえ彼も魔法使い。しかも地元では土にまみれて子供たちと駆け回っていた身だ。駆け比べで普通人の盗人《ぬすっと》が逃げ切れるわけもなく、周りの通行人たちが目を丸くして見守る中で、追跡はあっという間に決着した。

「ぐぇっ……！」

「暴れるな！　こちらも無闇に傷付けたくはない！」

背中から飛び付いて盗人《ぬすっと》を押さえ込み、女性から奪ったバッグを取り上げる。呪文で無力化したいところだが、そんな器用な真似《まね》は今の彼には不可能だ。やむなく絞め落とした上で周りの人々を呼んで後処理を預け、彼自身は追ってきた女性へ向き直ってバッグを突き出す。

「ああ、ありがとう、ありがとう！　ねぇあなた、お名前は――」

「失礼します、マダム！」

問いを遮り一礼してすぐさま逆方向へ駆け出す。――万が一にも遅刻は出来ない。だが大丈夫。目的地から遠ざかってしまったが時間にはまだ余裕が、

「――誰か！　手伝ってちょうだい、誰か！」

そこで、またしても助けを求める声が体に絡《から》みつく。ゴッドフレイが地面を擦って足を止め、声が聞こえてきた細い路地へと顔を突っ込む。

「……今度は何事だ⁉」

「あっ、来てくれたわね！　……あら、アナタ魔法使い？　奇遇ね、アタシもよ」

駆け付けた彼に、その場にいた人物がぱっと笑顔を向ける。中性的な風貌と独特の声をした細身の若者で、右手に握った杖《つえ》から魔法使いだと一目で知れる。片膝を突いてしゃがみ込んだ彼の前にひとりの女性が倒れており、それが目に入った瞬間にゴッドフレイの表情が緊迫した。青ざめた顔色と荒い呼吸、何より一目で判《わか》るほどお腹《なか》が膨らんでいたからだ。

「ついさっきここで倒れてるのを見つけてね。たぶんもう産まれそうなの。早く病院に連れていかないとならないけど、動かすとひどく苦しんで……」

「……君、麻酔呪文は使えるか？」

「ええ、もちろん。病院の場所も分かるわ」

「では俺が運ぼう。君は後ろで彼女の苦痛をケアしてやってくれ。すまんが急ぐぞ、こちらも時間がない！」

呪文を掛けさせた上で女性を抱き上げ、若者の指示する方向へ向かってゴッドフレイが駆け出す。その背後をぴったり追って走りながら、ふと気になったように若者が彼へ尋ねる。

「……もしかしてなんだけど。あなた、キンバリーの受験生？」

「ご名答だ。大一番の当日だというのに、なぜかこのタイミングに限って連続でトラブルに遭う。向かない卜占《ぼくせん》も齧《かじ》っておくべきだったかと後悔しているところだ」

「ふふっ、アナタひとりだけじゃないから安心して。実はアタシもよ」

「な――君も受験生か⁉　他人に構っている場合か⁉」

「清々《すがすが》しいくらい自分を棚に上げるわねぇアナタ……。そうかもしれないけど、見捨てていくなんて嫌よ。受かっても後味が悪いじゃない」

「うわぁ――ッ！」「輸送車から魔犬《ワーグ》が逃げ出したぞ――ッ！」

ふたりの会話を遮って群衆の悲鳴が響く。見れば魔獣《ワーグ》の引く輸送車が通りの真ん中で転倒しており、積まれていた大量の檻《おり》から十数匹の魔犬が放たれていた。逃げ惑う人々の背中を興奮状態で追い立てる魔犬たち。それを見たゴッドフレイの口元に引《ひ》き攣《つ》った笑みが浮かぶ。

「……三つ目のトラブルだ。もはや不運というより呪いを疑うレベルだな」

「さすがにアタシも同感。けど、別の道から迂回《うかい》しようにも――彼女がもう限界よ」

彼が抱えた妊婦を見て若者が言う。少しずつ弱くなっていくその呼吸を耳元に感じながら、ゴッドフレイは即座に決断する。――最短距離で向かう他ない。

「止《や》むを得《え》ん、突っ切る。君は女性を守ってくれ」

「……え⁉　待って、アナタまで手が回らないわよ⁉」

「頑丈さは数少ない取り柄でな。対処は嚙まれた後で構わん！」

そう言って混乱の渦中《かちゅう》の通りへと突っ込んでいく。その姿を目にした魔犬たちがすぐさま彼に目を付け、うち一匹が無防備な脚を狙って嚙《か》み付《つ》いた。牙が肉に食い込むのを感じながら、しかしゴッドフレイは止まらない。魔犬の体を引きずって駆け続ける。

「好きに齧《かじ》れ！　腹を壊しても知らんぞ！」

「**雷光疾りて《トニトゥルス》**！　滅茶苦茶《めちゃくちゃ》ねぇ、アナタ……！」

後を追う若者が電撃呪文で魔犬を引き剝がし、さらに襲って来ようとした新手を牽制《けんせい》する。それでも全ては防ぎきれずにゴッドフレイへ嚙《か》み付《つ》くが、彼は一度たりとも立ち止まらずに道のど真ん中を駆け抜けた。魔犬たちを振り切れば病院はもはや目の前。地面に点々と血を落としながら建物へ飛び込み、目を点にした受付の普通人へ向かって叫ぶ。

「妊婦の急患だ！　早急に対応を！」

「わ、分かりました。えと、あなたのお名前は――」

「名乗る暇が惜しい！　後はお任せする！」

伝えながら待合室の長椅子に妊婦を寝かせる。ぼんやりと自分を見上げるその視線に気付いて隣にしゃがみ込み、ゴッドフレイは両手で彼女の手をぎゅっと握る。

「見守れなくて済まない。……あなたとご子息の無事を願う」

最後にそう告げて身をひるがえす。まっすぐ外へ飛び出した彼を、追ってきた若者が慌てて呼び止める。

「——待って！　その体で行くの？　アナタ」

「あいにく治癒は修めていなくてな！　病院に世話になる時間もない！」

そう言って再び走り出そうとしたゴッドフレイの手首が摑《つか》まれる。驚く彼の前で若者が身を屈めた。右手の杖《つえ》を傷口にかざし、呪文を唱えてそれを塞いでいく。

「アタシは使えるのよ、これが。……服までは手が回らないけど、許してね」

「……感謝する。だが、いいのか？　君とはライバルだぞ？」

「面倒に巻き込んだのもアタシだもの。試験のほうは自信があるから安心して」

にこりと笑ってみせる若者。ゴッドフレイも微笑《ほほえ》み、感謝を込めて相手を見つめた。

果たしてその後、ふたりは時間ギリギリで受験会場に辿《たど》り着《つ》いた。嚙《か》み跡でボロボロのゴッドフレイの服装に監督官が鼻白むが、彼自身がピンピンしているのを見て取るとそれ以上は何も追及しない。無事に通された大部屋で若者と別れ、彼は他の受験生たちと並んで答案用紙と向き合った。

呪文学、魔法史、錬金術。名門だけあって問題の難易度はかなりのもので、それも論述の形で受験生の考えを問うものが多い。が、そこは寝る間を惜しんで対策してきた成果が出た。淀《よど》みない速度でゴッドフレイがペンを走らせていると、終了まで五分余りを残して解答用紙に空白はなくなった。

「――そこまで。全員ペンを置きなさい」

監督官の声が響き、呪文によって受験生たちの答案用紙が一斉に回収されていく。時間切れの後も粘っていた受験生たちがそれで悲鳴を上げた。ゴッドフレイがふぅと息を吐く。ここまではひとまず手応えアリと言っていい。

「続けて実技試験となる。教員との簡単な面接を兼ねているので、くれぐれも受け答えには失礼のないように」

監督官の案内に従い、いくつかのグループに分かれて廊下を進んでいく。会場となる一室の前で先に入ったグループとの入れ替わりを待つ間、ゴッドフレイは胸に手を当てて深呼吸を繰り返した。彼にとってはここからが最大の懸念《けねん》であり、正念場だ。

「次の組、入りなさい」

監督官が扉を開けて入室を促すと、ゴッドフレイを含む五人の受験生が部屋へ通される。長方形の部屋の中央に人数分の水晶玉の置かれた長机があり、その奥の机にふたりの教員が並んでいた。一方は白いマントを身にまとった爽やかな風貌の男性、もう一方は落ち着いた色調のローブに身を包んだ厳格そうな老女。男性のほうが気さくに微笑《ほほえ》んで受験生たちを迎える。

「よく来たね。私が実技試験の審査を務めるルーサー＝ガーランド。同じく、こちらがブランシス＝ギルクリスト先生だ。ひとまずそこに並んでくれ」

ゴッドフレイ含め、その名前を聞いた受験生たちが息を呑《の》んで指示に従う。いずれも名だたる大魔法使いだ。片や「剣聖」の呼び声も高き現代魔法剣の第一人者、片や千年を超える時を生きる至高の魔女。双方とも異端狩りの現場で絶大な戦果を上げた英雄であり、その両者を教師に擁するキンバリーの格がこの時点で窺《うかが》える。

「そう緊張しなくていい。実技と言っても、ここで難しいことは要求しない。あくまでも君たちの素養を測るために設けた場だ。張り切ってきた者は逆に拍子抜けするかもしれない」

受験生たちの気をほぐすようにガーランドが言う。それはゴッドフレイも事前に知っていたことだが、彼の気持ちを楽にはしない。単純な課題で魔法使いとしての根本的な素養を測られる――それは即《すなわ》ち、水準に満たない者は挽回《ばんかい》の余地なく落とされるということだからだ。

「まずは基本的な魔法出力と安定性から測らせてもらう。その水晶に杖《つえ》を当てて魔力を注ぎなさい。可能な限り強く、同じ出力を維持して、それを一分間続けるように」

「「「「はい！」」」」

課題を与えられた受験生たちが目の前の水晶玉へ向けて一斉にそれを始める。ゴッドフレイも杖《つえ》を抜いて水晶玉にかざし、そこへ魔力を注ぎ込んだ。

「……ッ……」

応じて光を放ち始める水晶玉。注がれる魔力が強いほど明るく、出力が安定しているほど光り方も一定になる。各々《おのおの》で明るさの差こそあれ、他の受験生たちの水晶はほぼ一定の輝きで安定した。が、ゴッドフレイのそれは点滅してばかりで一向に光量が定まらない。

「ふむ……？」「………」

それ以上に教師ふたりの気を引くのが、時間が経つほどに青ざめていくゴッドフレイの顔色だ。とても水晶玉に魔力を注いでいるだけとは思えない。鬼気迫る表情と小刻みに震える全身は、さながら強大な何かをそこに封じ込めようとしているかのようだ。

「よし、そこまで。――Mr《ミスター》．ゴッドフレイ。顔色が優れないが、今日は体調が悪いのか？」

「……、いえ……体調は、至って、良好です」

指示に従って杖《つえ》を下ろした受験生たちの中、ぜいぜいと息を荒らげながらゴッドフレイが言う。周りの受験生たちが訝《いぶか》しげに彼を見るが、その視線に気付く余裕すら本人にはない。ガーランドがふむと唸り、彼を見つめながら言葉を続ける。

「そうか。今ならまだ、試験の順番を後に回すことも出来るが……」

「お気遣いありがとうございます。ですが――大丈夫です」

時を置いたところで何かが上向くものではない。そう自覚しているからこそ、毅然《きぜん》と顔を上げてゴッドフレイは試験の続行を求めた。ならばとガーランドも頷《うなず》く。

「承知した。では、次の課題に移ろう。今度は属性ごとの扱いを測らせてもらう。まずは火の属性から――」

そうして三十分後。消耗に消耗を重ねて今にも倒れ込みそうな状態で、ゴッドフレイはそこに立っていた。

「……ハッ……ハッ……ハッ……！」

全身から冷や汗を流して荒い呼吸を繰り返す。そんな彼の姿を、周りの受験生たちはもはや心配を通り越して不気味なものを見る目で眺めている。少しの間を置いてガーランドが告げる。

「……よし、今日の試験はここまで。結果は追って君たちの家に郵送するので、今日はもう帰ってよろしい。遠路はるばるご苦労だったね」

最後に労《ねぎら》いの言葉をかけて受験生たちを退室させる。最後尾をよろよろと去っていくゴッドフレイを見送った後、彼が閉め忘れた扉へ杖《つえ》を振り。そうして部屋を閉め切った上で、ガーランドは隣の同僚へ問いかけた。

「……どう思いますか？　ギルクリスト先生」

「呆《あき》れて物も言えません。受験の立ち合いでこんなに腹が立つのも久しぶりです」

試験の間も微動だにしなかった表情のまま魔女がそう答える。ガーランドが苦笑を浮かべて頷《うなず》く。

「私もおおむね同感です。……では、そういうことでよろしいですね？」

「確認するまでもありません。当たり前に処理しなさい」

議論すらなく互いの意見が一致を見る。相手の言葉に頷《うなず》いた上で、ガーランドは次の受験生たちのグループを部屋へと招いた。


この一件はほんの始まりに過ぎず。そこから先の別の学校の試験でもまた、ゴッドフレイはことごとく同じことを繰り返した。

「お、おい君！　大丈夫か⁉　顔が真っ青だぞ⁉」

「ふざけるのは止《よ》したまえ、君。ここは受験の場だと分かっているのか？」

「あー……Mr《ミスター》.ゴッドフレイ、もういい。君は先に退出しなさい。他の受験生たちの気を散らされては困る」

正確にはまったく同じではなかった。彼に試験を最後までやらせてくれたのはキンバリーのみで、他の学校の試験官たちは誰もが実技の半ばを待たずに彼を退室させたからだ。

時に心配され、時に迷惑がられ、時に叱責されて。それでも最後の意地のように、ゴッドフレイは全ての試験で一度たりとも手を抜かなかった。

「今ので最後か。……まったくもって、予想通りの結果だったな」

遠路はるばる訪れた独国《ダイツア》の都市で受けた十八校目の試験。それを終えて会場から出てきたゴッドフレイが、人通りの中で盛大にため息をつく。

連合内の魔法学校は他にもある。が、日程が被《かぶ》っているケースが多いため、彼が受けられる数はこれが限度になる。何ひとつ成果が得られないまま終わってしまった受験行脚《あんぎゃ》を思い返しつつ、彼はじゅうたん乗り場へ向かってとぼとぼと歩いていく。

「父上になんと報告したものか……。ひとつも受かっていなかった場合はどうする。ツテを辿《たど》ればどこかの町付きの弟子にでも滑り込めるのか？」

ゴッドフレイが腕を組んで考え込む。――似たような例を寡聞にして知らない。素養の低い子の受け皿となる学校もあるにはあるが、そうした場所への出願は父が頑として許さなかった。家の体面として許容できる限界を下回るのだろう。三百年というゴッドフレイ家の歴史は多くの旧家と比べて長いとは言えず、だからこそ侮《あなど》りに繋《つな》がる結果は断固として拒むところがある。

「魔法使いを辞める――というのだけは通らんだろうな。自分の家から出来損ないを生んだなど、あの人は決して認めまい。

「……あいつらと土にまみれて暮らすのも、それはそれで悪くないのだがな」

眩きながらじゅうたんの一角に陣取って座り込む。そうすると積み重なった疲労がどっと込み上げて、舞い上がった夕焼けの空の中、彼は束《つか》の間《ま》の眠りに就くのだった。


じゅうたんが降りた循環水路の港で船に乗って国境を跨《また》ぎ、そうして着いた場所からまた船とじゅうたんを何度も乗り継ぎ。最初のガラテア行きの何倍にも及ぶ時間をかけて、ゴッドフレイはやっとのことで実家に帰宅した。

「ただいま帰りました、父上。結果のご報告に――」

誇れる成果など何ひとつない。重い気分で屋敷《やしき》の扉を開けた瞬間、そこに立っていた父が目を爛々《らんらん》と輝かせて彼を迎えた。

「よくやった、アルヴィン！」

「――は？」

突然の言葉に意味が分からず硬直するゴッドフレイ。そこへ父が一方的にまくし立てる。

「初めてお前に感心したぞ。数を打ってどこかに滑り込めれば御の字と思っていたが、まさかここに通るとは。いったい何をどうした。本番で一躍開き直って火事場の馬鹿力でも出したのか？　そんなものがあるならなぜもっと早く見せない」

　笑顔の父にばんばんと肩を叩《たた》かれながら、ゴッドフレイはひたすら戸惑った。ここまで上機嫌な父は稀《まれ》に見るのだが、その理由に彼のほうでは余りにも心当たりがない。何かの重大な勘違いがあるのではと不安になる。それに気付いた時の落差による父の失望が想像されて。

「何の間違いでも構わん。いずれにせよ、春からお前はキンバリー生だ。喜べ、アルヴィン。やっと家の名誉へ貢献するチャンスが巡って来たぞ」

　その名前が出たところで、やっと彼にも状況が思い当たった。父が片手に持っている書類の束——そのいちばん上にあるのが合格通知なのだと気付いたから。最初に受けた学校から先に結果が届くのは当たり前のことで、だから父は手放しで喜んでいる。受験の現場で息子がどんな有様《ありさま》だったかを知らないから。

　呆然《ぼうぜん》と佇《たたず》む彼の前で一転して真剣な顔になり、父はじろりと息子を睨《にら》む。

「だが、これだけは忘れるな。お前はゴッドフレイの名を背負って入学するのだ。上の学年ならいざ知らず、同年代の学友に不様を晒《さら》すことなど決して許さん。死ぬ気で励み、死ぬ気で食らいつけ。……もとより、その気概がなければ生き残れない場所ではあるが」

　目の前の現実すら呑《の》み込めずにいる少年に突然の覚悟が求められる。帰りのじゅうたんの上で思い悩んでいた内容が悉《ことごと》く意味を失う。

「それが叶《かな》わぬ時は——お前はもう、生きてここに戻って来なくても良い。不出来な息子など最初からいなかった。そう割り切って名も顔も忘れる」

そう言い切った父がゴッドフレイの肩を摑《つか》む。それが親としての最後の期待であるとその目が語っている。ゴッドフレイにも否応《いやおう》なく分かった。他の道があるかどうかは関係がない。血を分けた息子に対するこれ以上の失望に、彼はもう耐えられないのだと。

「いいか、もう一度言うぞアルヴィン。必ずやキンバリーでひとかどの魔法使いになれ。さもなくば――潔《いさぎよ》く、そこで死ね」

父の一言で退路の全ては崩れ去り、ゴッドフレイは否応《いやおう》なく首を縦に振る。――それで決まった。いかなる選択の余地もないまま、彼の進む先は魔法使いの地獄と相成った。

入学の準備に走り回った期間について、ゴッドフレイの記憶ははっきりしない。父母にこれでもかと知識や技術を詰め込まれたことは憶《おぼ》えているが、それでもまったく現実感を得られないまま時間が過ぎていった。だから――いちばん印象に残っているのは、最寄り町で別れを告げた時の子供たちの泣き顔と、最後まで自分を心配してくれていた親しい女性の顔だ。

そうして彼は魔境へと足を踏み入れた。ガラテアから東に山をふたつ越えた場所、そこに始まる満開街道《フラワーロード》の突き当たりに聳《そび》える魔道の最高学府。重厚かつ華美な外壁に鎧《よろ》われた巨《おお》きな校舎と、その中から剣の如《ごと》く天を衝《つ》いて伸びる尖塔《せんとう》。学《まな》び舎《や》というよりも城塞じみた外観だと人《ひと》伝《づて》に聞き知ってはいたが、ゴッドフレイの目にはまた違って見えた。それは底なしの奈落だ。正門を潜る生徒たちは、自分を含めて誰もがそこへ吸い込まれていくように感じられた。

「最初に問おう。――諸君は何をしにここへ来た？」

入学式の会場となる講堂で、演壇に立ったひとりの魔女が刃のような声を放つ。新入生たちを鋭く睨《にら》む翡《ひ》翠《すい》色の瞳、青と黒のグラデーションが湖底じみた色合いのロングドレス、腰の後ろで交差する二振りの杖剣《じょうけん》。全てが怖気《おぞけ》立《だ》つほどに美しく、同時にその美は辺境の極まった厳冬が生み出す極限の光景にも似ている。彼女がそこに在るだけで部屋の温度が急激に下がるように感じられて、新入生たちの体が小刻みに震える。

「これより始まる時間を学友と共に過ごし、魔法使いとして成長するためか。あるいは名門キンバリーの出身という肩書きを得て、それ以後の魔道の探求に追い風を吹かせるためか。どちらでも無いことを願う。そのような考え方は絶望的に呑気《のんき》が過ぎる」

初手で容赦なく釘《くぎ》を刺した上で、魔女がバン、と壇上を掌《てのひら》で叩《たた》く。

「――ここだ。成果はここで出せ。キンバリーで燻《くすぶ》った魔法使いが、それより後の人生で成果を上げられるなどとは夢想するな。

ここは最高の環境だ。何事につけ煩わしい外界と違い、諸君の研究を阻《はば》むものは限りなく少ない。優れた先達、腕を磨くための競争相手にも事欠かん。存分に学び、存分に探り、存分に成せ。その過程で命を落とそうとも別に構わん。この学校の運営において、それはもとより織り込み済みだ」

キンバリーへ入学してくる時点で誰もが知識として把握してはいる。死亡、発狂、蒸発といった様々な形で、ここでは卒業までに生徒の二割が「魔に呑《の》まれる」と。が――それが何の誇張もない事実だということを、即《すなわ》ち自分たちの未来であることを、彼らはこの瞬間に改めて思い知る。なぜなら彼らには分かってしまう。魔女の振る舞いのひとつひとつから伝わってくる。彼女が何より嫌うのは、その数字が増えることよりも減ることであると。

「『好きにやって好きに死ね』。私から諸君に与える最初の言葉だ。

併せて思い知れ。何も為《な》さず、何も遂げず、のうのうと七年を生き長らえて卒業すること。――他の全てに勝って、ここではそれこそが最大の恥であるのだと」

魔境のルールを刻み付けられた新入生たちが重く沈黙する。その顔ぶれをざっと見渡し、魔女が淡々と告げる。

「私からは以上だ。……質問がなければ、歓迎の宴《うたげ》に移る」

校長が杖《つえ》を振り上げると、その瞬間から講堂の内部がパズルのように組み変わり始める。せり上がった床が椅子となって新入生たちの体を受け止め、突き出してきた壁がテーブルになり、そこに彩《いろど》りも鮮やかな種々の料理が忽然《こつぜん》と現れて湯気を立てる。

「わわっ……！」

「おお……⁉」

左右に開いた天井から上級生たちが箒《ほうき》に乗って現れ、戸惑う新入生たちの前のグラスに空中から白ぶどうジュースを注いで回る。魔女の話で凍り付いた彼らの心を溶かすように、場の雰囲気が騒々しく賑《にぎ》やかに変わっていく――。

「――むぅ」

そんな移り変わりの中。同じ空間の片隅で席のひとつに座って腕を組み、ゴッドフレイはひとり考え込んでいた。

「――怖いわねぇ、新校長。あれでまだ就任して間もないっていうんだから驚くわ」

ふと、隣から気さくな声がかかる。ゴッドフレイが顔を向けると、親しみやすい微笑《ほほえ》みを浮かべた細身の一年生がそこに立っていた。その中性的な声と風貌には彼の側でも覚えがある。ここの入学試験を受けた当日、ガラテアで一緒に妊婦を病院まで運んだ人物だ。

「君は……。そうか、君も受かっていたか」

「ええ、また会えて嬉《うれ》しいわ。あの時はお互い名乗り合う暇もなかったものね。改めて――同じ新入生のカルロス＝ウィットロウよ。あまり楽しそうじゃないけれど、パーティーはお嫌い？」

「――いや、そんなことはない。俺はアルヴィン＝ゴッドフレイだ。声をかけてくれてありがとう、Mr《ミスター》．ウィットロ……いや、Ms《ミズ》……？」

「カルロスでいいわよ、アタシもアルって呼ばせてもらうわ。性別はいちおう男ね」

そう言いながら隣の椅子に座るカルロス。ゴッドフレイが改まって彼に向き直る。

「失礼した、カルロス。……楽しくないわけではないんだが、どうにも腑《ふ》に落ちなくてな。実を言うと試験の結果が散々だった。なぜ俺の入学が許可されたのか分からない」

「あら、そうなの？　けど受かったならいいじゃない。足りない分はこれから学んでいけばいいのだもの」

前向きな意見と共にカルロスが微笑《ほほえ》む。彼の優しい雰囲気に引かれて、ゴッドフレイも少しだけ肩の力が抜けた。

「確かにそうだ。……よし、気持ちを切り替えるとしよう」

自分に言い聞かせたところで空腹を思い出し、彼は目の前に並んだ料理を次々と皿に盛りつけていく。そうしてカルロスと並んで食事を取りながら、ふとゴッドフレイは別のテーブルに集まった生徒の一団へと視線をやる。

「あちらは人が集まっているな。有名人でもいるのか？」

「ああ、あれはMr《ミスター》．エチェバルリアの一団ね。名のある家のご子息だからみんな親交を持ちたいんでしょう。ここでも後々大事になるわよ、そういうの」

「ふむ……君は行かなくていいのか？　何なら俺も付き合うが」

「うーん、あのタイプはちょっと好みじゃないのよねぇ。そのうち挨拶はするでしょうけど、今日のところは止めておくわ。あの中に今から飛び込んでも印象に残らないでしょうし」

肩をすくめてそう言った直後、他に視線を移したカルロスがすっと立ち上がる。

「あっちにぽつんとしてる子がいるわね。アル、行きましょ」

「……さては世話焼きだな？　君は」

「そんなアタシに付き合ってくれるアナタは物好き。違うかしら？」

見事な返しにゴッドフレイが苦笑して立ち上がる。今なお自分がこの場所で過ごすイメージはとんと湧かないが、少なくとも最初の出会いには恵まれたようだと思いながら。

入学式を終えて寮に案内されると、幸いにもゴッドフレイの部屋はカルロスと同室だった。ルームメイトは歓迎パーティーでの様子を見て調整されるという。その話を聞いた時、彼は初めてキンバリーの計らいに感謝を覚えた。

そうして迎えた翌朝。初めて踏み入る校舎は外観から予想する以上に大きく、それでいて息が詰まるような閉塞感に満ち満ちていた。床石は触れれば震え上がるほど冷たく、凝った壁面の装飾は同時にその分厚さをも窺《うかが》わせ、それらが持つ魔法的な情報を読み取ろうとすれば余りの膨大さに目が回る。そもそも廊下の造りからして一般建築の秩序とはかけ離れており、慣れない一年生はしばしば校内で道に迷い、その構造の不可解さに酔うことすらあるという。

同じ廊下を行き交う上級生たちがゴッドフレイらに生温《なまぬる》い微笑《ほほえ》みを向けてくる。ああ、お前たちはこれからかと表情で語っている。それはまるで、かつて自分たちも受けた諸々《もろもろ》の洗礼を懐《なつ》かしむように。

戦々恐々としながら教室まで辿《たど》り着《つ》くと、幸いにもその造りは一般的な学《まな》び舎《や》のそれとさほど変わらない。教壇から放射状に置かれた机に生徒たちが座り、誰にとっても期待と不安が入り混じる最初の授業の開始を待つ。やがて扉を開けて現れたのは、入学試験の会場にも姿のあった人物——凜《りん》と背筋の伸びた老年の魔女だった。

「呪文学を担当するフランシス=ギルクリストです。——私の教え子が腰に杖剣《そんなもの》をぶら下げているのは非常に不本意ですが、ここで教えることは昔と何ら変わりありません。魔法とは、呪文とは何であるか。それを扱う魔法使いはどのように在るべきか。皆さんにはその本質的な部分を学んでもらいます」

ギルクリストが告げる。全世界を見渡しても数少ない千歳越えの魔女、その教鞭《きょうべん》のもとで直接学ぶことの価値はゴッドフレイとて弁《わきま》えている。が、それ以上の疑問が今なお彼の中には蟠《わだかま》っていた。入学試験の結果が散々だったはずの自分。それをあえて合格させた理由を、目の前の魔女は持ち合わせるはずなのだ。

とはいえ、最初の授業でいきなり個人的な質問を投げかけるわけにもいかない。ギルクリストが語る呪文学のガイダンスを、ゴッドフレイは持ち前の生真面目さでもって聞き続けた。呪文の本質、訓戒にも似た杖剣不要論《じょうけん》、今後の指導の方針——それらをひと通り語り切ったところで、ギルクリストは授業の段取りを次に移す。

「——概論はここまで。残りの時間は各属性の出力安定化に取り組んでもらいます。予《あらかじ》め言っておくと、こんな基本中の基本を教室で行わせるのは今日だけのこと。やり方を覚えたなら今後は各自復習に努めなさい。教室では毎回新たなことを学んで身に付けるのです。それが出来ない者からどんどん落ちぶれていきますよ」

言葉に背中を叩《たた》かれた生徒たちが立ち上がり、各々《おのおの》の前に置かれた水晶玉と向き合う。その流れの中で、ゴッドフレイも深呼吸して白杖《はくじょう》を構える。

「…………よし」

「アル、大丈夫？　肩ガチガチよアナタ」

隣に立つカルロスが心配して声をかける。その不安を拭い去るべく、ゴッドフレイが意を決して呪文を唱えかけ、

「――そこまで。手を止めなさい、Mr.《ミスター》・ゴッドフレイ」

同時に教壇から声が下る。目を丸くしたゴッドフレイに、老年の魔女は淡々と告げる。

「あなたはまだその段階にありません。隣の教室へ行って息を整え、目を閉じて魔力循環の内観に努めるのです。そうしながらゆっくりと呪文を唱えなさい」

まだ何もしていない段階だというのに補習めいた指示が下される。それを聞いて立ち尽くす少年へ、ギルクリストはなおも続ける。

「属性はころころ変えず火に統一。上達の有無やこちらへ戻すタイミングは私のほうで判断します。何か異論は？」

鋭い視線が教え子を射抜く。ゴッドフレイが開きかけた口を閉じ、杖《つえ》を握りしめて俯《うつむ》いた。生徒の立場からそこに返す言葉を、今の彼は持ち合わせない。

「……いえ……」

「なら早く向かいなさい。無駄にした時間はあなた自身に還《かえ》るのだと忘れずに」

促されたゴッドフレイが粛々と教室を出ていく。小さくなったその背中を眺めて、他の生徒たちがひそひそと囁《ささや》き合う。

「……初日から別室送り？」「本気で？　まだ何もやってないじゃない」

「てか、この時点で躓《つまず》く奴《やつ》なんていねぇだろ」「あれがまさにそうなんじゃないの？」

「どうやって試験通ったんだよ」「だよなぁ。他ならともかく、ここキンバリーだぜ？」

嘲りの混じる声がカルロスの耳にまで届き始める。見かねた彼が手を上げて主張する。

「……先生。自分の課題を終えたら、アタシは彼の様子を見に行っても？」

「好きになさい。ただし、助言の類は一切しないように。それは厳命します」


手早く自分の課題を終えたカルロスが隣の教室を訪れると、そこでは今まさにゴッドフレイが真っ青な顔で悪戦苦闘しているところだった。詠唱を繰り返すほどに息が乱れ、傍目にもあからさまに体調が悪化していく。その様子を眺めたカルロスが真剣な面持ちで腕を組む。

「……なるほどねぇ。確かに、これはちょっと見ないレベルの不器用さだわ」

「失望させたか」

額の汗を拭いながらゴッドフレイが寂しげに笑う。カルロスが肩をすくめて首を横に振る。

「今までもこの先も、友達をそんな風に思ったりしないわよ。それでもあえて感想を言えば——不思議だわ、ただ。どうしてそうなるのかが分からない。嫌味じゃなくて、純粋に事の仕組みとしてよ」

「父も同じことを言っていたよ。……そちらはいつも嫌味交じりだったが」

苦笑を浮かべるゴッドフレイ。その隣に回って、カルロスは相手の肩をぽんと叩《たた》く。

「こらこら、気を落とさないの。まだ初日よ？　焦《あせ》ったって仕方ないわ。今はとにかく先生の指示を信じて魔力循環の把握に努めましょ。そう言われたってことは、アナタの問題がそこにあるってことでしょうからね」

「ああ、分かっている。……ただ、この内観というやつが俺はどうにも苦手でな。体内を魔力がどう流れているのか感じろ——と言われてもピンと来た例《ためし》がない。君は分かるのか？」

「それなりにはね。でも、残念だけどアナタには伝えられないわ。先生にも助言は禁じられたし、そうでなくても感覚には個人差があるもの。そこを無視して真似《まね》させるとかえって悪化する恐れがある」

申し訳なさを顔に浮かべてカルロスが言う。ゴッドフレイが静かに頷《うなず》いて杖《つえ》を構える。

「あくまで俺自身の課題ということだな。……なら、弱音を吐かず全力で続けよう。君はもう戻って構わないぞ、カルロス」

「ありがと。でも、もう少し見ていくわ。自分の課題は終わらせてきたから気にしないで」

「……すまない」

「何がよ？　言うならありがとでしょ、そこは」

すぐにカルロスが訂正する。ゴッドフレイも微笑《ほほえ》んで言い直し、そうして再び呪文を唱えた。

魔法使いの学《まな》び舎《や》である以上、呪文を用いない授業のほうがキンバリーには少ない。よって当然ながら、彼の受難が呪文学だけに留まるはずもなかった。

「錬金術を担当するダリウス＝グレンヴィルだ。この授業の概論を説明する」

教壇に立った少壮の男がそう名乗り、尊大な口調で語り始める。ギルクリストの厳粛さとはまた異なる高圧的な気配に、生徒たちが緊張を強めて身を固くする。

「君たちが各々《おのおの》の無知と無能の結果で大火傷《おおやけど》を負おうと、あるいは目が潰れようとも、そんなことは一向に気にならない。ただ、授業の進行が滞るのだけは困る。失敗への指導は誓って一度きり。二度目以降は有無を言わさず退出を命じる。それを最初に覚えておくように」

最初に強烈な釘《くぎ》を刺した上で、ダリウスの目がじろりとひとりの生徒を見据える。

「……が。君だけは例外だ、Mr《ミスター》．ゴッドフレイ」

「……と、言いますと」

突然の名指しにゴッドフレイが眉根を寄せる。ダリウスの指が教室の入り口を指す。

「今すぐ退出を命じる。現在の君に触らせる道具はこの教室にひとつもない。課題を記したノートを渡すので、それに従って当面は知識の補填に努めるように。授業に参加させるタイミングは私から指示する」

教室中が一斉にざわつく。授業が始まった直後の、それも呪文学から立て続けの退室命令である。さすがにゴッドフレイも素直には頷《うなず》けない。周囲の視線が集中する中、彼はこぶしを握り締めて反論を試みる。

「……まだ杖《つえ》を握ってもいません。なのに――」

「それをさせるのが時間の無駄だと言っている。この問答も同じことだが――まだ私の失望を買い足りないか？」

無情な声がそこに被《かぶ》さる。見かねたカルロスが抗議に加わろうとしたが、ゴッドフレイはそんな友人を手で制して椅子から立ち上がり、無言のまま教室を後にした。その背中が扉の奥に消えたところで、何事もなかったかのようにダリウスが授業を再開する。

「宜《よろ》しい。……では、実験を始める。各々《おのおの》の鍋を火にかけろ。初日に錬成させるのは――」

そのようにして、ゴッドフレイだけが大半の授業で何もさせてもらえないまま、キンバリーでの最初の数日が過ぎ去った。

「……ええい！」

鬱憤を込めて杖剣《じょうけん》を振り下ろす。他の大勢と並んで型の練習を続けながら、隣のカルロスが口を開く。

「溜《た》まってるわねぇ……。けど、無理もないわ。どの授業でも杖《つえ》はほとんど握らせてもらえないんでしょ？」

「魔法剣以外ではな。身体《からだ》を動かせるのがせめてもの救いだ。余計な思考を頭から追い払える」

言いながら同じ動きを生真面目に繰り返す。——現代においては詠唱が間に合わない至近距離の戦いに短剣を用いるのが魔法使いの常識であり、よって彼らは杖《つえ》の役割を兼ねた剣である「杖剣《じょうけん》」と純粋な杖《つえ》である「白杖《はくじょう》」を同時に身に帯びる。魔法剣とは至近距離における戦闘技術の総称で、その腕前はキンバリーのみならず魔法界全体で広く重んじられる。

と、彼らへ修練を命じた人物が、長身に白いマントを翻《ひるがえ》してそこにやって来た。入学試験の場にも居合わせた魔法剣の師範《マスター》、ルーサー＝ガーランドだ。

「剣筋から苛立《いらだ》ちが見て取れる。苦労しているようだな、Mr.《ミスター》・ゴッドフレイ」

「ガーランド先生。……情けないですが、仰《おつしや》る通りです」

答えたところで一旦手を止め、ゴッドフレイはまっすぐ教師に向き直る。

「失礼ながら、受験の場には先生もいらっしゃいました。……俺の入学が許されたことに関して、あなたはどう思われているのですか？」

「何かの間違いではないかと疑っているのか？　安心しなさい、君の入学を推したのは私も同様だ。さらに言えばギルクリスト先生が誰よりも強く主張した。断固として君を他の学校に回すなとな」

その真相にゴッドフレイは少なからず驚かされた。初日から自分を別室送りにした相手がそんな風に自分を推したとは到底信じられない。戸惑う彼の目を穏やかに見据えてガーランドが続ける。

「あの人の教え方は確かに厳しい。だが、その厳しさには必ず理由がある。……この段階で私に言えるのはそれだけだ。君の不安を拭ってやれなくて済まなく思うが」

「……いえ。励まされました、今の言葉には」

辛《かろ》うじて首を横に振るゴッドフレイ。と、そこでガーランドの後方から罵声じみた声が上がった。彼がその方向を振り向くと、ふたりの生徒が半ば取っ組み合う寸前で鍔《つば》競《ぜ》り合《あ》っている。

「おっと……放っておくとすぐに喧嘩《けんか》じみてくるな。困ったものだ。

——頑張りたまえ、Mr《ミスター》．ゴッドフレイ。今は苦しい時期が続くだろうが、これだけは憶《おぼ》えておいてくれ。私は君の将来を楽しみにしていると」

最後にそう告げてガーランドが去る。砂漠に降った一瞬の雨のようにその言葉を噛《か》みしめて、ゴッドフレイは剣の修練へと再び没頭した。

その日の授業が終わると、彼らは下級生の憩いの場である大広間、通称「友誼《ゆうぎ》の間」で夕食を取った。生徒同士の諍《いさか》いが日常的なキンバリーにあってここは暗黙の緩衝地帯であり、少なくとも表立って呪文の撃ち合いや斬り合いが起こることは少ない。寮の自室に次いで肩の力を抜ける場所と言える。

「んん〜！　美味《おい》しいわねぇ。焼き加減が絶妙よ、このニシン」

魚のグリルを口に含んだカルロスが舌鼓《したつづみ》を打つ。それを聞いたゴッドフレイも隣で頷《うなず》く。

「食事の質は手放しで褒められるキンバリーの数少《こ》ない点《こ》だな。俺としても食べ放題なのは助かる。……動いた日もそうでない日も、昔からどうにも大飯を食らわねば済まない性質だ」

その言葉の通り、彼は皿に山盛りにした料理を次々と平らげていく。が――その背後を通りかかった生徒たちがにやにやと笑い、食事中のゴッドフレイにからかいの言葉を投げる。

「よう、穀潰し」「今日も無駄によく食うなぁ。ちったぁ遠慮したらどうだ？」

露骨な揶揄《やゆ》にゴッドフレイの眉根が寄る。これまで多くの授業で別室送りを命じられ続けたことで、すでに彼は同学年の間で悪い意味での有名人になってしまっていた。自由主義と成果主義を標榜《ひょうぼう》するキンバリーにあって、一目でそれと分かる落ちこぼれは格好の侮蔑の的だ。

が、友人に対するその扱いを放置できるカルロスではない。見かねて食事の手を止め、彼は非難の意思を込めて生徒たちを睨《にら》む。

「別にアナタたちの皿から取ったわけじゃないでしょ。食事くらいゆっくり取らせて欲しいわね」

「はいはい」「ごゆっくりー」

肩をすくめて去っていく生徒たち。その背中から友人へと視線を戻して、カルロスが柔らかな微笑《ほほえ》みを浮かべる。

「気にすることないわよ、アル。ガーランド先生も言ってたでしょ？　アナタの将来に期待してるって。そのお墨付きがあるんだから、胸を張っていくらでも食べればいいのよ」

「ああ、そうさせてもらう。……ただでさえ杖《つえ》を握らせてもらえないというのに、この上ヤケ食いまで禁じられてはやっていられん」

フォークを動かすゴッドフレイの手がさらに速まる。そこへ何もしてやれない歯がゆさに駆られながら、せめて喉を詰まらせないようにと、カルロスは彼のカップにお茶のお代わりを注いでやった。


「──来ましたか、Mr《ミスター》.ゴッドフレイ。では別室に向かいなさい」

そうして迎えた入学から八日目。教室に入ると同時にギルクリストから下された指示に、ゴッドフレイは初めて踏《ふ》み止《とど》まって拒絶を示した。

「どうしました。指示はすでに出しましたが」

「納得がいかない」

きっぱりとそう告げた友人の姿に背後のカルロスが息を呑《の》む。相手の威厳に負けじと胸を張り、ゴッドフレイは今日まで溜《た》め続けた疑問を提示する。

「俺の入学を推したのはあなただと聞いた。それは少なくとも俺を校内の笑いものに仕立てるためではないはずだ。何を指導するでもなく別室へ押し込み続ける――その方針にどんな意味があるのか、納得できる形で説明してもらいたい」

そう言ってまっすぐ相手を睨《にら》む。魔女の瞳がそんな彼をじっと見つめ返し、

「……五度目でようやくですか」

ため息のようにぽつりと呟《つぶや》く。一歩前に出て、ギルクリストは教え子と目を合わせた。

「ひとつ指摘しましょう、Mr.《ミスター》・ゴッドフレイ。――あなたはここを、自分に正解を教えてくれる場所だと思っていませんか？」

「……っ……？」

問いの意味を摑《つか》みかねたゴッドフレイが戸惑う。そこへ向けて、魔女の言葉はなおも続く。

「自分で殻を割れない雛《ひな》、というものがいます。畜産の現場では放置されることが殆《ほとん》どで、人が手を貸して孵《ふ》化《か》させても元気に育たないから、とよく言われます。……しかし実のところ、

そのような雛《ひな》が立派に育つこともざらにあります。放置されるのは費用対効果《コストパフォーマンス》が見合わないからに過ぎず、殻を破れない事実はそれひとつで雛《ひな》の欠陥を証明するものではありません。しかし、思い出しなさい。──ここはキンバリーで、あなたは魔法使いだということを」

ゴッドフレイの息が止まる。その顔を前に、ギルクリストは厳かに告げる。

「殻を付けたまま入学してくるのは呑《の》みましょう。卵を叩《たた》いて中身を測ったのは私なのですから。が──自らそれを破ろうとしない者の殻を、私は丁寧に剝《む》いてやったりはしません」

「──！」

雷に打たれたような衝撃が少年の胸を走った。魔女の言葉はなおも続く。

「最初の問いに答えましょう。──ここは正解を教える場ではありません。正解を探す場です。あなたたち雛鳥《ひなどり》と向き合うに当たって、私たち教師は常に手掛かりを与えるだけ。それを踏まえた上で、成果はその先で自ら摑《つか》み取《と》るもの。同時に──その姿勢こそが、魔法使いに求められる最低限の条件でもあります。

教師の言うことを聞いていれば事が上手《うま》く運ぶ。その思い込みから脱却し、私に反発してみせた点は評価しましょう。──それを理解した上で、改めて別室に向かいなさい。自分が為《な》すべきことが何であるか、今のあなたには自分の頭で考えられるはずです」

「………」

沈黙したゴッドフレイが踵《きびす》を返《かえ》して教室を去る。その姿を見送って軽くため息をつき、老女は教壇へと戻っていく。

「まったく、手のかかる。……教科書を出しなさい。今日の授業を始めます」

「厳しいこと言われたわねぇ。……アル、大丈夫？　気落ちしてない？」

授業の後、廊下で合流したカルロスが友人に声をかけた。ゴッドフレイが微笑《ほほえ》んで首を横に振る。

「いや──むしろ気合いが入った。あれは鋭い指摘だったと思う。……心のどこかで、俺は指導者の言うことには従うべきだと思い込んでいた。実家で父に教わっていた頃から、おそらく今までずっと」

自らを省みながらそう呟《つぶや》く。それで全てに納得がいったわけではない。だが今、少なくとも、ひとつの気付きは彼の中にあった。

「そうではないと教師自身が言った。なら、俺の側にも従い続ける理由はない。……色々と変えていこうと思う。心構えというよりも、そもそも生き方の次元から根本的に」

「素直に受け止めて考えるのねぇ。……やっぱり好きだわ、アナタのそういうところ」

カルロスが微笑《ほほえ》む。そんな彼に力強く頷《うなず》いて見せ、ちょうど行き当たった廊下の分かれ道で、ゴッドフレイは友人と逆の方向へ足を向ける。

「差し当たっては次の錬金術だが……俺は欠席する。退室しろと言われるためだけに教室まで足を運ぶのは時間の無駄だ。次は魔法剣の授業で会おう、カルロス」

「分かったわ。待ってるからね、アル」

互いに手を振って別れる。カルロスが見送る背中に、今は活力が漲《みなぎ》っていた。


そうしてふたつの授業を挟んで迎えた魔法剣の時間。が、ゴッドフレイの不器用さとはまた別のところで、この日はちょっとしたトラブルの気配が漂っていた。

乱取りを命じられた生徒たちの中で、ふたりの一年生が向き合って刃を交わしている。が、一方の色黒の女生徒が斬りかかると相手の男子生徒は合わせて後退し、同時に詠唱なしの領域魔法を行使。空中で爆《は》ぜた電光が女生徒の頰を叩《たた》く。

「……へへ……」

「…………」

が、そこから攻防が発展するわけではない。まともに斬り合う意思もないまま、男子生徒はただ相手に苦痛を与えるだけの無意味な攻撃を続けているのだった。同じことが三度続いたところで女生徒の側でも相手の意図を悟り、

「……がっ――」

続く瞬間、彼女の回し蹴りが相手の太腿《ふともも》をしたたかに打ち据える。その衝撃で倒れ込んだ男子生徒が数秒悶絶《もんぜつ》し、痛みが引いて状況を理解したところで、床から悪態をついた。

「て――てめぇ、何しやがる！　足を蹴るなんて反則だぞ！」

「そうだったか？　悪いな、聞き逃していた」

平然と言ってのける色黒の女生徒。怒り冷めやらぬ男子生徒の視線がガーランドを向くと、彼は苦笑して形ばかりの注意を口にする。

「……Ms《ミズ》・イングウェ。実家で学んだ体術を使うなとは言わないが、授業はまだ基礎を教えている段階だ。そこは一応意識してもらえると助かるが」

「失礼しました。小蠅《こばえ》の羽音が煩《うるさ》かったもので」

悪びれずそう言い、女生徒は鋭い目つきで相手を睨《にら》みつけた。静かな迫力に押されて彼女の前から涙目で逃げていく男子生徒。同じ光景をやや遠くから眺めていたゴッドフレイが、そこでぽつりと呟《つぶや》く。

「……彼女だな」

「え、アル？」

きょとんとするカルロスを置いてゴッドフレイが歩き出す。その足がまっすぐ女生徒のもとへと向かい、ほどなく目前で止まった。

「Ms《ミズ》・イングウェ。少しいいか」

「……なんだ？」

「アルヴィン＝ゴッドフレイだ。君の技に興味がある。よければ少し教えてくれないか」

率直に申し出る。話しかけるのは初めてだが、すでにゴッドフレイの側でも相手のことは多少知っていた。レセディ＝イングウェ——鷹《たか》じみて鋭い眼差《まなざ》しと引き締まった体が目を引く人物だが、それでいて誰ともつるまない一匹狼《いっぴきおおかみ》。色黒の肌は異大陸の血を示すものだ。

出し抜けの要求に一瞬目を丸くするも、彼女はすぐに相手から視線を切る。

「教えろと言われて自分の手札を明かす馬鹿がいるか。……そもそも、なぜ私に言う。蹴り《これ》が邪道だということくらい一目で分かるだろう」

「行儀の良《よ》し悪《あ》しを気にするのは今日から止めた。それを踏まえると、君の技がこの教室の中でいちばん実践的に見える」

「……フン。多少は見る目があるようだが、肝心の相手を選ぶセンスに欠けているな。さっきの光景を見ていなかったのか？　私はああいう人間だぞ」

つい先ほど蹴り倒した男子生徒を後ろ指で示して女生徒が言う。ゴッドフレイが即座に頷《うなず》く。

「もちろん見ていた。だから君を選んだんだ」

「ん？」

「領域魔法でしつこく嫌がらせされていただろう？　君はそれを鬱陶しく思って蹴り付けた。あれはどう考えても相手が悪い。あんなふざけた真似《まね》をされなければ、君も最後まで蹴りは使わなかったはずだ」

自分の目で見て取った事の経緯をゴッドフレイが語る。それを聞いた女生徒の口元がわずかにつり上がった。

「……なるほど。少しは面白そうだな」

それで彼女の側でも少しばかり興が乗った。相手に向き直って杖剣《じょうけん》を構え、レセディはゴッドフレイの目を鋭く見据える。

「技についてはもともと隠すほどのものでもない、見たいというなら見せてやろう。が――手取り足取り教えたりはせんぞ。蹴り倒されている間に勝手に見て取れ」

「ああ、それでいい。むしろ望むところだ」

不敵に笑ってゴッドフレイもまた杖剣《じょうけん》を構える。注意深く相手の初動を観察しようと目を凝らし――次の瞬間には、その視界を靴底が覆っていた。


自ら望んで散々蹴り倒された後。カルロスの肩を借りて辿《たど》り着《つ》いた談話室の片隅で、彼は殴られ過ぎて形の変わった顔を晒《さら》していた。

「すごい青痣《あおあざ》ねぇ。医務室に行かなくていいの？」

「……治癒に当てる時間が惜しい。それに、今の俺が見てくれを気にして何になる。人並みに顔を整えたところでとっくに校内の笑い者だ」

腫れ上がった唇で言いながら開き直って体を仰《の》け反《ぞ》らせる。その様子に苦笑しながら、カルロスが顔の青痣《あおあざ》へと杖《つえ》を向ける。

「……む……」

「アタシが気になるから治すわ。好きなんだもの、アナタのまっすぐな顔」

友人の厚意を無下にも出来ず、ゴッドフレイが黙って処置に身を委ねる。そんな彼に向かって、カルロスはぽつぽつと語る。

「ねぇ、アル。今は笑いものかもしれないけど——そんなに長くは続かないと思うわ、それ」

「……だといいが。何か見込みがあるのか？」

「ただの勘よ、生憎《あいにく》とね。でも、アタシ——どうしても思えないのよね。最初に会った時からずっと、アナタがただの不器用さんだなんて」

そう言ったところで処置を終えて杖《つえ》を引く。すっかり元通りになった精悍《せいかん》な顔立ちを前に、カルロスは満足げに微笑《ほほえ》む。

「魔法使いの勘を侮《あなど》るものじゃないわ。——アナタはきっと、化ける。それも何かとんでもない形で。アタシはその時をワクワクしながら待ってるの」

「……他でもない君の予言だ。遠慮なく鵜《う》呑《の》みにするぞ」

「ええ、そうして。絶対に後悔させないから」

腰に手を当ててカルロスがにっと笑う。ゴッドフレイも釣られて微笑《ほほえ》んだ。どんな治癒にも勝って、友人の言葉が彼を勇気付けてくれていたから。

教師の指導に期待することを止めた時から、ゴッドフレイは徐々に思考を自分の内面へと向け始めた。当たり前のことが出来ない自分をまず受け入れ、それを「出来る人間」の語る型に嵌《は》めようとするのではなく、自分に合った形での進歩を目指して工夫し始めたのだ。

試行錯誤を重ねつつ彼は考えた。――前提として、自分には魔力がある。体内魔力を測る方法は複数あるが、平時における自分のそれは同年代の魔法使いと比較しても遜色ない。問題が生じるのは魔力で何かをしようとする時であり、解決すべき点もそこに集約される。

では意念《イメージ》の問題か。未熟な意念のために魔法が不安定になることは別段珍しくない。だが不安定なら不安定なりの形を取るのが普通で、自分の場合は想像した魔法の発現形に比べて実際の結果が余りにも貧弱になる。不可解なのはこの点だ。注いだ魔力の量に対して魔法現象の規模が釣り合わない――つまりエネルギーの採算が合っていない。

ゴッドフレイは考えた。……では、差し引きで合わない分の魔力はどこへ行くのか？

誰かが掠《かす》め取《と》っているわけではないだろう。全ては自分の内部で起こっている出来事なのだから。何かを為《な》しているとすれば自分であり、それを認識出来ないのは無自覚の行いだからだ。

問いを改めよう。——自分はそれを、どこへ向かわせているのだろうか？

そうして迎えた数日後の朝。校舎を訪れたゴッドフレイたちは、昇降口の前で異様なものを目にしていた。

「——おらァ、どけどけ。呑気《のんき》に道塞いでんじゃねェぞ。踏み潰されてェのかお前ら」

巨大な魔獣を連れた魔法生物学の女性教師、バネッサ＝オールディスが生徒たちの前を横切っていく。その手が握る鎖は後ろに続く巨軀《きょく》の猪《いのしし》——魔猪《パイア》の首輪に繋《つな》がっていた。昇降口からほど近い場所の頸木《くびき》に鎖を繋《つな》いだ上で、バネッサは周りの生徒たちへ言い放つ。

「こいつは四年生用の教材だ。ちっと置いとくが、うっかり刺激すんなよ。お前らなんざ一息で消し飛ぶぜ？　そうなりてェってんなら別に止めねェけどよ」

そう言い置いたバネッサが白衣を翻《ひるがえ》して校舎の中へ去っていく。残された魔獣の二十フィートを越える巨体を生徒たちが遠巻きに眺め、ゴッドフレイとカルロスもそこへ加わる。

「また大きいの連れてきたわねぇ……。アタシたちの課題じゃなくてよかったわ」

「一年生にあれの相手をさせるのは、もはや餌場を用意するのと変わらんだろう……。無いとは言い切れないのがキンバリーの恐ろしいところだが」

各々《おのおの》の感想を口にするカルロスとゴッドフレイ。が、彼らは気付かない。その背後にいた生徒のひとりが、意地悪く笑って杖《つえ》を抜いたことに。

「……強く押されよ《イクストルディートル》」

潜めた声で唱えられた呪文。それが耳に届いた瞬間、カルロスがハッと目を見開き、

「——アル、危ない！」

「む⁉」

とっさに隣のゴッドフレイを両手で突き飛ばす。その瞬間、彼に向かって撃たれた魔法が身代わりとなったカルロスに直撃した。呪文の効果で体が前方へ大きく吹っ飛ぶ。

「カルロスっ！」

「……っ……！」

地面を転がったカルロスが強く打った腰を押さえながら前を向くと、すぐそばに殺気立った魔猪《バイア》の顔があった。その状況を目にして、呪文を放った生徒の顔が一気に青ざめる。

「や、やべぇ。体重軽いから飛びすぎた……」

「おい、誰か助けろ！」「どうやって⁉　あんたがやってよ！」

互いに押し付け合いながら一歩も前に出ない一年生たち。その間にも、下顎から生えた鋭い牙を光らせながら、魔獣はじりじりとカルロスに迫っていく。

「……参ったわね。美味《おい》しくないから見逃して、っていうのは……」

敵意のないことを示すように微笑《ほほえ》んでみせるカルロス。が、魔猪《バイア》の側には通じない。強引な

形でバネッサに屈服させられた経緯から人間に対する憎悪《ぞうお》が溜《た》まっている。凶暴な眼光でそれを察したカルロスが、震える手で杖剣《じょうけん》を抜く。

「……聞いてくれないわよねぇ。やっぱり……」

立ち上がった瞬間に襲われる。そう直感して杖剣《じょうけん》で牽制《けんせい》するが、そうなるとカルロスの側も逃げることが出来ない。教師が駆け付けるまで時間を稼げるか――そんな分の悪い勝負が頭をよぎったところで、ひとりの少年が魔獣との間に体ごと割って入った。無論、ゴッドフレイだ。

「――!? ダメよアル、逃げなさい！　自分で何とかするから――」

「断る！」

きっぱりと言い切ってゴッドフレイが杖剣《じょうけん》を構えた。唸《うな》る魔獣と一歩も引かずに睨《にら》み合《あ》う。

「汚い手で触れるな、化け物。……彼は俺の友達だ」

そう告げながら自分に語りかける。……状況は余りにもシンプルだ。友人が窮地にあり、その生命を脅《おびや》かす相手がすぐ目の前にいる。他者の助けも離脱も望めず、戦って退ける以外に道はなく、そのためには呪文が絶対的に必要になる。

だから、もういいはずだ。……躊躇《ためら》う理由など一片もない。そうだろう。

ひとつ残らず前を向け。理性も本能も、意識も無意識も――今この瞬間、意志《おれ》と同じ方向へ！

「──火炎盛《フランマ》りて！」

「──先生の考えは分かるのですが。少々厳しすぎはしませんか？」

同じ頃。校舎の一角では、ガーランドが遥《はる》か年長の魔女へ問いかけているところだった。言われたギルクリストが自《おの》ずとその意味を察して口を開く。

「……Mr《ミスター》．ゴッドフレイのことですか」

「ええ。本人が頑張っているだけに、報われなさが目に余ります。見ていると少々歯がゆくて」

素直な所感をガーランドが告げる。彼へ背を向けたままギルクリストが言う。

「同じだったはずです。ここに来るより以前、実家で魔法を教わっている間も、彼はずっと」

「……はい。指導者の不手際《ふてぎわ》が、長年に亘《わた》って積み重なったものかと」

「おそらく最初の一手で誤ったのでしょう。初めて呪文を教えて唱えさせた時、その出力が思いがけず強かった。その結果を目にして、彼の指導者は『制御が出来ていない』と考えた。だから『抑える』方向に指導を重ねた。それが全くの見当外れだと気付かないままに」

自らの分析をそう述べた上で、魔女はガーランドへと向き直る。

「あなたも気付いている通り、あの子の潜在的な魔法出力は同学年で随一です。将来的な成長性まで含めたなら、おそらく校内全体を見渡しても比肩《ひけん》する者は少ないでしょう。だというのに……その稀有《けう》な才能の大半を、あろうことか彼は、自分の魔力を抑え込むことに費やしている。呪文がまともに働かなくて当然です。詠唱の際に流れる膨大なエネルギーを、その度に同量の力で体内へ押し返しているのですから。杖《つえ》から現れるのは、その壮絶なせめぎ合いのほんの余波に過ぎません」

同意を込めてガーランドも頷《うなず》く。その在り方に秘められた大きな可能性を、入学試験の現場で彼もまた見て取った。だからこそ入学を推したという点ではギルクリストと同じだ。が――その扱いの面において、魔女には彼とは異なった信念がある。

「私が直接丁寧に指導すれば、問題は即座に解消するでしょう。あなたが期待しているように、それはもうたちどころに。しかし――それで本当に、彼が報われたと言えますか？」

「……これまでの年月が、ということですか」

「そうです。これまで何の成果も出せず周りに蔑まれ見下され、ひたすらに苦汁を飲んで過ごしてきた幼少からの日々。その長い時間の全てについて、です。……私の指導で問題が解消してしまえば、それはあの子ではなく私の成果です。本人は喜ぶかもしれません。救われたと感じるかもしれません。しかし――それでは意味がないのです」

相手の意図を知ったガーランドが口を閉ざす。ギルクリストがなおも続ける。

「これまで虚無へ放ってきた全ての時間、あらゆる徒労。目を覆いたくなるほどに莫大《ばくだい》なそれらを、彼は自分の手ですくい上げなければなりません。そうして自分で自分を救い、己の手で未来を切り開けるのだと実感し。その時に初めて、あの子は本当の意味で――」

魔女がそう口にしかけた瞬間、どこかから響いた轟音《ごうおん》が続く言葉を攫《さら》う。異変を察したガーランドが教室から飛び出し、開け放たれた扉から廊下の生徒たちのざわめきが響いてくる。

「おい、なんだ今の音」「爆発？　どこで？」

ギルクリストが軽く鼻を鳴らす。肌に感じた魔力の波から、原因はすでに悟っていた。

「……ようやく殻を破りましたか。まったく――要領の悪い子です」


その一瞬。昇降口を中心とする校舎の一帯を、熱気と共に全《まった》き炎色が埋め尽くした。

「……アル……」

目を眩《くら》ませた生徒たちが立ち尽くす中、カルロスが呆気《あっけ》に取《と》られて呟《つぶや》く。……自分を守るために友人が放った火炎呪文。ただ一発のそれで、わずかな消し炭を残して焼き尽くされた魔獣の痕跡を前に。

「……こういうことか……」

友人に背を向けたままゴッドフレイが呟《つぶや》く。制御しきれなかった炎で右腕は肘まで焼け焦げていたが、それでもどこまでも腑《ふ》に落ちた面持ちでいる。長い辛苦と困難を飲み干して、その全てを力に変えてみせた人間の顔で。

自らもたらした結果を数秒嚙《か》みしめた後。焼けた右手で杖剣《じょうけん》を握ったままカルロスに向き直り、彼は歯を見せてにっと微笑《ほほえ》む。

「友人の言葉は信じてみるものだな、カルロス。——君は予言者になれるぞ」

Case 1

毒殺魔

魔法使いの営みは常に生死と隣り合わせであり。その本質を損なわぬまま、学び舎《まなや》として幾ばくかの機能を付加したもの。つまるところキンバリーとはそういう場所だと言える。

必然、外界で重んじられる倫理の多くはここでは意味を成さない。近頃は人権派の台頭による影響もいくらかあるにせよ、それでも生徒たちの本質は昔からほぼ変わっていないと言えるだろう。即ち《すなわ》——己が魔道の追求に当たって自他の苦痛を顧みぬ姿勢。争うと決めたなら争い、奪うと決めたなら奪い、殺すと決めたなら殺す。そうした根本の心構えにおいて、この学校の生徒たちは全員が「戦う者」である。

故に。校内での私闘を禁じるルールにも、「他の生徒の学習の妨げになる」という以上の理由はない。その懸念《けねん》がない場所であれば、余程派手にやらない限りは黙認されるのが常である。キンバリーの校舎は広く深く、そして暗い。向いた場所など、校内を探せばいくらでもある。

「**打てよ風槌《インペトウス》！**」「**雷光疾りて《トニトウルス》！**」

この日もまた、人気の少ない廊下の片隅で杖《つえ》を交える者たちがいた。間合いを置いて激しい呪文の応酬が数合。それを経て一方が倒れ、その手から落ちた杖剣《じょうけん》が床に転がる。

「——がっ……」

敗れた男子生徒が倒れ込んで呻《うめ》く。そこに相手の女生徒が笑いながら歩み寄る。

「あははは！　終わり？　もう終わり？　でかい口叩《たた》いた割にしょっぱいなぁ、このっ！」

「おごっ……！」

興奮冷めやらぬ女生徒が容赦なく足を振り抜き、腹を蹴られた男子生徒がさらに悲痛な声を上げる。それすら誰の目もないからやっている蛮行ではない。巻き添えを避けるために距離こそ置いているにせよ、同じ光景を横目に通り過ぎていく生徒たちの姿も少なからずあった。

「おーおー、負け犬がひどい目に遭ってんな」

「誰か止めてやれよ。血ぃ吐くぜあれ」

「放《ほ》っとけばいいじゃない。止められたくないから立会人付けずにやってるんでしょ」

誰もが自業自得《じごうじとく》と肩をすくめるばかりで、ひとりとしてその行いを止めようとはしない。立会人を設けての決闘なら一応の歯止めは掛かるので、わざとその段取りを踏まなかった結果は自己責任というわけだ。敗者にかけられる情けはない。冷ややかな無関心の中、まだ相手を痛めつけ足りない女生徒が重ねて足を振り上げ、

「――そこまでにしろ！」

常識の外から声が響く。女生徒がきょとんと振り向くと、そこには厳しい面持ちをした二年生がふたり立っていた。一方は切れ上がった眉とまっすぐな瞳が印象的なアルヴィン＝ゴッドフレイ、もう一方は細身で中性的な風貌のカルロス＝ウィットロウ。両者の突然の介入に、女

生徒は訝《いぶか》しげに向き直る。

「あぁん？　……何よ、あんたら。いきなり割って入らないでくれる？」

「決着はもう付いている。決闘ならともかく私刑《リンチ》は見過ごせん。それはただの虐《いじ》めだ」

「喧嘩《けんか》売ってきたのはそいつよ。負けた後に小突き回されるくらい、面と向かって魔法使いを侮辱した報いとしては相応だと思わない？　こっちには家名だって懸かってんのよ」

「事の筋合いは察する。だが君への侮辱は勝利によって雪《そそ》がれ、その実力も周りに見せつけた。ならその先では寛容を示せ。それでこそ家の名に恥じない強者の振る舞いだ」

ゴッドフレイが筋道立った言葉で制止を促す。説得を試みながら、必要なら自分が相手になるとも目が語っている。その顔をしばらく眺めた後、女生徒はため息をついて杖剣《じょうけん》を下ろした。

「……なんかなぁ。別に連戦でも構わないんだけど、あんた相手だと気分乗らないわ。いいわよもう。白けたから後はそいつ好きにして」

そう言って踵《きびす》を返《かえ》し去っていく。彼女の背中が廊下に消えた後、ゴッドフレイとカルロスはすぐさま男子生徒に駆け寄った。

「アナタ、大丈夫？　すぐに治癒してあげたいけどごめんなさいね、内臓やってたらまずいから今は麻酔だけで我慢して。急いで医務室に運ぶわ」

「……ぅ……ぁ……」

声にならない苦悶《くもん》が男子生徒の口から漏れる。もう何度目にしたか分からないその光景に、ゴッドフレイがぎり、と歯を噛《か》みしめた。

その後。運び込まれた医務室で負傷を診た校医によって、男子生徒には「軽い内臓破裂」という診断が下された。普通人なら命に係わる重傷も、ここではその程度の扱いでしかない。

「……物騒すぎる」

談話室で腰を下ろしたゴッドフレイが呟《つぶや》く。カルロスが同意を込めて対面で沈黙する。

「予備知識こそあったが、実態は余りにも予想以上……いや、予想以下だ。ここでは暴力沙汰に出くわさない日のほうが珍しい。今日の終業までにまた血を見ずに済むか否《いな》か——カルロス、君ならどちらに賭ける？」

「そんな後味の悪いギャンブルは御免よ。それにしても、たった一年で自分でも信じられないくらい治癒が上達したわ。当然よね、毎日のように実践に事欠かないんだから」

杖《つえ》を眺めてため息と共にカルロスが言う。彼と共に過ごした血腥《ちなまぐさ》い一年間が思い出されて、ゴッドフレイは衝動的にテーブルをバンと叩《たた》く。

「……場当たり的に対処してきたが、もう限界だ。今のままにしておけるか。一時的なその場凌《しの》ぎではなく、この場所の現状そのものを変えるような一手が打ちたい。

実は、ひとつ考えがあるんだが……聞いてくれるか？」

「もちろんよ。どうせまた素敵なこと言い出すんでしょ」

テーブルに肘杖《ひじづえ》を突いたカルロスが笑顔で先を促す。そんな友人を前に、ゴッドフレイがきっぱりと意志を告げる。

「――自警団を立ち上げようと思う。もちろん俺たちだけではなく、同じような思いを持つ生徒を片っ端から集めて。

その中で秩序《ルール》を定めて守るのはもちろん、外部から脅威に晒《さら》された時も一致団結して対抗する。その輪を徐々に広げてやがては校内を覆う。具体的なビジョンはまだ朧《おぼろ》げだが、数が揃《そろ》ってくればそれなりの抑止力として働くはずだ」

大真面目な顔で志を語る少年。その立案を前に、カルロスが腕を組んで考え込む。

「大胆な旗揚げねぇ。……分かってると思うけど、相当な反感買うわよそれ。今のキンバリーの校風に真っ向から反発するんだもの。自警団っていうより、もう事実上のレジスタンスみたいなものじゃない？」

「……否定はできん。まず生徒会に入ってそこから動き始めることも考えたが、あそこと俺の考え方は余りにも没交渉だ。そもそも入れてもらえんだろうし、どうにか入り込んだところで俺の望む活動が出来るとは思えない。ならいっそ自分で一から立ち上げたほうがいい」

「そうなるわよね。……まぁ、規模が小さいうちは向こうの視界にも入らないでしょうから、反発云々《うんぬん》は今の時点だと捕らぬ飛竜の鱗《うろこ》算用だわ。まずはどうやって立ち上げ時のメンバーを集めるかよね。ふたりだけの自警団じゃ格好が付かないもの」

焦点を目の前に絞って語るカルロス。当然のように自分を数に含めてくれている友人に、ゴッドフレイが微笑《ほほえ》みで感謝を示す。——この得難《えがた》い友人がいなければ、自分もここまで大胆な行動に出ようとは思えなかったろう。

「ツテは少ないが、とにかく片っ端から辿《たど》って声をかけてみる。君のほうで有望な生徒に心当たりはあるか？　新しく入学してきた一年生も含めてだが」

「……んー……」

問われたカルロスがしばらく腕を組んで考え込み、やがてぽつりと口を開く。

「……ひとり、あると言えばあるんだけど。声をかけるのはもう少し先にしたいわ。ちょっと難しい子なのよ。アナタにもそのうち紹介するつもりではいるけど、時期は慎重に計ったほうがいいと思うの」

ゴッドフレイが頷《うなず》く。信頼する友人の判断なら、彼に異論などあるはずもない。

「では、そのタイミングは君に任せる。そちらは当てにしておくとして——今は、俺のほうで目を付けている相手からだな」

そう言って椅子を立つ。その相手が誰であるかも薄々察しながら、カルロスは彼の後に続いた。

「自警団だと？　──寝言は寝て言え」

複数の自奏太鼓《オートドラム》が激しいリズムを奏《かな》でる空き教室の中、ひとりの女生徒がそれに合わせて跳ね踊っている。自警団への勧誘第一候補である二年生、レセディ＝イングウェだ。切れ味鋭く攻撃的な彼女の舞踏を眺めながら、即答で拒否されたゴッドフレイが腕を組んで唸《うな》る。

「検討の余地もなしか。……一応、理由を聞かせてもらってもいいだろうか？」

「説明させるな、子供でも分かる話だ。──リスクがリターンを遥《はる》かに上回る勧誘に応じる者がいるか。お前はその自警団とやらで校内に秩序をもたらしたいのだろうが、現状では逆にそれ自体がちっぽけな異物に過ぎん。いざ脅威に晒《さら》された時、二年生ふたりのメンバーで何が満足に守れる？　そこにひとり増えて三人になろうと同じことだ」

休まず踊り続けながらレセディが答え、床に手を突いた逆立ちの姿勢から両脚を風車のように大きく振り回す。その躍動感にふたりも思わず見惚《みほ》れた。──リズムに合わせての舞踏は単なる芸事ではなく、異大陸に由来する彼女の武術の稽古だ。予備知識に乏しいゴッドフレイにも、彼女がこの瞬間にも牙を磨いていることは見て取れる。

「俺もそれは承知している。だからこそ立ち上げ時のメンバーは粒を揃《そろ》えたいんだ。自警団を名乗って動き始めるのはその後でいい。……ただ、活動のメインを同学年以下に絞ると仮定しても、腕の立つ仲間は初動から必須になる。君へ真っ先に声を掛けたのは何よりもそれが理由だ、レセディ」

勧誘の理由を率直にそう明かす。逆立ちから両手で跳躍して立ち上がったレセディが動きを止め、大きく呼吸した。額の汗を手の甲でぐいと拭い、それからゴッドフレイに向き直る。

「話にならんな。どうしてもその寝言を通したいのなら、お前たちのほうでそれなりの成果を持って来い。人数を揃《そろ》えるのは当然だが……それだけではなく、もっと直感的に響く何かだ。お前たちの口車に乗れば何かが変わる、その活動の先で大きなものを得られる――そうした確信と言い換えてもいい。……たとえ算盤《そろばん》勘定が否定しようと、魔法使いはしばしば理屈を超えた予感に引っ張られたがるものだからな」

そう言いながら、レセディは右手の人差し指をぴたりと相手の胸に向ける。

「つまるところ、何より求められるのはお前自身の求心力《カリスマ》だ。一時期の笑いもの扱いこそ脱却したようだが、それでも一介の火力バカに過ぎん今のお前にそれはない。自分を鍛え直して出直せ。その後でなら、また話くらいは聞いてやる」

その言葉を最後に、タオルで汗を拭いながら教室を去っていく。ゴッドフレイが無言で彼女の背中を見送り、隣でカルロスが苦笑した。

「……まず一敗ね。なかなか厳しいことを言われちゃったわ」

「いや、誠意ある忠告だ。彼女の言うことは一分の隙もなく正しい。俺自身が求心力を示す

――集団を立ち上げようとする人間にとって、それは決して避けて通れないハードルだろう」

厳しい意見に否応《いやおう》なく心が引き締まった。気持ちを改めたゴッドフレイがカルロスに向き直る。

「自警団の構想云々《うんぬん》より前に、まずは俺自身が成果を出して見せる必要があるようだ。……身も蓋もない言い方になるが、株を上げたい。それも可能ならキンバリーの連中とは違った形で。俺という人間が立ち上げる集団に、それを知った多くの生徒が惹《ひ》きつけられるように」

力強いその目標に、カルロスがにっと笑って頷《うなず》く。

「つまりはリハーサルね。アタシたちが自警団を組んで対処したいような問題を、まずアナタ自身が解決してみせればいいんだわ。こつこつ重ねるのも悪くないけど、出来ることならなるべくおっきく派手に。キンバリーの連中はそういう劇的なのが好きだからね」

「そういうことになるだろう。――方針は決まったな。まずは校内を走り回ってトラブルを探す。その中から俺に手が出せそうで、それもなるべく大きな問題を選んで解決《シュート》する。派手に、盛大に。――かつ誠実にだ」

「校内のトラブル？　そりゃ掃いて捨てるほどあるだろうけど……」

「下手に首突っ込むと大火傷《おおやけど》するわよ。というか、あんたに何が出来んの？」

「迷宮で幅利かせてるおっかない先輩をやっつけるとか？　まぁたぶん死ぬけど」

当面の目標を定めた上で動き出したゴッドフレイたちだが、当然ながら生徒たちの反応は冷たいものだった。現状では誰も彼らの実力に期待しておらず、必然的にゴッドフレイが掲げる自警団の構想にも惹《ひ》かれない。そもそも「トラブルの解決を他者に頼む」という発想が希薄なキンバリー生なので当然だ。

校舎のあちこちでの聞き取りを終えて、ゴッドフレイは早くも頭を抱えた。

「……家の関係が絡《から》む問題には部外者から手出しできん。いちばんトラブルの温床になっているのは当然ながら迷宮だが、今の俺たちが潜って活動するには荷が重い」

腕を組んでゴッドフレイが悩み込む。――キンバリーは学園魔宮の異称でも知られ、その校舎は地下の巨大な迷宮に蓋をする形で聳《そび》え立《た》っている。よって教師の目が行き届かない迷宮内こそがむしろ生徒たちの活動のメインであり、いずれはそちらの問題にも取り組まねばならない。が、多種多様な魔獣に加えて手練《てだ》れの生徒が跋扈《ばっこ》する迷宮の探索は、浅い階層に絞っても今の彼らでは手に余る。

「なかなか見当たらないわねぇ、手頃なトラブル。小さな案件ならあるにはあるけど、当たってもほとんど雑用みたいな働きになるし。それなら今まで通りに行き過ぎた喧嘩《けんか》を仲裁して回ったほうがマシだわ。便利屋みたいに軽く思われるのも違うしねぇ……」

カルロスがため息をつく。ゴッドフレイも自覚している通り、今の自分たちの立場と実力を踏まえると、着手できる問題は決して多くない。身の丈に合わない大事に首を突っ込んで自滅しては元も子もないのだから。

が、まるきり皆無かと言えば、それも違う。聞き取りで得られた情報の中から慎重に選んで、カルロスはそれを口にした。

「でも……ひとつ、気になる噂《うわさ》を聞いたわね。新しく入学してきた一年生の中にすごい問題児がいるみたいじゃない。一匹狼《いっぴきおおかみ》なんだけどものすごく周りに攻撃的で、ちょっとした口論から何度も殺し合いじみた喧嘩《けんか》になってるって……」

「ああ、そんな話もあったな。入学したての一年生が力を誇示するのはよくある話だから、俺のほうでは聞き流していたが……」

「時間が解決する問題かもしれないけど、聞いたところだと魔法毒を霧にして撒《ま》き散《ち》らすタイプでしょ？　巻き添えの被害がひどいって一年生たちはすっかり戦々恐々としてたわよ。自警団の目標がキンバリーを平和にすることなら、これはじゅうぶんに対処すべき問題と言えるんじゃない？」

友人に向き直ってカルロスが言う。その言葉を検討し、ゴッドフレイが顎に手を当てて頷《うなず》く。

「……解決を依頼されたわけではないが。確かに、今の俺たちに向いた案件かもしれないな。トラブルの中心が一年生なら手に余るということはないだろうし、それでいて同学年全体に影響する程度には問題が大きくもある。二年生以上への印象付けはそれほど期待できないが……」

だとしても、何もしないよりは遥《はる》かにマシだ」

意思を固めたゴッドフレイが顔を上げる。向かうべき方向を見定めたその表情を前に、カルロスが微笑《ほほえ》む。

「決断が早いのはアナタの美点よね。じゃ、善は急げ。さっそく本人に会いにいきましょ」

ふたり並んで廊下を走り出す。かくして、自警団最初の活動は問題児の更生と相成った。


折よく昼休みだったこともあり、「友誼《ゆうぎ》の間」を訪れると目的の人物はすぐに目に入った。大広間の一角で大きなテーブルを占拠している小柄な一年生がいたのだ。あるいは単に周りが恐れて近寄らないだけかもしれないが、鶏肉《とりにく》のローストを手づかみで貪り食う姿は何ともふてぶてしく、時おり周囲を舐《な》める凶暴な視線とも相まって、自然と前者の印象を補強している。

「……あれがそうか。なるほど、周りが遠巻きにしているな」

「キンバリーで一年生からあれはなかなかのヤンチャ振りねぇ……。手強《てごわ》そうだけど、ひとまずアタシから話しかけてみる？　難しい子の相手は割と得意なほうだけど」

気を使って言い出しっぺのカルロスから提案するが、ゴッドフレイが迷わず首を横に振る。

「いや、この件に当たると言ったのは俺だ。小細工はなしでまっすぐ行く。今もこの先も、誠心と誠意が俺の活動のモットーだ」

「清々《すがすが》しいくらいキンバリーに合わないモットーねぇ……。じゃあアタシはここで見守ってるわ。でも、手こずりそうだったらすぐに呼ぶのよ」

気遣うカルロスに頷《うなず》きで返し、ゴッドフレイが目的の相手へ向かって歩き出す。——もとより喋《しゃべ》りが得意なほうではない。何はともあれ相手の話をよく聞き、その上で自分の希望をまっすぐ伝える。自分に出来るのはそれだけだ。

「……食事中に失礼。少し時間をもらってもいいだろうか？」

声をかけた瞬間、少年の視線がじろりとゴッドフレイを向く。初めて間近で目にしたその風貌に、おや、とゴッドフレイは意外な感覚を覚えた。小さな体と細い手足、肩の上で切《き》り揃《そろ》えた光沢のある金髪、子供のあどけなさを残した端整な顔つき。それだけ見れば愛らしいと言っても差し支えのない少年だ。ただし——振り向くと同時にローブの懐《ふところ》へ忍ばせた左手と、瞳に湛《たた》えた異常に剣呑《けんのん》な光さえなければ、だが。

「……あぁ？　誰だお前」

「二年のアルヴィン＝ゴッドフレイだ。君と少し話がしたい」

睨《にら》んでくる視線を避けず、まっすぐ目を合わせてゴッドフレイが名乗る。少年の腰が椅子から浮きかけた。

「……僕のことシメに来たのか？　だったら場所変えるぜ」

「早まらないでくれ、君と争うつもりはない。……純粋に、交流が持ちたいんだ。食事の間の

わずかな時間で構わない」

相手を宥《なだ》めながら、さりげなく隣の椅子に腰を下ろす。少年が眉根を寄せて椅子に座り直す。

「交流ねぇ……。話すって、僕とアンタで何話すんだよ。こっちは何も喋《しゃべ》ることねぇぞ」

「何でも構わない。君が日頃から抱いている不満や鬱憤を愚痴ってくれるのでもいい。俺はそういうことが聞きたいんだ」

「はん。そりゃ物好きなこって」

冷たく鼻を鳴らすが、声に出して拒みはしない。持ち前の前向きさで、ゴッドフレイはそれを同席の許可と解釈する。

「許してもらえるなら幸いだ。……実は俺も昼食がまだでな。隣で取らせてもらうぞ」

そう言って少年の前の大皿に手を伸ばし、こんがりと焼けた鶏の脚を一本握って齧《かぶ》りつく。それを見た少年が眉根を寄せた。

「……よくその皿からメシ食えるな。何も聞いてねぇのか？」

「？　好き嫌いは特にない。ここのローストチキンは俺も好物だぞ」

むしゃむしゃと肉を咀嚼《そしゃく》しながらゴッドフレイが言う。それで少年は黙り込むが、彼の数倍の速度でチキンを骨にしたゴッドフレイが二本、三本と続けて平らげ、そのままサラダのボウルに手を伸ばす。皿に取り分けることもせず、ほとんど馬のような勢いで野菜を掻《か》き込むその姿に、さすがの少年も呆気《あっけ》に取《と》られた。

「いや、どういう食欲だよアンタ。今朝まで断食《だんじき》でもやってたのか？」

「んぁ、これが平常だ。原因は最近分かったんだが、どうも俺は人よりも魔力量がかなり多いらしい。そうと分かるまでは無駄飯食らいだの穀潰しだのと散々な言われようだったが、いざ脱却すると飯がいっそう美味《うま》くてな。君の分までは取らないから安心してくれ」

言いながらあっという間にサラダを平らげ、今度は手を伸ばしてミートパイの大皿を引き寄せる。少年もしばし彼の食べっぷりに見入った。その瞳は珍獣を眺める子供のそれだ。

「――で、思う所はないか？　さっきも言った通り、不満でも鬱憤でも何でも構わないが」

腹に人心地付いたところでゴッドフレイが改めて問いかける。我に返った少年がちっと舌打ちして顔を背けた。

「不満に鬱憤？　……んなモン、無いわけねぇだろ。つーか不満しかねぇよ。なんだってんだ、この山積みのクソを煮詰めたドブ以下の掃《は》き溜《だ》めは。前の場所をちょっとばかし水で薄めただけで、肝心の中身は何も変わりゃしねぇ」

さっそく情報が飛び出した。相手の言葉を分析しつつ、ゴッドフレイが重ねて問いかける。

「キンバリーの水が合わないのか？　……それは共感が持てるな。実を言うと、俺もおおむね同感だ」

「合わせてくんなようざってぇ。どうせアンタも同じだろ？　僕のことなんて呪文の的か蹴り回して遊ぶボールくらいにしか思ってねぇんだろ？　んなもん見りゃ分かんだよ」

「本当にか？」

まっすぐ目を見据えてゴッドフレイが問う。一瞬たりとも逸《そ》れない視線に相手のほうが気圧《けお》された。その瞳をしばし見据えて何かを悟り、少年がぽつりと呟《つぶや》く。

「……喧嘩《けんか》売る気は、マジでないみてぇだな」

その声と同時に、こわばっていた肩からわずかに力が抜ける。最初からずっと懐《ふところ》に忍ばせていた左手を出して、少年は改めて口を開いた。

「ティム＝リントンだ。……敵じゃねぇのは分かった。だから、一応名乗っといてやる」

「分かってもらえて恐縮だ、Mr.《ミスター》・リントン。……同時に、その態度が君なりに人を測っているのだとも分かった。誰彼構わず争いを吹っ掛けたいわけでは決してない。そうだろう？」

「……売られた喧嘩《けんか》はそりゃ一秒で買う。けど、別に僕のほうでワゴンセール開いてるわけじゃねぇんだ。放っておいてくれりゃ何もしねぇよ。だってのに、ここの連中は……」

周りを見渡したティムが憎々し気に呟《つぶや》く。ゴッドフレイからすると、それは事前に聴いていた相手の噂《うわさ》との大きな食い違いだった。風聞では彼自身が攻撃的に振る舞っていた印象だが、本人の認識としては敵意に対する防衛反応のようだ。

同時に、彼自身がそんな状況に辟易《へきえき》している心境もゴッドフレイには見て取れる。今限りで取り繕っているわけでもない。無名の二年生に対してそんなアピールをする理由は乏しいし、そんな器用な振る舞いが出来るくらいなら、彼は最初から波風立てずに過ごしていたはずだ。

今の状況になるまでに相当嫌な目に遭ってきたのだろう。そう推し量りながら、ゴッドフレイは聞き取りを再開する。

「……侮辱や屈辱が耐え難《がた》い、というわけではなさそうだな。違っていたら済まないが、君は自分の家門に対して拘《こだわ》りはないように見える」

「リントンの家に？　……ハッ、あるわきゃねぇよンなもん。ぶっ潰れてくれりゃ乾杯して祝うくらいのもんだ。ここも掃《は》き溜《だ》めだけど、それでも辛《かろ》うじて食えるメシがある。あそこにゃそれさえなかったからな」

そう言って皿にあった最後のソーセージを口に放り込む。それを噛《か》み砕《くだ》いて呑《の》み込んだところで、ティムがさっさと椅子を立つ。

「メシは食い終わった。約束通り、アンタとの喋《しゃべ》くりも終《しま》いだ」

「ああ。ありがとう、Mr.《ミスター》リントン。話せて良かったよ」

ゴッドフレイが軽く微笑《ほほえ》んで頷《うなず》く。その反応に、ティムが微妙な表情で口を尖《とが》らせる。

「……また来そうな顔だな、アンタ。いちいち止めやしねぇけど、次のお喋《しゃべ》りには期待すんなよ。虫の居所が悪けりゃシカトするぜ」

「ああ、それで構わない。だが、俺のほうはまた必ず会いに来る」

きっぱりとそう告げる。相手の答えに鼻を鳴らして踵《きびす》を返《かえ》し、ティム＝リントンは足早に友《ゆう》誼《ぎ》の間を去っていった。

直後。椅子に座ったまま後輩を見送るゴッドフレイの傍《かたわ》らに、カルロスが寄り添って立つ。

「お疲れさま、アル。……心配だったけど、けっこうちゃんと話せたみたいね。初対面の感触はどう？」

「悪くない。というより、想像より遥《はる》かにまともだ。彼はキンバリーの環境に反発している。ここに順応して暴力を振るう連中とは根本的に姿勢が違うんだ。その意味で——おそらく、俺とも気が合う」

抱いた感想をそう口にする。それは彼にとって嬉《うれ》しい誤算だった。問題児の更生を買って出たつもりが、その内面に自分と同族の気配を感じられたのだから。

とはいえ、それひとつで楽観の材料とするのは早計だ。相手との距離を冷静に測った上で、ゴッドフレイは今後の展望に思いを巡らせる。

「だが、交流に時間はかかるだろう。多少は本音が聞けたし、こちらに敵意がないことも伝わったと思うが——彼はまだ俺に警戒している。……あるいは、信頼できる相手というものに出会った例《ためし》が一度もないのかもしれない。育った場所の劣悪な環境は、今の短い話からも察せた」

「ああ……魔法使いにはよくある話ね。アタシにもひとり、同じような子に覚えがあるわ」

目を細めてカルロスが呟《つぶや》く。頭に浮かんだ憂いをすぐに振り切って、彼は柔らかな微笑《ほほえ》みを友人へ向ける。

「でも、それならアナタは説得に適任よ。誠心と誠意がモットー、そうでしょ？」

「その通りだ。……それが伝わるまで、これから何度でも会いに行くとしよう」

カルロスが苦笑する。一年の付き合いで彼も思い知っている。この男が「何度でも」と言うのなら、それは本当にそうなのだと。


無論のこと。カルロスとしても、生真面目な友人だけを頑張らせてはおかない。

ティムと最初のコンタクトを取った日の夜。夕食後にゴッドフレイと一旦別れたカルロスは、ひとつの姿を求めて校内をうろついた後、やがて寮へ続く噴水庭園の片隅に足を運んでいた。

「探したわよ、リア。——どうかしら？　ここで過ごす時間は」

見つけ出した相手に呼びかける。ベンチにぽつんと座っていた一年生の女生徒がじろりと彼を睨《にら》んだ。——透き通るように白い肌と紫がかった長い髪、可憐《かれん》で儚《はかな》げな顔立ちの中に輝く紫水晶《アメジスト》さながらの瞳。制服の着こなしは几帳面《きちょうめん》を通り越してやや神経質なほどで、肌を晒《さら》す面積を少しでも減らそうとする本人の努力が見て取れる。が——その意思とは裏腹な色香もまた、拭い難《がた》く彼女は纏《まと》っていた。その身が生まれ持つ体質、雄を無差別に蠱惑《こわく》する惹香《パフューム》と共に。

名をオフィーリア＝サルヴァドーリ。その血統の特殊性において魔法界では有名な、曰《いわ》く付《つ》きの旧家の娘である。

「……別に、普通よ。まだ変わったことをやらされるわけでもないし。いちいち様子見に来なくてもいいのに」

素っ気ない口調で応じてから、オフィーリアがじろりとカルロスを見返す。

「……あんたのほうは？　聞いてるわよ。変な奴《やつ》とつるんで喧嘩《けんか》の仲裁して回ってるって」

「ふふ、そうねぇ。最初は放っておけない感じだったから心配して傍《そば》にいたけど……すぐに彼のほうが動き出して、それに付いてく内にいつの間にか相棒みたいになっちゃったわ。アナタもなんだかんだ話は聞いてるでしょ。面白い子よ？」

「……聞いてるけど、すごい馬鹿って印象しかない。ここで弱い奴《やつ》を助けて回ってどうする気よ。ぜんぜん意味分かんない」

歯に衣着せぬ感想をそう述べる。反論は難しく、カルロスが苦笑して腕を組む。

「そうねぇ……。聞いて分からないなら、いっそ本人を見に行ってみたら？　彼がどういう人間か、たぶん一発で分かると思うわよ」

彼の提案にふんと鼻を鳴らすオフィーリア。が、一方でこうも思っていた。――どうせ同学年の連中と顔を合わせても不快なだけなら、その時間で珍獣を眺めにいくのも悪くはない、と。

また会いに来そうだとティムは予感した。が、その見込みは大いに甘かったと言わざるを得ない。

「やぁ。君も校庭で日向《ひなた》ぼっこか？　今日はいい天気だものな」

そんな挨拶を口にしながら同じベンチの隣に腰かけた男を横目に、校庭の休憩スペースで雑誌を読んでいたティムは露骨にため息をついた。──何がいい天気だ。仮に今が十年に一度の悪天候だとしても、その時はまた別の口実を付けて会いに来るくせに。

二日に一度。ひと月に亘《わた》って正確にその頻度で、ゴッドフレイはティムへの訪問を繰り返していた。ティムのほうではその日の機嫌によって適当に相手をしたり無視したりしたが、数分ほど取り留めのない雑談をすれば去っていくと分かると、彼の側でも警戒は徐々に薄れた。

「仮にそうだとしても、アンタに同じ趣味があるとは思わねぇよ。……くそ、最初に喋《しゃべ》ったのは失敗だったな。会いに来る口実をくれちまった」

「まぁそう言うな。ここを歩くのは俺も嫌いじゃないし、君もお喋《しゃべ》り自体が嫌いというわけではないんだろう？」

宥《なだ》めながらゴッドフレイが周りに目を向け、その視線がよく整備された庭木の茂みの中に意外なものを見つける。ドーム状の樹木の巣から顔を覗《のぞ》かせている小型の魔法生物、じょうろ鼬《ポットウィーゼル》だ。都合のいい形の樹木は自らの手で種を植えて育てたものである。

「おや、じょうろ鼬《ポットウィーゼル》か。この距離なら威嚇されるか逃げられるのが普通だと思うが……ひょっとして餌付けしているのか？」

「食べ残しをたまに放ってるだけだ。あんまジロジロ見んな、警戒しちまう」

「ああ、失礼。……生き物が好きなのか？」

「違《ちげ》ぇよ、カワイイもんが好きなんだ。見てると気がラクになっからな」

ティムが何の気なしに答え、初めて知った彼の嗜好《しこう》にゴッドフレイがふむふむと頷《うなず》く。それから今度は、相手が膝の上で広げた雑誌へと興味の矛先を移した。

「熱心に何の雑誌を読んでいるんだ？　その表紙は……あぁ、書店で見たことがあるぞ。確か有名なファッション誌だな」

「まぁな。いつもは流し見る程度だけど、今回はマダム・パスキエのデザイン特集があんだよ。コンテスト限定の新作まで解説付きで載ってやがる。シビれるぜこいつは……つっても、アンタにゃ分かんねぇか」

ティムが嘲るように肩をすくめる。その反応に、ゴッドフレイが珍しくムッとする。

「確かに服飾には明るくない。が、見る目がないとまでは言い切れんぞ。例えば——これなど君に似合いそうだ」

そう言って紙面の一部を指さす。まず目を惹《ひ》くのが、パニエを入れて美しく広がったスカート。フリルとレースをふんだんにあしらったドレスを身にまとって、日傘を傾けながら愛らしく笑う小柄な少女がそこにいた。は、とティムが口を丸くする。

「……ゴリッゴリの少女向けじゃねぇか。アンタの目にどう映ってんだよ僕は」

「そうか？　性別は関係ないと思うのだがな。可憐《かれん》な君には似合いそうだと、素直にそう感じた次第だ」

「――ッ」

不意打ちの言葉にティムが息を呑《の》む。客観的に見て整った容姿の彼だが、日頃の振る舞いが祟《たた》って、面と向かってそれを褒められたのはこの時が初めてだ。あるいは人生で初めての経験と言ってもいい。つまりは完全に予想外の不意打ちであり、応じる言葉がとっさに浮かばなかった。

妙な沈黙が流れ、話を変えないとまずいとティムの側で感じる。変わらず悠然とした相手の横顔に内心で腹を立てながら、彼は雑誌をバタンと閉じてゴッドフレイを睨《にら》んだ。

「……そろそろ言えよ。引っ掛かったのはどの喧嘩《けんか》だ？　僕を大人しくさせてぇんだろ？」

「その気持ちはあるな。が、少なくとも特定の生徒に仕向けられたわけではない。俺のはもっと利己的な理由だよ。身も蓋もなく言えば、問題児を更生させた手柄が欲しい」

「なんだそりゃ。そんなもんキンバリーじゃ何の勲章にもならねぇだろ」

「どうかな。人の欲求というのは目に付かないところにもあるものだ。ここの連中もそれは例外じゃない、俺はそう考えている」

　意味を摑《つか》みかねたティムが眉根を寄せる。そんな彼に顔を向けて、今度はゴッドフレイから思うところを述べる。

「……喧嘩《けんか》の巻き添えを食った生徒から話を聞くうちに思ったが、君の扱う魔法毒は一年生としてはかなり高度だ。効果も甚大《じんだい》で、どれも解毒《げどく》に並でなく手間がかかる。だが――そんなものを、君は霧にしてかなり無造作に撒《ま》き散《ち》らしているらしいな」

「ハ。それを止めろってか？」

「いや、違う。気になっているのは君自身のほうだ。――なぜ無事でいられる？　聞いたような戦い方では自分でも吸い込まずに済まないはずだ。これは単純な興味だが」

　そう言って真剣な目を向ける。問われたティムが、ふとベンチに置いていた飲み物のコップを見下ろした。ポーチから取り出した小瓶の液体をそこに一滴垂らし、中身を半分がた自分で飲んだ上で、彼はそれをゴッドフレイに差し出す。

「……飲んでみろよ。いちおう僕が飲《や》った後だ」

「む」

「怖ぇか？　そりゃそうだ、マトモな神経なら飲みやしねぇ。捨てていいぜ遠慮なく」

　乾いた笑みを浮かべてティムが言う。そのまま彼が引っ込めかけたコップを、ゴッドフレイの右手ががっしりと摑《つか》み止める。

「――いや。頂こう」

ティムがきょとんとする間もなく、ゴッドフレイはその中身を一息に呷《あお》った。予想外の反応に硬直するティム。数秒の沈黙を置いて、相手の手から落ちたコップが足元の敷石《しきいし》に転がる。

「は？」

「……かッ……！」

「……マジで飲みやがった。馬鹿かよアンタ……」

胸を押さえて蹲《うずくま》ったゴッドフレイを見下ろし、半ば呆然《ほうぜん》としながらティムが呟《つぶや》く。牽制《けんせい》を兼ねた軽い意地悪のつもりだったが、迷わず飲まれてしまっては仕様がない。悶《もだ》え苦しむ少年を前に、彼は温度のない声でそこに解説を添える。

「……もう分かってると思うけど、言っとくぜ。当然だけどそりゃ毒だ。魔法使いでも一滴でぶっ倒れるレベルの。でも――僕には効かねぇ。たとえその五倍の量を飲んでもビクともしねぇ。耐性があるからだ。昔さんざん飲まされたおかげで嫌でも身に付いちまったもんがな」

先の質問にそう答えるが、ゴッドフレイの側に応答する余裕はない。胃《い》の腑《ふ》を焼く激痛に耐えるのが精いっぱいだ。そんな彼に、ティムの言葉はなおも淡々と続く。

「効果は抑えてあるからその量で死にゃしねぇ。……けど、相当苦しむぜ。解毒《げどく》が済むまで数時間のた打ち回るくらいには」

その言葉を最後にベンチから立ち上がり、ゴッドフレイを残して歩き出す。……予定とは違ったが、これはこれで構わない。ただ時期が早まっただけのことだ。悪意のある相手には迷わず報復で返し、それがない相手は突き放す。この相手がどちらだったにせよ、事の始末はこれで済んだ。

「これでさすがにアンタも懲りただろ。——もう会いに来んな。それでもまた顔出すってんなら、他の連中と同じように僕のことをシメに来い。……そん時は全力で相手するからよ」

去っていくティムの背中へなおも声を上げようとするゴッドフレイ。が、同時に限界を迎えたその体が前のめりに崩れ落ちる。ちくりと胸に感じた痛みに舌打ちして、ティムは努めて振り向かずその場を後にした。

「…………」

直後。失神して横たわるゴッドフレイのもとに、校舎の陰からひとつの影が現れていた。一年のオフィーリア＝サルヴァドーリである。カルロスの言葉に乗せられて珍獣の観察に来てみたものの、そこで彼女が目にしたのはどこまでも理解に苦しむ光景だった。

倒れ伏したゴッドフレイの前に立ち、呆《あき》れと困惑に染まった顔で彼女は呟《つぶや》く。

「……どう思えってのよ、これを見て。勝手に毒呑《の》んで倒れてんじゃない……」

こうなるまでの経緯は彼女も物陰から見届けている。率直に言って同情の余地がない。毒と分かり切ったものを自分から飲んだのだから、あれはただの自滅だ。竜巻に自ら突っ込んで吹き飛ばされた人間を「馬鹿」以外にどう呼べばいいのだろう？

「……あー、もう……」

さっさと回れ右してこの場を去りたい。そんな気持ちに駆られながらも、小さな義理が彼女を足止めする。

「……アイツのお気に入りだし、放って帰ったら文句言うんでしょ、どうせ」

ため息混じりにそう言って杖《つえ》を抜き、ローブの懐《ふところ》に手を忍ばせる。……汎用の薬が効けばそれで良し。効かなければ校医に丸投げするだけだと思いながら。

「――――」

瞼《まぶた》を開いたゴッドフレイの視界に、微笑《ほほえ》んで自分を見下ろす友人の顔が映った。

「目が覚めた？　けっこう掛かったわねぇ」

穏やかな声でカルロスが言う。ベッドの上で上体を起こしたゴッドフレイが周りを見回すと、見慣れた寮の自室がそこにある。

「……これは……」

「倒れていた場所から運んだの。親切な人が解毒《げどく》薬を飲ませてくれたらしくて、アタシが駆け付けた時にはもう容体が安定していたわ。誰か知らないけど感謝しないとね」

相手が意識を失っていた間の経緯をそう説明した上で、カルロスがふと真顔になる。

「経緯は何となく想像できるわ。……毒を受けたのね？　あの子から」

「……いや、それは違う。あれは——俺が自分から飲んだ」

初手できっぱりと訂正された。目を丸くする友人に、ゴッドフレイはなおも続ける。

「尋ねたんだ、君はなぜ自分で撒《ま》いた毒に耐えられるのかと。それを説明するために、彼は自分で飲んだ毒をそのまま俺に回した。……無理に飲まされたわけじゃない。その気があれば断ることも出来た。だから、あれは俺の自業自得《じごうじとく》だ」

「強情ねぇ」

頑《かたく》なに後輩を擁護するその姿にカルロスが苦笑し、立ち上がって自分の机に向かう。そこでポットを手に取って中身のお茶をカップに注ぎながら、彼はぽつぽつと語る。

「いちおう忠告すると……諦めてもいい段階だと思うわよ。今回は無事で済んだけど、次もそうだとは限らないでしょう？　根が悪い子じゃないのはアタシもなんとなく分かる。でも、それはアナタの無事を少しも保証してはくれない。魔法使いってそういうものだもの」

優しい声で諦めを促す。その思い遣《おも》《や》りに、ゴッドフレイが微笑《ほほえ》んで目を伏せる。

「ありがとう、カルロス。……君にはいつも助けられる」

「何よ今さら。入学前からの仲じゃない」

カルロスが笑顔で歩み寄ってカップを差し出す。それを受け取って口を付け、渋めに淹《い》れられたお茶で意識を目覚めさせながら、ゴッドフレイが毅然《きぜん》と顔を上げる。

「だが——この件は心配無用だ。……今回でむしろ確信した。俺は彼と、友達になれる」

揺るぎない声でそう告げる。予測通りの答えとばかりにカルロスが肩をすくめた。

「一度そう決めちゃった以上、どうせテコでも動かないんでしょ。……分かったわよ、信じて見守るわ。ここじゃアタシがアナタの相棒だものね」

「また世話をかけてしまうな。だが——きっと、それには報いる」

決意を込めて口にする。同時にカップを傾け、彼はまだ熱いお茶を一気に飲み干した。


二日後の夕方。授業を終えて廊下を歩いていたティムは、周囲に忙《せわ》しなく視線を巡らせながら、ゴッドフレイの姿がどこにもないことを繰り返し確認していた。

「……さすがにもう来ねぇか。ったく、せいせいするぜ」

ため息交じりに呟《つぶや》く。諦めてくれて心底ほっとしていた。……敵意になら敵意で返せる。だが、その逆のものを向けられた時、果たして何をもって応じればいいのか彼には分からない。少なくとも生まれ育った場所ではひとつも学べなかった。

そんなことを思いながら廊下を進んでいたティムの足が、ぴたりと止まる。

「——あァ、いい殺気だ。……変なのに付きまとわれて辟易《へきえき》してたからな、最近は」

背中へ突き刺さる敵意に口元をつり上げ、ティムがぐるりと振り向く。

「出て来いよボケナスども。僕に用があんだろ？」

その言葉に応えて、左右の教室から五人の生徒が姿を現す。全員が一年生で、ティムにも見覚えのある顔ぶれだった。過去の諍《いさか》いで彼が手ずから毒を吸わせた面々だ。

「……もう限界だ。同じ学年にお前をのさばらせておくのは」

「跪《ひざまず》いて許しを乞いなさい〈毒殺魔〉。でなきゃ地獄を見ることになる」

杖剣《じょうけん》を構えた一年生たちが告げる。ティムが嘲るように笑みを深め、右手で杖剣《じょうけん》を抜く傍《かたわ》ら、左手を腰のポーチへと忍ばせる。

「とっくに見飽きたモンを見せられてもな。——そりゃ品評して欲しいってことかよ？」

さっさと始めろと振る舞いで告げる。最後通牒《つうちょう》を蹴られた五人が迷わず呪文を唱えた。

「「「「「雷光疾りて《トニトルス》！」」」」」

「**火炎盛りて**《フランマ》！」

ティムへ向かって殺到した五発の電撃。が、それに対して彼が応じることはなかった。背後から吹き付けた猛火が全てを真っ向から受け止め、間の空中で押し止《とど》めてのけたから。

「……は？」

肩透かしを食らったティムが目を丸くする。呆然《ぼうぜん》と立ち尽くす彼の背後で、ひとりの男が杖《つえ》を構えて踏み出す。

「ずいぶんと剣呑《けんのん》だな。立会人なしでの私闘、それも五対一とは」

アルヴィン＝ゴッドフレイがそこにいた。突然の乱入に五人の一年生たちが後ずさる。

「二年生……」「何よ、今の火力」

「ビビんな。腕焼けてんぞ、あっち」

一年生のひとりが小声で指摘する。その言葉通り、制御しきれなかった自らの呪文でゴッドフレイの右腕は制服ごと焼け焦げていた。その時点で結構な負傷のはずだが、苦痛はおくびにも出さずに一年生たちを睨《にら》み返す。彼の姿を前にリーダー格の女生徒が声を上げた。

「場所は選んだつもりです。部外者が出しゃばらないでくれますか？」

「ッ、そうだ。これは一年生の問題だ」

「アンタも噂《うわさ》くらい聞いてるだろ。そいつがどういう真似《まね》を繰り返してきたか」

他の生徒たちも負けじと声を重ねる。非難を受けたゴッドフレイが静かに頷《うなず》く。

「並々ならぬ軋轢《あつれき》があったことは察する。が――俺も多少なりとも彼の人柄を知っていてな。こうなるまでの経緯について、非が一方的にMr.《ミスター》リントンにあるとは思わない」

後輩への信頼を込めてそう告げる。裏腹にティムの顔面が壮絶に歪《ゆが》んだ。――馬鹿なのか、こいつは。自分が庇《かば》っている相手につい先日何をされたか、それすらもう忘れたと？

「とはいえ、君たちが受けただろう被害を無視もしない。……俺の立ち会いの下、場を改めて話し合えないだろうか？　Mr.《ミスター》リントンは争いを望んでいるわけではないんだ。先輩としても、君たちが穏便に過ごせるように計らいたい」

「万一にもそれで事が済むと思えるなら、あなたとは話が通じませんね」

揺るがぬ声でリーダー格の女生徒が言う。相手の意思を見て取ったゴッドフレイがしばし黙考し、それから小さく頷《うなず》く。

「……分かった。が、いずれにせよこの場はお開きだ。争うつもりは毛頭ないが、騒ぎ立てて教師を呼ぶ程度のことは俺にも出来る。君たちもそれは望まないだろう」

「……後輩の問題に首突っ込んだ挙句にそれかよ」

「呆《あき》れるぜ。面子《めんつ》とかねぇのかアンタ」

「その手のものは一年の頃に放り尽くしてな。興味があれば社会勉強にひとつ見てみるか？　後輩に追い詰められた二年生が『助けてくれ』と喚《わめ》き立《た》てる、それはそれは見苦しい様を」

辟易《へきえき》する後輩たちの前でにやりと笑って開き直る。そんなゴッドフレイをしばらく睨《にら》んだ後、リーダー格の女生徒が無言で杖剣《じょうけん》を収めた。

「……引き上げるわよ」

「え」「いいのかよ、おい」

「機会は改めて設ける。今は圧をかけただけで良しとするわ」

そう言って身をひるがえし、率先して廊下を歩き出す。仲間たちが慌てて後に続く中、彼女の頭には先ほどの呪文のぶつかり合いが再現されていた。――こちらは全員が全力で撃ったはず。学年の差を考慮に入れても、あの火力は明らかに尋常ではない。

「それに、侮《あなど》らないほうがいいと思う。あの人――自分で言うほど弱くない」

直感の警告に従って撤退していく一年生たち。その背中が曲がり角に消えるまで見送って、ゴッドフレイはようやく安堵《あんど》の息と共に杖《つえ》を下ろした。

「……なんとか退いてくれたか。リーダー格が賢明で助かったな」

「おい」

同時に詰め寄ったティムが彼の襟首を摑《つか》み上げる。殺気じみたその顔をゴッドフレイが平然と見返す。

「どうした、Mr《ミスター》.リントン。襟首を摑《つか》まれると怖いぞ」

「誰が頼んだよ。助けてくれって」

そうして真っ先に不満をぶつける。少しも怯まずゴッドフレイが首を横に振る。

「助けたつもりはない、諫《いさ》めただけだ。……君とて、俺が割って入らなくても一方的にやられはしなかっただろう。あるいは返り討ちにしてのけたかもしれん。が――そうすれば医務室行きの生徒が五人増える。君も含める場合は六人だ。避けたかったのはその結果だよ」

「んなもんキンバリー《こ》じゃ日常茶飯事だろうが。たったひとつ止めて何になるよ？」

「母数の大きさには関係なく、個別の事態へ対処することは意味があると俺は考える。そこは価値観の違いだな」

「そのちっぽけな成果と引き換えに自分の面目が潰れてもか。まさか忘れたんじゃねぇだろうな？　目の前にいるのは自分に毒飲ませた後輩だってこと」

「飲ませた？　それも見解の相違だ。俺は自分で飲んだはずだが」

きょとんとした顔でゴッドフレイが言う。眩暈《めまい》を覚えたティムの手が襟首から離れ、その足がふらふらと床を後退する。

「……あくそ、ダメだ。もう限界だ」

混乱と苛立《いらだ》ちで思考がまとまらないまま、彼はぎろりと相手を睨《にら》みつける。

「いい加減に吐けよ。――あんた、僕を手懐《てなず》けて何がしたい⁉　問題児を躾けた成果が欲しいって言ってたよな。じゃあ、その成果を使って何をする？　今みたいな馬鹿げた人助けを繰り返して、あんたはこの掃《は》き溜《だ》めで何がしたいんだ⁉」

「ここを今より優しい場所にしたい」

一瞬の間も置かず、ゴッドフレイがきっぱりと答えた。意表を突かれたティムが硬直する。その間に、彼は顎に手を当てて説明を補足した。

「少し具体性に欠けるか。――もっと言えば、自警団を作ろうと思っている。校内と迷宮に秩序をもたらし、そこで生じるあらゆる危険に対処する……そんな集まりだ。だから、同じ志を共有できる生徒を探している。君を更生させたという成果が欲しいのは、その際に俺というリーダーの求心力が必要になるからだ。それに……」

　そう前置きした上で、ゴッドフレイは改めて後輩をじっと見つめる。キンバリーの環境に馴染《なじ》めず、

「……今は君自身も、俺の仲間になって欲しいと思っている。根っこの部分で俺とまったく同じだ。その常識に抗《あらが》い、全力で反発する――そのスタンスは、根っこの部分で俺とまったく同じだ。君と一緒にこの場所を変えていきたい。俺の胸にある想《おも》いは、それで全てだ」

「か――変える？　ここを……？」

　忘我のうちに数秒が過ぎ去る。我に返ったティムが、慌てて相手から視線を逸《そ》らす。

「じょ――冗談も大概にしろ！　出来るわけねぇだろ、そんなこと！　一年生や二年生がどう足掻《あが》いたところで……！」

「いいや、出来る。数年後には俺たち自身も上級生になる。それまでに仲間を増やして少しずつ組織を拡大し、校内への影響力を獲得する。段取りを踏めば決して夢物語ではないんだ。遥《はる》かに遠くはあっても、断じて絵にかいたパンじゃない」

「そう考えるのがもう頭おかしいってんだよ！　掃《は》き溜《だ》めはどうしたところで掃《は》き溜《だ》めだろ！いくら掃除しても変わりゃしねぇ！　それは変わったりするもんじゃねぇ……！」

　吐き出す言葉に重い諦念が滲《にじ》む。が、ゴッドフレイは断固として首を横に振ってみせる。

「望まない環境の変化を完全に諦めるのなら、その感情は即《すなわ》ち絶望だ。俺は絶望していないし、したくもない。全てを諦めて大人しく過ごすくらいなら好きなように足掻《あが》きたい。……それは

きっと、君も同じだと信じている」

そう告げて相手をまっすぐ見据え続ける。その視線に耐えられない。堪《たま》らず振り切ってティムが廊下を歩き出す。

「……勝手に信じるんじゃねぇよ……！」

「ティム君！」

「付いてくんな！　近付いたら毒ブチ撒《ま》けんぞ！」

声を荒げて威嚇し、そのまま足取りも荒く廊下を去る。揺らぐその背中が曲がり角に消えるまで、ゴッドフレイはずっと同じ場所に立って後輩を見つめていた。

「……クソ、クソッ……！　何だアイツ！　毒飲ませりゃフツー諦めるだろ。わけの分かんねぇ話ばっかり聞かせやがって……！」

行く当てもなく廊下を歩きながらティムが悪態を吐き続ける。どれほど繰り返しても苛立《いらだ》ちは尽きない。相手の馬鹿さ加減をさんざん罵りながら——それを世迷言《よまいごと》と一蹴できない想《おも》いが、彼の胸の内にどうしようもなく燻っている。

「……変える……この場所を、変える。出来んのか？　そんなこと。……それを、望んでいいのか……？」

事の可否以前に、その発想自体がティムにとっては思いも寄らないものだった。これまでの人生において、彼はひたすら自分が置かれた環境に翻弄され続けてきたから。苦痛と理不尽に耐えて息を繋《つな》ぐだけの生涯と無意識に見切りを付け、刹那的な暴力の発露はその絶望の裏返しであり、いつしかそうして生き足掻《あが》くことにすら倦《う》んでいた。

だから。その前提を変えようとするゴッドフレイの試みは、まさしく青天《せいてん》の霹靂《へきれき》として目に映る。

「……じゃあ……変えられたのか？　……どうにかすりゃ、あの時も……」

――どうした？　食え、ティムよ。欠片《かけら》も残すな。

――それが毒虫の務めよ。殺したのはお前。生き残ったのもお前なのだから。

昏《くら》い記憶が頭をよぎる。ティムの全身に冷や汗が滲《にじ》み、彼はぶんぶんと首を振ってそれを遠ざける。

「……違《ちげ》ぇよ。……違《ちげ》ぇ……。……あれは、そんなにヌルいもんじゃなかった……」

そう呟《つぶや》いて廊下の半ばで足を止め、彼は途方に暮れたように天井を見上げる。

「……どうすりゃいいよ。なぁ、兄妹……」

最後にティムと会ってから六日が経《た》った日の夕方。探せど見当たらない後輩の姿に、ゴッドフレイとカルロスは校内を走り回っていた。

「――どう？　会えた？」

「いや、見つからない。授業には出ているようだが……どうやら、俺のほうが避けられているようだ」

廊下で落ち合ったふたりが現状を報告し合う。ゴッドフレイが苦い面持ちで腕を組む。

「その機会だと思って、あの時は全てを打ち明けたが……拙速に過ぎたかもしれないな。くそ、俺はつくづく思慮が足りない」

「……どうかしら。アナタを避けて過ごしてるってこと自体、あの子が深いところで揺れてる証拠だと思うわよ。人は無視できるものから逃げたりしない」

別の方向で考えたカルロスが所感を述べる。ゴッドフレイが頷《うなず》いて身をひるがえす。

「そう願いたい。だが――それなら尚《なお》のこと、今の彼には心のケアが必要だ。……俺はもう一度校舎を回る。君も何か手掛かりを摑《つか》んだら使い魔で報《しら》せてくれ」

「ええ、分かってるわ。――気を付けてね、アル」

友人の気遣いを背中に受けて、ゴッドフレイは廊下を走り出した。嫌な予感を抱えながら。

同じ頃。彼らが探し求める人物は、よろよろと独り校舎の外周を歩いていた。

「……喉を通りゃしねぇ。……ったく……これじゃ飯食いに行ってんだか、エサ取りに行ってんだか……」

苦悩にやつれた顔で呟《つぶや》く。その手が提げたバスケットには友誼《ゆうぎ》の間から持ってきた昼食の残りが入っている。いつも餌付けのために確保してあるのだが、今は自分が食べられない分をそのまま回しているに等しかった。最後にゴッドフレイと話して以来、葛藤で胃《い》の腑《ふ》が満たされたように食欲がないのだ。

向かう先はじょうろ鼬《ポットウィーゼル》が巣を張っているあの場所。が、すぐそばまで来たところで違和感を覚えた。今日は出迎えの気配がない。

「……？　……おいコラ、なんで出てこねぇんだ。いつもならこの辺で気付くだろ。ノロノロしてると持ち帰――って……」

言葉が掠《かす》れて消える。先客の上級生が数人いたが、彼らの姿はティムの意識に入らない。その足元の地面に、いたぶり殺されて無惨《むざん》に横たわる小動物の亡骸《なきがら》があったから。

「――ん？　おー、一年生。悪いけどよ、それ片付けといてくんない？」

「来たら散らばっててさ。汚らしくて目障《めざわ》りったらありゃしない」

「誰か知らねぇけど、憂《う》さ晴《ば》らしに獣シメたらちゃんと後始末しろよなー」

呆《あき》れたように呟《つぶや》く上級生たち。その態度から、手を下したのが彼らでないことはすぐに知れた。生き物を殺《あや》めた程度のこと、キンバリーの生徒ならいちいち取り繕いもしない。それで罪悪感を覚える神経にそもそも持ち合わせがない。

だから——彼らの行いであってくれたほうが、まだ良かった。

それなら相手がいた。目の前の連中に怒りをぶつけて、そこで話を終わりに出来た。

「………………」

ティムが無言でしゃがみ込み、放置された屍《しかばね》を拾い上げる。……子育て中だった夫婦と幼い子供たちを合わせて五匹。制服が血に染まるのも構わず全て両腕に抱えて、彼はそのまま上級生たちの前を通り過ぎる。

「……なんだありゃ」「先輩シカトとかいい度胸だねー」

「気分悪かったんじゃねぇの？　顔真っ青だったぜ、あいつ」

じょうろ鼬《ポットウィーゼル》の死骸を抱えたままティムが校舎沿いを歩き続けていると、じきに空が泣き出した。冷たい雨が小柄な体を濡《ぬ》らしていく。が、そんなことは今の彼にはどうでもいい。

「……はは……」

乾いた笑いが口から零《こぼ》れる。この魔境にあって束《つか》の間《ま》だけ心を癒《いや》してくれたものを想《おも》いながら。踏《ふ》み躙《にじ》られたその残骸を、どうしようもなく腕に抱えながら。

「……何落ち込んでんだ、僕。……知ってたじゃねぇか、こういう場所だって……」

当然の結果に自嘲がこみ上げる。それで無理やり他の感情を塗り潰し、ティムは空を仰いで笑いを弾《はじ》けさせる。

「……はははははは……！　そうだよな、やっぱそうだった！　……変わんねぇよ！　あそこもここも、やっぱり何も変わりゃしねぇ……！」

雨と入り混じった涙が頬を伝う。やがて、長い時間を経て笑い声が止《や》み。許しを乞うように、その口がぽつり告げる。

「――だからさ。……もういいよな？　兄妹……」


およそ十分後。下級生たちで賑《にぎ》わう友誼《ゆうぎ》の間を、雨に降られてびしょ濡《ぬ》れの姿のまま、ティムはふらりと訪れていた。

「うおっ、来たぜ〈毒殺魔〉」「離れろ離れろ。テーブル近いと危ねぇぞ」

彼の姿を見つけた生徒たちが露骨に席を移動し始める。だが、そんなものはティムの視界に入らない。広間の中央にまっすぐ辿《たど》り着《つ》くと、彼はそこで足を止める。

「……？　何やってんだアイツ、真ん中で棒立ちして」

「人でも探してるんじゃない？　喋《しゃべ》る相手がいるのか知んないけど」

嘲笑《あざわら》う生徒たち。その眼前で、ティムが愛用のポーチを頭上に放り投げる。

「——**瞬き爆ぜよ**《フラルゴ》」

追って撃ち上げた炸裂《さくれつ》呪文がそれを粉砕する。ポーチに収まっていた大量の魔法薬が爆発し、極彩色の霧となって広間に降り注ぐ。

「——へ？」「……え？」「——いや、ちょ」

呆然《ぼうぜん》とする生徒たちの中から、霧に触れた者がその場で泡を吹いて倒れ伏す。それを目にした瞬間、彼らの顔が一斉に青ざめる。

「あ、あいつ——」「——毒撒《ま》きやがったア！」

恐慌《きょうこう》に駆られた生徒たちが一斉に逃げ惑い始める。そのパニックの中心で、ティムは制服の懐《ふところ》から追加の毒瓶を取り出し、それをあらゆる角度へ無造作に放り投げた。

「——**瞬き爆ぜよ**《フラルゴ》——**瞬き爆ぜよ**《フラルゴ》。……**瞬き爆ぜよ**《フラルゴ》」

温度のない声で詠唱が続く。大広間の大半が見る間に毒霧で満たされていく。

「……**瞬き爆ぜよ**《フラルゴ》……**瞬き爆ぜよ**《フラルゴ》……**瞬き爆ぜよ**《フラルゴ》、**瞬き爆ぜよ**《フラルゴ》、**瞬き爆ぜよ**《フラルゴ》……」

やがて手持ちの毒瓶が尽きると、ティムは右手の杖剣《じょうけん》から当てずっぽうに呪文を放ち続ける。いちいち狙いを定めもしない。この学校そのもの、ひいては自分を取り巻く世界の全てに、彼の害意は向いているのだから。

「──最初に理解せよ。この壺で生き残るのは、お前たちの中のひとりだけだと」

窓のない大部屋の中央に佇《たたず》むひとりの翁《おきな》が告げ、親戚中から掻《か》き集《あつ》められた「素材」の子供たちは息を呑《の》んでそれを聞く。その中に幼いティムもいた。晩年に至って正気を喪《うしな》いつつある大錬金術師アリスター＝リントン──その最後の大儀式に、贄《にえ》として供されるために。

「毒を調合しろ。飲ませた相手が死に、同じものを飲んだ自分は生き残る──そのようなギリギリの塩梅《あんばい》でだ。

それを次に、無作為に組ませた二者の間で飲ませ合う。生き残った側は死んだ側の肉を食らい、相手の耐性を我が物としろ。──同じ工程を最後のひとりまで繰り返すことで、生き残りは最高の耐性を得た傑作となる」

己の運命を突き付けられた子供たちの顔が絶望に歪《ゆが》む。徹頭徹尾、その内容は狂気の沙汰だ。

「かように、お前たちは兄弟の血肉を貪って生き延びる毒虫だ。──弁《わきま》えたなら、人がましい心は早々に捨て去って調合に励むがいい。そんなものは畢竟《ひっきょう》、毒を鈍らせる不純物に過ぎんのだからな──」

呪文を唱え続けるティムの目から涙が溢《あふ》れ、暗い壺《つぼ》の底に沈んだ過去から彼は叫ぶ。――環境《まわり》を変えられるというのなら。その言葉は、あそこにいた頃に聞きたかった。

「――ごほッ！」

唱えかけた呪文に代わって血反吐《ちへど》がこみ上げる。その瞬間、ティムの体が膝から崩れ落ちる。

「……ハハ……さすがに限界かァ……」

力なくへたり込んで呟《つぶや》き、感覚を失った右手から杖剣《じょうけん》を取り落とす。――忌《い》まわしい生存競争を経て獲得した耐性にも限界はある。自ら撒《ま》いた毒霧の真《ま》っ只中《ただなか》で、自分だけがいつまでも無事にいられようはずもない。

構わなかった。自ら調合した毒に自分だけ耐えて生き延びる――そんな虫のいい結果は望んでいない。もう沢山だ。だって、同じことは過去に嫌というほど繰り返してきたのだから。

「……まァ、いいよな。やるだけ、やったろ。……少しは、気が晴れたかよ？　兄妹……」

血肉となった子供たちへ向けてそう呟《つぶや》き、ティムは床にごろりと仰向けに横たわる。……もう指一本動かすのも億劫《おっくう》だった。早く心臓が止まって欲しかった。光のない人生そのものに、彼はどうしようもなく倦《う》んでいた。

「……生まれるんじゃ、なかったなァ……こんな世界に……」

ひとりの生徒の凶行によってパニックの渦中《かちゅう》にある友誼《ゆうぎ》の間。その現場に、ゴッドフレイは一拍遅れて駆け付けた。

「――アル！」

「何があった、カルロス！」

一足先に来ていた友人と合流する。毒霧から距離を取りつつ、カルロスが状況を説明する。

「毒を撒《ま》いたのよ、あの子が。友誼《ゆうぎ》の間の真ん中で。……たぶん、本人もまだあの中にいるわ。さっきまで呪文が飛んできてたから……」

目を細めて霧の中を見つめながら言う。それを聞いた瞬間、ゴッドフレイの目が据わる。

「……カルロス。ここから俺に呼びかけ続けてくれ」

「アル⁉ まさか――アナタ、飛び込む気⁉」

「当然だ。そうしなければ彼が死ぬ」

迷わず霧の中へ踏み出そうとするゴッドフレイ。カルロスがその手首を強く掴《つか》んで止める。

「……行かせないわ。いくらアナタでも、それはもう自殺と一緒よ。生きて帰れる見込みが何もない」

「最短で辿《たど》り着《つ》いて担《かつ》いで戻る。呼吸を最低限に抑えれば往復の間くらいは耐えられるはずだ」

「その根拠は何⁉　ただの思い込み、もっと言えば妄想寄りの楽観でしょ！　無謀もいい加減にして！　アタシに目の前で友達を亡《な》くさせる気⁉」

いつになく強い口調でカルロスが訴える。涙の滲《にじ》むその目に見つめられて、ゴッドフレイはぐっと俯《うつむ》き――こぶしをきつく握り締める。

「君が正しい、カルロス。……だから、済まない」

詫《わ》びると同時に手を振り払い、相手の肩を押して突き飛ばす。目を見開くカルロスの眼前で、ゴッドフレイは床を蹴って霧の中へと突き進んだ。

「――これは、俺の我儘《わがまま》だ」

「アル――！」

一方。色濃く立ち込める毒霧の中で、ティムは今なお苦しみ続けていた。

「……ゴホッ、ゴホッ……！　……クソッ……耐性がアダだな……ちっとも、楽に……死ねや、しねぇ……」

倒れたまま苦々しい面持ちで呟《つぶや》く。彼の意思とは裏腹に、ティムの体は今なお全力で彼を生かそうとしているのだ。一秒でも長く苦しめと彼に命じる。それはもはや呪いであるかのように。

いっそ杖剣《じょうけん》で胸を突いたほうが早いか。そんな発想が頭を掠《かす》めたティムの耳に、ふと間近から足音が響く。

「……あぁ……？」

訝《いぶか》しんで目を細めるティム。彼が視線を向けた霧の一角から、大柄な男がぬっと現れる。

「いたな。——担《かつ》ぐぞ、ティム君」

「……は……？」

呆然《ぼうぜん》とする少年をゴッドフレイの両腕が担《かつ》ぎ上《あ》げる。毒の回った頭で見ている幻覚かとティムはまず疑った。だが、皮膚を通して伝わる確かな体温がそれを否定する。同時に背筋を寒気が突き上げる。

「……なに……やって、んだ、アンタ……。ここ……どこだと……」

「喋《しゃべ》るな。毒を吸い込む」

そう言って黙々と歩き続けるゴッドフレイ。と、その腰が何かにぶつかり足が止まる。

「……む……テーブルか」

すぐに方向を変えて歩き出すゴッドフレイ。だが、ほどなくその体がまた別のテーブルにぶつかる。それで相手の状態を察して、ティムの顔がぎゅっと歪《ゆが》んだ。

「……ふざけんな……目、もう、見えてねぇじゃねぇか……！　い——行けよ！　——ゴホッ——僕を、置いて逃げろ！　早く、今すぐ……！」

「断る」

きっぱりと告げて歩き続ける。毒で萎えたティムの両腕が力なく男の背中を叩《たた》く。

「やめろ、やめろ……！　マジで死ぬぞ！　その様子じゃ——カハッ、も、もう一分ももたない！　今すぐ解毒《げどく》を始めても間に合うか分かんねぇ！　自分でも、わ、分かってんだろ!?」

「かもしれん」

あっさりと頷《うなず》く。無論——ゴッドフレイとて、馬鹿なことをやっているとは自覚している。視覚はすでに九割がた潰れ、異常をきたした平衡感覚のせいで足取りもおぼつかない。皮膚が爛《ただ》れる激痛よりも吐き気と眠気のほうが致命的で、気を抜けば今にも一瞬で昏倒《こんとう》する。死に向かって転げ落ちている、そのことは自分自身が誰よりも知っている。

父が見れば嘆くだろう。せっかく身の丈に合わない名門に滑り込めたのに、なぜお前はそんなにも愚かなのかと。本当に申し訳なく思う。もう分かっているのだ。あの人が望むような魔法使いには、自分はどう足掻《あが》いてもなれないのだと。

「……だが——」

けれど、父上。……愚息はこうも思うのです。人間は最初から、自分以外の何者にもなるべきではないと。

己の本来性を否定し、絶叫する心を金槌《かなづち》で打って砕いて磨《す》り潰《つぶ》し、その残骸をこねて別の形に固め直す。……それがあなたの望む魔道でしょうか？　ひとりの父として、魔法使いとして、息子の未来に望むところでしょうか？

だとすれば、期待には添えない。俺はそうしたくない。誰にもそうなって欲しくない。

俺はここで、俺になりたい。だから——自分であることだけは、譲らない。

「——これが、俺の、やりたいことだ」

どこまでも澄み渡った笑みが男の顔に浮かぶ。その声の力強さが、魂に宿る意思が、凍え切ったティムの胸を強く打つ。失意と絶望の分厚い雲間を抜けた一筋の光。彼がその人生で初めて目にする輝きは、暖炉の炎にも似た優しい茜色《あかねいろ》をしていた。

「——アル！　こっちよ、アル！　聞こえてる⁉　こっちに来て——！」

朦朧《もうろう》としたゴッドフレイの意識に友の声が届く。辛《かろ》うじて機能を残した耳がそれを捉えている。心底ありがたかった。それさえあれば、何度ぶつかろうとも方角だけは誤らない。

ティムを背負い、彼は進んだ。その方向へ。今なお自分を待っていてくれる友人のもとへ。

その道行《みちゆき》の果てで。やがて——ふたりの体が、霧を抜けた。

「……待たせた……」

「アル！　……ッ……！」

帰還したふたりの姿にカルロスが絶句する。耐性がない分だけゴッドフレイへの毒の影響はティムよりさらに激しく、制服から露出した部分の皮膚という皮膚が融《と》け爛《ただ》れた様相は死人よりもなお酷《ひど》い。そんな状態でも崩れ落ちず、彼はまずティムをゆっくりと床に下ろした。

「……意識は、あるか。……ティム君……」

身を屈《かが》めてゴッドフレイが問いかける。口にする言葉が見つからないまま、ティムが視線だけでそれに応える。

「……そうか。……良かった」

確認と同時に、安堵《あんど》したゴッドフレイが意識を手放して倒れ込む。すぐさま応急処置に回ろうとするカルロスだが、その背後にふらりと影が現れていた。気配に気付いたカルロスがそちらへ視線を向けると、よく知る一年生の女生徒がそこに立っている。

「──リア？」

「……なに考えてんのよ、こいつ……」

呆然《ぼうぜん》と呟《つぶや》く。昏倒《こんとう》した男を見つめるオフィーリアの瞳に、馬鹿げた行いへの呆《あき》れを通り越して、異様なものへの畏れが滲《にじ》む。

「……ほとんど死んでるじゃない。前は自分から毒を飲んで、今度は毒の中に突っ込んで……こんなこと、去年からずっと繰り返してきてるの……？」

カルロスが無言で俯《うつむ》く。それが何よりも雄弁な返答だった。途端に自分でも制御出来ない感情が胸を込み上げて、オフィーリアは思わず声を荒らげる。

「……馬鹿じゃないの。どういう頭してたらそうなるのよ。ねぇカルロス……何がしたいの？こんなザマになってまで、こいつは何が……！」

悲鳴じみた問いが響く。近くのテーブルから取り寄せた水で皮膚表面の毒を洗い流しながら、カルロスがぽつりと口を開く。

「アナタが相手でも同じことをしたはずよ。……そういう子なの。どうしようもなく」

「……っ――」

オフィーリアが全ての言葉を失って立ち尽くす。そんな中、今なおパニックの渦中《かちゅう》にある大広間に、事態を知らされてやって来た校医の怒鳴り声が響き渡った。

「――オラァ、何だこの有様《ありさま》！　下手人はどこの誰だァ⁉　このヒセラ＝ゾンネフェルト様を医務室から引っ張り出すたァいい度胸だ！　まだ死んでねェヤツから順番に並べ！　全員死ぬより辛ェ治療を施してやる！　せいぜい悲鳴でアタシの機嫌を取りやがれ、イイ合奏になるまで誰も楽にはしねェぞォ！」

駆け付けた校医によって材木も同然の手際《てぎわ》で負傷者が担《かつ》ぎ出《だ》されると、そこからの事態の収拾は至って速やかだった。もとより生徒の大半は毒の影響範囲から自力で逃れており、初動で昏倒《こんとう》した生徒たちも鉄火場慣れした二、三年生の手で早期に救助されていたのだ。安全圏から自ら毒霧の中心へ向かったゴッドフレイは稀有《けう》な例外であり、結果として彼がいちばんの重傷を負った。

校舎中の誰もが事の顛末《てんまつ》について噂《うわさ》し合う中、そうしてあっという間に三日が過ぎた。

「――済まなかった。本当に――心の底から、反省している」

医務室の中、病床のゴッドフレイが深々と頭を下げる。意識は戻ったとはいえ全快とはいかず、今も全身に巻いた包帯でミイラのような有様《ありさま》だ。が、ベッドの傍らで頬を膨らませて押し黙るカルロスの姿を見れば、のんびりと寝ているわけにはいかない。

平謝りのゴッドフレイへ目を向けてやらないまま、カルロスがぶすっとした顔で口を開く。

「……どうだか。どうせ聞き流すんでしょ、アタシの言うことなんて」

「違う。それは、違う。全て大切に受け止めている。本当だ。君はいつだって俺を想《おも》って言葉をくれる。蔑《ないがし》ろにできるわけがない」

「事実に反する発言があるようだけど？」

「済まない。本当に済まない。……だが、どうしても――どうしても、助けたかった。あんな場所で彼をひとりきりで死なせたくなかった。動かずにはいられなかったんだ。それがどんなに馬鹿げた真似《まね》だとしても……」

偽らざる気持ちをそう告げる。その言葉に、カルロスの瞳が水面のように揺れる。

「……分かってるわ、アナタがそういう人だって。たぶん、この学校で、いちばんアタシがよく分かってる」

「…………」

「でも……それなら、アタシの気持ちも分かって。アナタが毒の中に飛び込んだ時、どんなに胸が張り裂けそうだったか想像して。アナタが生きて帰らなかった時、遺《のこ》されたアタシがどんな顔をしているか思い描いて。……お願いよ……」

訴えられたゴッドフレイが目を閉じて俯《うつむ》き続ける。それでじゅうぶんに気持ちが伝わったと見て、涙を拭ったカルロスがぱっと笑顔になった。

「……お説教はここまで。何にせよ、ひとまず生きて帰ってきてくれたのが嬉《うれ》しいわ。目も見えるようになってきたみたいだし、後遺症の心配はなさそうね。ゾンネフェルト校医の腕に感謝しないと」

「……感謝は、している。だが……治療中のことは思い出したくない。控えめに言って……あれは、治療という名の拷問だった……」

思い出したゴッドフレイの背筋がぶるりと震える。思考を必死にそこから逸《そ》らすと、自然とひとりの後輩のことが彼の頭に浮かぶ。

「……ところで、ティム君の容体はどうだ。目覚めた時にはもう医務室にいなかったが――」

「邪魔しまーす！」

その頃合いで、ひとりの生徒が病室へ乱入してくる。きょとんとして顔を向けるゴッドフレイとカルロスに、フリルをあしらった衣装に身を包んだその人物がまっすぐ歩み寄った。弾《はじ》けるような笑顔が眩《まぶ》しい小柄で可憐《かれん》な女生徒だ。

「こんちわ、ゴッドフレイ先輩にウィットロウ先輩！　調子どうですか？　痰《たん》に血が混じったり血のションベン出たりしてません？　あの量で吸ったら正直何が起こってもおかしくないんで、なんか気付いたら即言ってくださいね！　解毒《げどく》剤作れないけどぜんぶ記録して校医に伝えるんで！　あと下の世話とかあったら任せてください！　何でもやりますんで！」

怒濤《どとう》の勢いで話し始める生徒に面食《めんく》らうふたり。ゴッドフレイが慌てて両手でそれを制する。

「……ま、待て。待ってくれ。き――君は誰だ？　その、見舞いに来てくれたのに本当にすまないが、過去に一度も会った覚えが……」

「へ？　何言ってんですか先輩。僕ですよ、僕」

そう言って自分を指さす女生徒。薄く化粧した顔立ちの中にもかすかに残る剣呑《けんのん》な面影で、ゴッドフレイとカルロスはようやく悟った。それが自分たちのよく知る後輩の男子生徒であることを。

「――――まさか……ティム君？」

「そーですよ！　まさかも何も、僕は僕以外いないでしょ！　――あっ、そっか。この格好が初めてだからですかね？」

こくこくと頷《うなず》くふたり。その前で、ティムがスカートを翻《ひるがえ》してくるりと回転する。

「ほら、僕、カワイイものが好きじゃないですか。だったら自分がカワイくなれば無敵じゃね？　って思って。せっかく見舞いに行くんだし気合い入れて選んだんですけど、もしかしてあんまり好みじゃなかったですか？　もうちょいフォーマル寄りのほうが好きだったり？　そういうのもどんどん言ってください！　僕のほうも自分のカワイさをさらに磨く指針になるんで！」

熱っぽく言ってのけるティムに啞然《あぜん》とするゴッドフレイ。その隣で我に返り、カルロスがどうにか納得して頷《うなず》く。

「……女装する子だったのね。突然で驚いたけど、考えてみれば魔法使いには別に珍しくないわ。それに——可愛《かわい》いわよ、その格好。いいセンスしてるじゃない」

「ありがとうございます！　さすがゴッドフレイ先輩の友達、見る目あるぅ！」

そう言ったティムが片手を掲げると、カルロスが苦笑を浮かべてそこにハイタッチする。ゴッドフレイの理解もやっと追い付いた。以前に自分が何の気なしに「これなど君に似合いそうだ」と伝えた雑誌の内容。今のティムの装《よそお》いは、それをベースに組み立てられていることに。

ふたりを前にひとしきり高いテンションで振る舞った後。ふと肩を縮めて、ティムは真顔でゴッドフレイに向き直る。

「——んで、ですね。今さらですけど……先日のこと、ありがとうございました。体張らせてすんません。助けてもらって感謝してます」

と、率直に感謝を述べる。むしろ恨み言を覚悟していたゴッドフレイにとってそれは意外だった。驚く彼の前で、ティムが懸命に言葉を続ける。

「ぶっちゃけ、あの時はさっさとおっ死ぬつもりだったんですけど……生き延びた後は、びっくりするくらいそんな気になれなくて。今も馬鹿みたいにはしゃいじゃってすみません。なんか、あれからすごく気分がいいんです。上手《うま》く言えないんですけど……ものすごく長い夜が明けたみたいに」

切り替わった心持ちをそう表現した上で、ティムはゴッドフレイの目をまっすぐ見つめる。

「僕の命を拾ったのは先輩です。だから――使い道も、決めてもらっていいですか。僕はそれに従ってどんな修羅場でも突っ込みます。……それならきっと僕、今度は笑って死ねるんで」

息を呑《の》む相手の前で、ティムは胸に手を当てて晴れやかに告げる。と、そこで今度は急に恥ずかし気な顔になって俯《うつむ》き、

「だから、その。……入れてもらってもいいですか？　例の、自警団っての……」

上目遣いにぽつりとそう求める。ゴッドフレイとカルロスが顔を見合わせ、互いに微笑《ほほえ》んだ。

Case 2

貴婦人

Side of Fire

Seven Swords Dominate

生徒間のトラブルは大抵において不問に処されるキンバリーだが、それにも限度となる程度というものがある。ティムの行ったことはその一線を越えていた。

故に、彼を連れて相応の覚悟の上で出頭した校長室の中。友誼《ゆうぎ》の間での出来事について、ゴッドフレイは校長へ報告を行っていた。

「——以上が俺からの報告です。確かにMr《ミスター》.リントンのやったことは重大ですが、幸いにも死者はなく、本人には反省の意志がしっかりとあります。また、彼の生い立ちを踏まえた上でのケアが我々先輩の側に不足していた面も否《いな》めません。一連の出来事を彼ひとりの過失と捉えて処分を下すことは避けていただきたく思います」

彼の釈明に隣のティムが身を硬くする。この日はさすがに例の女装ではなく、きっちりと着込んだ通常の制服で反省の意志を示していた。後輩を庇《かば》うゴッドフレイの求めに、分厚い執務机の向こう側でキンバリーの長たる魔女・エスメラルダがゆっくりと立ち上がる。

「……ふむ」

そうして生徒たちのほうへと歩み寄る。何も暴力的な気配は見せていないというのに、ただそれだけでゴッドフレイとティムの全身から冷や汗が噴き出す。分かってしまうからだ——相手がその気になれば、自分たちの命など塵《ちり》ひとつ残さず一瞬で消し飛ぶと。

「先にひとつ懸念《けねん》を払拭《ふっしょく》してやろう。——リントンが毒を撒《ま》いて暴れたという事実、それ自体は取り立てて大したことではない。迷宮内で日常的に起こっている小競《こぜ》り合《あ》いとさして変わらん。死傷者が少なかったのは二、三年がその経験を踏まえて速やかに対応したからでもある。ひとり分はお前の手柄だがな、ゴッドフレイ」

賞賛とも皮肉とも付かない言葉を与えて、エスメラルダはティムの真横で足を止める。

「その上で私が見過ごせんのは、それが友誼《ゆうぎ》の間で起こったというただ一点だ。どれほどちっぽけでも矮小《わいしょう》でも、その行いはキンバリーへの攻撃と捉えられる。……生徒に対しては相応の寛容も示そう。だが、私は私の敵に対する寛容を一片たりとも持たない。分かるか、リントン」

「……ッ……」

死刑宣告に近い言葉にティムが息を止める。見かねたゴッドフレイが立ち上がって反論する。

「彼はあなたの敵ではありません。こうして俺と共に出頭していることからもそれは分かっていただけるはず。彼が犯したのは過《あやま》ちであり、断じて反逆ではない！」

「それを判断するのはお前ではない。さらに言えば、私ひとりですらない。事件を見聞きした生徒たち全員に加えて、そこから校外に及ぶ風聞の全てを考慮する必要がある。である以上——手を噛《か》んだ犬をそのまま放し飼いにしておけるほど、私の職責は甘くない」

そう言って身をひるがえし、校長が執務机のほうへ戻っていく。わずかに圧力が薄れたその間に、ゴッドフレイが続く言葉を頭に組み立てようとし、

「──斬り断て《グラディオ》」

呪文が響き、ティムの体ががくんと落ちる。ふたりがぎょっとして足元を見下ろせば、半ばで水平に斬り断たれて低くなった椅子の四本足がそこにあった。校長から見て、ティムの両足を挟んだ後ろ側に。

「……っ……！」

ゴッドフレイが戦慄して視線を戻せば、執務机の前に立つ校長の右手には杖剣《じょうけん》が握られている。いつ抜いたのか、それすらふたりには見えていなかった。

「お前の意見を聞こう、ゴッドフレイ。私は処罰《ペナルティ》を考えているところだ。真っ先に思い付くのはそれを微塵《みじん》に刻んで満開街道《フラワーロード》に撒《ま》くことだが、お前の言うように一年生への処遇としては少しばかり重すぎるきらいが無くもない。相応《ふさわ》しい代案があるならここで示すがいい」

背中を向けたまま最後通告のようにそう促す。ゴッドフレイがごくりと唾を呑《の》み、それでもなお、用意してきた提案を口にする。

「……仮に、あの件で死人が出ていたとして。毒の広がり方から逆算すると、それは最大でも三十人前後であったと推測しています。彼を中心とする一定範囲内から誰ひとり逃げなかったという前提ですが」

「凡《おおよ》そ妥当な数だろう。それで?」

「その二倍に当たる数。計六十人の生徒を、彼はこれから救います。今回の一件に関して、それがティム=リントンという生徒がキンバリーに対して負う負債です。……その手を一度噛《か》んだ者が、今後はあなたの学校の中であなたの財産を守る。校長の威厳を示す結果として、これ以上のものが他にあるでしょうか?」

大胆な提案に振り向いた校長がゴッドフレイを睨《にら》む。これまでに数え切れない相手の心をへし折ってきた絶対零度の視線。それを真っ向から受けて怯《ひる》まない二年生の姿に、ここで魔女は初めて目を細めた。

「人の目をまっすぐ見て戯言《たわごと》を言ってのける。性質《たち》が悪いな、ゴッドフレイ」

「戯言《たわごと》ではありません。俺たちは実際にそうします」

「……具体的には?」

「校舎と迷宮での死傷者を大幅に減らします。暗数はひとまず置くとしても、これは毎年の推計から平均値が出ているのだから、増減の結果もまた明らかに見て取れるはずです。これから活動を開始し、三年後までに三割の減少を確約します」

校長が沈黙で続きを促す。ゴッドフレイがさらに言葉を続ける。

「メリットは大きいはずです。いかにキンバリーの校風が自由主義・成果主義とはいえ、現状はいかにも無秩序が過ぎる。成長途上の生徒が事故であっけなく死んだり、あるいは重傷を負って研究を滞らせたりといった出来事はあなたも望まないでしょう。……無論、生徒たちの自主性・創造性についてはスポイルしない形での実現を心がけます。ここの魔法使いを文弱の徒《と》に仕立てるつもりはありません」

「出来るのか？　それが。ここに何の後ろ盾もないお前ごときに」

内容の是非の前に、まずもって実現性を問う。予想されたその指摘に、ゴッドフレイが躊《ちゅう》躇《ちょ》なく言い返す。

「四年生時点で学生統括選挙に出馬します。――相応の支持は、それまでに必ず勝ち取ります」

隣のティムが目を丸くしてゴッドフレイを見つめる。しばしの黙考を経て、校長が口を開いた。

「……いいだろう。ティム＝リントンの処遇に関して、お前の言う条件を呑もう。救った者の署名を本人の魔法筆記で六十人分集めておけ。成果の報告はリントンの四年生への進級と同時。数字の不足は一切許さない」

「感謝致します！」

ゴッドフレイが声を張り上げ、その勢いのままティムの手を引いて校長室を後にする。彼らが去った部屋に静寂が戻り、

「――また空手形を許したものだね。そんなに彼が気に入ったかい？　エミィ」

頭上から声が響く。同じ部屋の天井に、焦げ茶色のスーツに身を包んだ洒脱《しゃだつ》な男――非常勤教師のセオドール＝マクファーレンが逆さまに立っていた。そちらに目を向けることはしないまま執務机に着いて杖《つえ》を振り、校長はそこに積まれた書類を宙に浮かべて改め始める。

「自浄作用の一環として泳がせたまでだ。――あれも言っていたように、生徒間に有力な派閥が固定されてきたことで、校内の現状には些《いささ》か停滞のきらいがある。一度大きくかき混ぜる頃合いだとは考えていた。……けど、二年生が言い出すのは予想外だったが」

「なるほどね。……けど、派閥の解体やパワーバランスの調整なら、僕たち教師が直接やってもいいと思うけど？」

「それでは意味がない。彼らの問題である以上は彼らの手で行わせる。いつの時代も、キンバリーの生徒は芯から強くなければならない。当たり前のことだ」

そう言いながら、周囲に浮かせた書類に魔法筆記でサインを記していく。セオドールの顔に苦笑が浮かぶ。

「大きすぎる期待を背負わされたものだね、彼らも。……君の意図とはずれるかもしれないけど、僕のほうでも多少は目を掛けるよ。あの胆力は稀《まれ》だ。早々に潰してしまうのは惜しい」

「好きにしろ。……もとよりあれも、それを得るためにこの場で提案《プレゼン》に及んだはずだ。単なる馬鹿なら私も期待はせん。だが――あれは強《したた》かな馬鹿と見た」

対面を経て受けた印象をそう述べる。その点に関しては、セオドールもまったく同感だった。

「……ハァッ、ハァッ……！」

「……フゥ……」

面談を切り抜けて近場の談話室に駆け込む。そこで緊張の糸が切れ、ふたりは崩れ落ちるように椅子へ座り込んだ。そこにカルロスが慌ててお茶を持ってくる。

「もう大丈夫よ、ふたりとも。……無事に出てきてくれてほっとしたわ。もう少しでアタシも飛び込むところだった」

安堵《あんど》を込めてそう呟《つぶや》く。彼もまた、面談の間ずっと扉一枚向こう側で待機していたのだった。

ふたりのカップに茶を注ぎながら、カルロスは気になる結果を尋ねる。

「その様子だと、首尾は良かったと考えていいのね。向こうは条件を呑《の》んでくれたの？」

「……あぁ。三年後までに六十人の生徒を救う、ティムへの処罰《ペナルティ》はそれで決定した。併せて俺の今後の活動方針もプレゼンしておいた。支援までは期待できないが、これで少なくとも邪魔はされないだろう」

「あの校長相手に一石二鳥を狙うんだから驚かされるわ……。それはさておき、アナタの活動にお墨付きをもらえたのは大きいわね。他の生徒に文句を付けられても、これで胸を張って反論できるもの」

ゴッドフレイも頷《うなず》く。お茶で喉を潤したティムが大きく息を吐き、ぽつりと口を開く。

「……誰からブッ殺……じゃなくて、どこから始めりゃいいですかね、僕。他人を救うとか一度も考えたことないんで、何すりゃいいかサッパリ浮かばなくて……」

「安心しろ、きちんと方針はある。……だが、その前に仲間の確保だ。ティムを加えて三人になったが、最低でもあとふたりは——」

「また派手に馬鹿をやらかしたな。貴様ら」

会話を割って声が響く。三人が驚いて目を向けると、そこにひとりの色黒の女生徒が立っていた。ゴッドフレイが蹴り技を学んだ同学年のレセディ＝イングウェだ。

「御覧の通りだ、レセディ。順調に仲間をひとり増やしたところでな」

言ってのけたゴッドフレイが不敵に笑う。それを聞いたレセディが思わず噴き出す。

「……ククッ。死にかけても反省の気配は欠片《かけら》もなしか。筋金入りだな、お前は」

「……あぁ？　なんだテメェ、いきなり出てきて偉そうに——」

ティムがさっそく喧嘩《けんか》腰《ごし》で応じかける。が、それを片手で制して、レセディは言葉を続ける。

「友誼《ゆうぎ》の間での一件は結構な噂《うわさ》になっているぞ。自分たちがどういう風に語られているか知っているか？　貴様ら」

「そこまでは気が回らなかった。よければ教えてくれ」

「『とんでもない狂犬をとんでもない馬鹿が死にかけながら助けた』——要約すれば大体そん

なところだ。笑って話す者もいれば呆《あき》れて馬鹿にする者もいる。が……その全てに共通して言えるのは、誰ひとりお前たちから目を離せていないこと。上級生すら話題のタネにしている。日頃から切った張ったなど当たり前の連中がな」

それはゴッドフレイたち自身も知らなかった事件への反響だった。その変化を伝えた上で、途端にレセディが腕を組んで渋面を浮かべる。

「私も少々難儀してきた。視界から外しておきたかったが、お前たちのやらかす馬鹿は想像以上に騒がしすぎる。この先も意識を乱され続けては敵《かな》わん。ならいっそ――特等席で見てやるのも一興と思った」

開き直ったようににやりと笑う。ゴッドフレイが頷《うなず》いて立ち上がり、そこへ右手を差し出した。

「歓迎する。自警団にようこそ、レセディ」

「えっ、こいつも入れるんですか⁉　マジで⁉」

「むしろ真っ先に声をかけた相手よ。……本当に嬉《うれ》しいわ、セディ。アタシひとりじゃこの子たちの世話はもう手に余るの。アナタの力を貸してちょうだい」

率直に打ち明けたカルロスが新たなカップに茶を注いで差し出す。レセディがそれを受け取って鼻を鳴らした。

「無駄に慣れ合う気はない。だが、戦力には数えて構わん。私としてもここの連中を蹴り倒す大義名分が欲しかったところだ。お前たちと行動すればその機会には事欠かない。そうなのだろう?」

ゴッドフレイが苦笑して頷《うなず》き、それから場の顔ぶれを見渡す。

「これで四人。……立ち上げに向けて数は揃《そろ》ってきたが、いささか構成が前衛に偏るな。カルロスの負担を減らすためにも、治癒の心得があるサポート役がもうひとり欲しいところだ。誰に声をかけるか……」

「それは大丈夫。ちゃんとあるわよ、当て」

ここぞとばかりに請け合うカルロス。それで必然、全員の視線が彼に集中する。

「タイミングを計ってたけど、もう頃合いだと思うわ。説得にはすこーし時間がかかるかもしれないけど、いい子なのはアタシが保証する。その子を入れて、最初のメンバーはこの五人でいきましょう」

「君の推薦なら疑う理由はない。挨拶はいつだ? カルロス」

ゴッドフレイが迷わず話を進める。そうして本人の与《あずか》り知らぬところで、五人目のメンバーは内定したのだった。

勧誘には二か月を要した。が、最終的には彼女もまた、ゴッドフレイの熱意に膝を屈した。

「……えっと、その、オフィーリア＝サルヴァドーリです。前にも友誼《ゆうぎ》の間でご挨拶しましたけど……改めて、よろしくお願いします」

メンバーが揃《そろ》い踏《ぶ》みした空き教室の中、オフィーリアがおどおどと挨拶する。それを聞いたレセディが薄く笑って腕を組む。

「待ちかねたぞ。……股間を強打し続ける説得がようやく実を結んだな。今の心境はどうだ？ゴッドフレイ」

「……感無量だ。言葉にならん……ッ！」

思わず溢《あふ》れた涙をゴッドフレイが袖で拭う。……生来の体質で異性を刺激する惹香《パフューム》を身に帯びてしまうオフィーリア。その加入に漕《こ》ぎ付《つ》けるまでに彼が行った荒行——「彼女に会って欲情しかける度に激痛呪文で股間を強打する」日々を思えばそれは無理もないことだった。

オフィーリアが緊張に身を硬くしていると、そこにティムのほうからつかつかと歩み寄る。

「おう、あんま先輩に寄ってんじゃねーぞ新入り。そこは僕の定位置だ」

「……何よ、あなた」

「ご存知ティム＝リントンだよ。誰でも知ってるゴッドフレイ先輩の右腕だ。ちょっと治癒が使えるくらいで調子乗ってんじゃねーぞ、お前なんてせいぜい足の小指だからな！」

いきなり張り合い始めるティムの態度にオフィーリアが眉根を寄せる。その様子を眺めたカルロスが肩をすくめる。

「チームワークに関しては前途多難ねぇ……。でもまぁ、そこは一緒に過ごすうちに何とかなるでしょ。いい子しかいないのはアタシがよく知ってるわ」

「ああ、その通りだ。……気にしないでくれオフィーリア君、ティムは口こそ悪いが根はまっすぐで心意気のあるやつだ。君が危なくなれば迷わず助けに入るし、何より——この先君には数え切れないほど感謝することになる。それはもう間違いなく絶対に確実にな」

確信を込めてゴッドフレイが告げ、おもむろに腰の杖剣《じょうけん》を抜き放つ。

「我らキンバリー自警団、この瞬間をもって本格始動だ。……全員、杖剣《つえ》を抜け！」

「「「「鋭く研がれよ《アクートゥス》！」」」」

リーダーの号令に応じて全員が杖剣《じょうけん》を抜き、研磨の呪文でそれらに刃を持たせる。同時にゴッドフレイが部屋の壁に飾られた大きな絵画に目をやった。

「待っていろ深みの魔人ども。貴様らが襟を正す日はもう遠くない——！」

そう宣言して絵の中へ突っ込んでいく。この魔境が孕《はら》むあらゆるトラブルの温床、キンバリーの地下に広がる広大な迷宮へと。

その先で、当然のように洗礼を受けた。

「——ゴッドフレイ？　……あー、知ってる知ってる！　ものすごい馬鹿なんでしょ。後輩助けるために毒の中突っ込んで死にかけたんだって？　あっはははは！　うけるうける！」

迷宮一層「静かの迷い路」。変化する通路と大小無数の空間から成る大迷路には、隠し部屋を利用した学校非公認の私設工房が乱立する。必然、校舎に輪をかけたトラブルの温床である。そこで最初に出くわした男女ふたり組の生徒。彼らに活動の目的を伝えると、すでにゴッドフレイの評判を伝え聞いていたらしく、三年生の女生徒は盛大に笑って膝を叩《たた》いた。その反応に困惑する彼らの前で、彼女は腕を組んで全員をしげしげと観察する。

「んで、同じような馬鹿を揃《そろ》えて迷宮に突っ込んできたわけね。バチバチのノリノリのイケイケで。いいねーそういうの、好きだよ私。身の程知らずの勢いってのは大事。ビビッて校舎に引きこもってるお利巧《りこう》さんよりよっぽど上等」

楽しげに語るのと並行して杖剣《じょうけん》を抜き放つ。余りにも自然な所作だったことでゴッドフレイたちの対応まで一瞬遅れた。慌てて身構える彼らに談笑の延長上で刃を向けながら、女生徒が楽し気に言い放つ。

「んじゃま――とりあえず、喧嘩《けんか》しとこっか。そっち治癒使える子いる？　あ、いるんだ？　オッケーオッケー、そんじゃ顔面グチャッても無問題だね。あ、でも打撃の芯くらいは外してよ？　でないと脳まで響いて一撃でパーンだから」

数分の戦闘を経て勝機のなさを確信、負傷者を連れて全力で離脱。たったそれだけで、ゴッドフレイたちのパーティーはすでに半壊していた。

「……なんだ、あの化け物は……」

「……『血塗れ《ブラッディ》』カーリー。悪名高き三年の『拳闘王《チャンピオン》』よ。初っ端《しょぱな》からとんでもないのに当たっちゃったわね……」

折れた左腕をぶらりと下げたレセディに、事前に仕入れた情報から相手を特定したカルロスが言う。一方、右目の周りを青痣《あおあざ》で腫らしたゴッドフレイもまた、肩に担《かつ》いだティムへ視線をやる。

「ティムは……まだ目覚めないか。毒を撒《ま》く暇もなかったな……」

「私とゴッドフレイのふたり掛かりを笑いながら捌《さば》かれるとは……。……クソッ、自分の未熟さに腹が立つ……！」

レセディのブーツが壁を蹴りつける。カーリーと直接格闘を演じたのは彼女とゴッドフレイなので、手も足も出なかった悔しさは他のメンバーと比べてもひとしおだ。ここの上級生がいかに化け物揃《ぞろ》いであるか、それを相手に自分たちがいかに無力かを思い知らされていた。

彼らの動揺を見つめつつ、呪文が掠《かす》めた脇腹の治療を終えたオフィーリアが、そこで努めて冷静に声を上げる。

「……連れのほうは呪者に見えました。彼が参戦してこなかったのは幸運です。呪いを受けると治癒じゃどうにもならないから……」

「……確かにな。つまり、徹頭徹尾遊ばれたということだ」

吐き捨てるようにレセディが言う。気持ちを切り替えたゴッドフレイが背筋を伸ばす。

「……まったくもって予想通りだ。ああした連中をどうにかしないことには迷宮に秩序など打ち立てられん。今すぐは無理にしても、力を蓄えていずれ必ず……！」

「またお前たちか」

低い声が響き、一瞬で臨戦態勢に戻ったゴッドフレイたちがその方角を睨《にら》む。通路の闇の奥から、邪教の神父《プリースト》じみた風格を漂わせたひとりの男子生徒が歩み出た。ゴッドフレイとカルロスが息を呑《の》む。一年の頃から何度も杖《つえ》を交えている同学年の危険人物だ。

「……リヴァーモア……」

「その様子では敗走の直後と見える。——ふん？　今度は珍しい肉を連れているな」

彼らの中に新参のオフィーリアを見つけて目を細め、サイラス＝リヴァーモアが笑み交じりに杖剣《じょうけん》を抜く。

「面白い、品質を見てやろう。——**集い形成せ**《コングレガンタ》」

「——ッ！　全員構えろ！」

呪文に応じて宙を舞う無数の骨、そこから速やかに構築される骨獣。担《かつ》いだティムを一旦カルロスに預け、ゴッドフレイがそこに杖剣《じょうけん》を向ける。

「火炎盛りて《フランマ》！」

通路を満たさんばかりの出力で火炎を放つ。骨獣を盾にしてそれを凌《しの》ぎながら、ぶすぶすと焼けていく相手の右腕を眺めて、リヴァーモアが鼻を鳴らす。

「腕を炙《あぶ》らずに呪文を撃てんのは変わらずか。よく懲りんものだな？」

「肉を焼かずに骨は焦がせん！　お前が相手では是非もない——！」

火傷《やけど》を無視して二発目を撃つゴッドフレイ。そこにレセディが合わせ、骨獣の襲撃を掻《か》い潜《くぐ》って相手を蹴り付ける。身を反らしてそれを躱《かわ》したリヴァーモアが嘲笑《あざわら》う。

「連携が様になり始めているな。イングウェ、お前もすっかり馬鹿の郎党か」

「喋《しゃべ》るな、今の私は不機嫌だ！　蹴りの加減を誤りかねんぞ！」

回転を経ての踵《かかと》蹴りがリヴァーモアを捉えた。とっさに盾にした左腕が鈍い音を立ててへし折れる。

「骨が逝《い》ったか。——フン」

片腕が機能しなくなったと見るや、それを肘から先で自ら斬り落とすリヴァーモア。構わず攻め立てるレセディのうなじを、後方から飛んできた相手の「手」が摑《つか》んで締め付ける。

「——かっ……！」

「油断したか？　俺は死霊術師《ネクロマンサー》だぞ。死んだ腕のほうがかえって動かしやすい」

とっさに後退したレセディに代わってゴッドフレイが前に出る。呪文を唱えられる前に自ら間合いを詰め、彼はリヴァーモアと杖剣《じょうけん》で鍔《つば》競《せ》り合《あ》った。

「もう少し惜しんではどうなんだ、貴様らッ！　他人の命も、自分の命も……！」

「魔法使いにかける言葉か、それが？　何より――ここで俺と戦っている時点で、盛大に自分へ跳ね返っていると気付け――！」

攻防の間にゴッドフレイへ側面から飛び掛かる骨獣。が、そこで風に乗って吹き付けた霧が命無き骨をじゅうじゅうと溶かした。致死的な気配を感じたリヴァーモアがすぐさま飛び退《しざ》り、カルロスに肩を支えられながら杖剣《じょうけん》を構える後輩の姿を遠く見やる。

「……ナメんな、ボケカス……」

目を覚ましたティムがポーチから新たな魔法毒の瓶を取り出す。それを目にしたリヴァーモアが鼻を鳴らした。

「『毒殺魔』がお目覚めか。……いささかリスクが割に合わんな。ここらが潮時だ」

そう呟《つぶや》くなり、呪文で煙幕を張って姿を紛れさせる。通路を遠ざかっていく足音を聞き届けたところで、ゴッドフレイがふぅと息を吐く。

「……退いたか。……ぐっ……！」

「先輩っ！」

自分の呪文で焼いた右腕が激しい痛みを訴え、その様子を目にしたオフィーリアがすぐさま治癒に回る。が、それすら最低限の痛み止めで切り上げさせ、ゴッドフレイは仲間たちを振り向く。

「……『血塗れ《ブラッディ》』からの連戦は、さすがに堪える。潜って早々だが撤退に移るぞ。今日のところは、この悔しさを収穫とするしかあるまい……」

聞いた他の面々も苦い面持ちで頷《うなず》く。この状況でさらに新手に襲われれば目も当てられない。

速やかな撤退のために全員が動き始め、

「――あ、いたいた。やっぱりこっちか」

「――!?」

その背中に声が掛かる。また新手かと振り向いて身構えるゴッドフレイたちに、小柄な声の主は、戦意のなさを示すように両手を上げてみせた。

「構えなくていいよ、喧嘩《けんか》はあんまり好きじゃない。それより怪我《けが》してる子はいない？　安全なとこまで連れていくよ。ここじゃ呑気《のんき》に治癒もしてられないし」

「……あなたは……？」

警戒を保ったままゴッドフレイが問いかける。小さな体に背負った大きな背嚢《はいのう》が揺れ、相手の顔が愛嬌《あいきょう》のある笑みを形作る。

「ケビン＝ウォーカー。なんてことない一介の迷宮好きさ。まぁ何にしても――これだけは言える。君たちの味方だよ」

四年のケビン＝ウォーカー。迷宮美食部なる物好きの集団を率いる上級生として、その名前はゴッドフレイたちも聞いていた。また、広く知られる後輩への面倒見の良さも。

少し考えた末に、ゴッドフレイは彼の誘いに乗ることにした。相手の意図がどこにあるかは分からないにせよ、今の彼らは上級生の知己に乏しい。ここで縁を結んでおくことが後々のためになると考えたのだ。

「……ははぁ、自警団ときたか。それはまた結構なチャレンジだね。しかも二年生と一年生だけの面子《めんつ》で」

案内された迷宮一層の小部屋。ウォーカーが簡易的な結界を張って焚《た》き火《び》を灯《とも》したその場所で、仲間の負傷を癒《いや》す傍《かたわ》ら、ゴッドフレイは相手に向かって自分たちの活動の主旨を説明していた。ウォーカーが腕を組んで難しい顔になる。

「率直に忠告すると、まぁ普通にやめといたほうがいい。一層で起こる喧嘩《けんか》に首を突っ込むだけでも今の君たちじゃ手に余る。さっきやり合ってたのもたぶん二年生だろ？　同じ学年に手こずるようじゃ上級生が出てきたらイチコロだよ」

「……お言葉痛み入ります。しかし、やめるわけにはいかない。仲間の処遇と絡《から》めて校長とも約束してしまいましたし――何よりこれは、俺自身の譲れない目標です」

忠告として受け止めながらもきっぱりと告げる。それを聞いたウォーカーがふむと唸《うな》る。

「君の顔見た時から、きっとそう言うだろうなって思ってた。じゃあその上で何とかしないとね。……うーん、どうしようかな。ここで通用するレベルに短期間で君たちを鍛えるとなると……」

全員の顔ぶれを見渡しながら考え込むウォーカー。その言葉にゴッドフレイが目を瞠《みは》る。

「……指導してくださるのですか？　ウォーカー先輩が、俺たちに自ら？」

「？　そりゃそうだよ、後輩の自殺行為を放《ほ》っとけるわけがない。それに、僕は迷宮《ここ》が大好きでさ。できれば誰もここでは死なせたくないんだ。むしろ楽しんで探索してもらいたい。だから、喧嘩《けんか》を減らそうとする君たちの活動も応援したいよ」

あっけらかんと素朴な善意を示すウォーカー。それを聞いて胸から込み上げるものを抑えきれず、ゴッドフレイが目頭を押さえる。

「えっ――なんで泣くの？　なんか悪いこと言った？」

「……いえ……ただ、余りにも意外で。先輩にそんなにも温かい言葉をかけて頂いたのは、ここに入学してから初めてです……」

「……苦労してきたんだね。見てはいないけど、察するよ。君たちはすごく頑張ってきて――それが小さく見えるくらい、これからもっと頑張ろうとしている」

そう口にした上で、ウォーカーは改めて後輩たちと向き合う。

「そういう後輩を応援してこその先輩だと僕は思う。……僕自身の部活動もあるし、集団の一員としてきちんと振る舞える性質じゃないから、あいにく自警団の仲間には加わってあげられないけど……それでも、力を貸すよ。君たちが迷宮《ここ》で生き延びられるように」

請け合ったところで、彼は焚火《たきび》に刺していた串を握って後輩たちに差し出す。こんがりと焼けた得体の知れない生き物の肉に、ゴッドフレイの顔がうっと引きつる。

「そう決まったら、とりあえず腹を満たすところから始めようか。……あ、野食に興味はある？　これは二層で獲《と》ってきた軍隊バッタでね、クセが少なくて割と初心者向け。もう焼けてるからどんどん食べて」

「……あ、ありがたく」「どうも……」

断れるはずもなく全員が受け取り、仲間たちの視線を受けたゴッドフレイが先陣を切ってそれに齧《かぶ》りつく。苦みもアクも旨味《うまみ》も濃い、それはまさに迷宮の味だった。

食事の後で開けた場所へと移って、そこでウォーカーはゴッドフレイたちの戦力を測り始めた。彼の指示に応じて、各人が身のこなしと呪文の扱いを見せていく。

「――ふむふむ、なるほど。話を聞く限りじゃどんな感じかと思ったけど、君たち弱くないね。みんな体は動くし腹が据わってるし、尖《とが》った特技を持つ子が多いのがまたいい。そういうのは使い方次第で格上にも刺さる武器だよ」

全員の能力を把握した上でウォーカーがそれを評価する。まるでダメと言われなかったことに安堵《あんど》する後輩たちへ、彼は続けて不足している部分を指摘する。

「ただ、弱点も目に見えて多い。まずゴッドフレイ君——魔法出力がとんでもない分、呪文の制御が上手《うま》くいってないね。自分の腕を焼いちゃう子は初めて見たけど、昔からそうなの？」

「いえ……そもそも、呪文をまともに撃てるようになったのが去年なもので。それまでは唱えるたびに体調を崩していました」

「そりゃまたすごい。でも確実に上達はしてるわけだね、いいじゃないか。ただ——一発ごとに自分が火傷《やけど》を負う前提だと、あまり長丁場の撃ち合いには耐えられない。その分だともって三発ってところかい？」

「……はい。治癒を挟まないと、それ以上はどう足掻《あが》いても杖《つえ》が握れなくなります」

ゴッドフレイが率直に明かす。ウォーカーが少し考え、背嚢《はいのう》の中から一本の瓶を取り出す。

「——これは？」

「火山蛙《ヴォルフロッグ》の粘液。耐火・耐熱性に富んでて、熱い環境に突っ込む時は全身に塗ったりするんだ。ちょっとこれで撃ってみようか」

クリーム状の内容物を利き腕《きうで》に塗り込んだ上で、ウォーカーがゴッドフレイに詠唱を促す。半信半疑で呪文を唱えたゴッドフレイの杖《つえ》から炎が放たれるが、確かに腕は燃えない。

「……！」

「燃えなかったね。でも、粘液のほうが白く濁って劣化してる。これだともって二回かな」

「ありがたいです。三発が五発になるのは掛け値無しに大きい」

「そうだね。けど、炎以外だと役に立たない点は要注意だよ。たぶん他の属性でも同じようなことになるんだろ？　これで当座は凌《しの》ぐとしても、呪文制御の上達を急がないとね。その手の指導は僕の得手じゃないから、向いた生徒に後で声を掛けておくよ」

と、先の指導の当てまで付けてくれる。重ねて感謝を示すゴッドフレイから笑顔で視線を移して、続けてウォーカーはレセディを見つめる。

「次にレセディ君。君は前衛の中だといちばん安定感があって頼もしい。だからおおむね今の立ち回りでいいと思うんだけど、ひとつ新たに意識して欲しいことがある」

「は！　何でしょうか、教官！」

レセディが背筋を伸ばして向き直る。その生真面目さにウォーカーが苦笑する。

「そんなに大層なもんじゃないんだけどね。ともかく──意識して欲しいのは、『このチームで戦いに勝つ』ための立ち回りだ。もっと言えば、最終的にゴッドフレイ君の呪文を敵に当てるまでの流れだね。分かると思うけど、彼の火力にいちばん決定力がある。あの火力を真っ向から撃たれれば上級生でもそう簡単に相殺《そうさい》はできないんだから、それを活かさない手はない」

「スタンドプレーではなくチームワークを心掛けろ。そういうことでしょうか」

「んー、間違ってはいないけど少し違うかな。スタンドプレーは大いに結構。ただ、仲間の強みをちゃんと踏まえて、その先に勝ち筋を見据えつつそれをやって欲しいんだ。君自身が蹴り倒す形での決着だけじゃなくて、君の崩しからゴッドフレイ君が呪文で撃ち倒すパターンも想像してもらいたい。それで一気に戦術の幅が広がるはずだよ」

「……！　承知しました、教官！」

敬礼で理解を示すレセディ。ウォーカーの視線が続けてティムを向く。

「で、次はリントン君。本当は君も決定力じゃゴッドフレイ君に負けてないんだけど、それよりまず巻き添えを減らす立ち回りを覚えるところからだね。それが出来るまで火力にはこだわらなくていい。っていうか絶対にこだわらないように。これは忠告じゃなくて厳命ね」

「……うぃっすー……」

釘《くぎ》を刺されたティムが不満たらたらに唇を尖《とが》らせる。ウォーカーが苦笑してそこにフォローを添える。

「霧にして撒《ま》くのが全部ダメとは言わないけど、やっていい状況を絞ろう。真っ先に思い付くのは撤退の時の足止めで、もうひとつは先制攻撃で相手を一気に仕留める時。どちらにも共通してるのは敵との距離が開いてること。味方を巻き込むリスクは出来るだけ減らしながら毒の威力を活《い》かそう。そこでひとつ提案なんだけど――」

ウォーカーが杖《つえ》を掲げて呪文を唱えると。すると、その背嚢《はいのう》から数匹の翅虫《はむし》が飛び出して周囲を舞う。

「——こういう使い魔を使役したらどうだい？　腹部に液体を仕込んで運用できるから、君自身から離れた場所でも毒の強みが活《い》かせる。虫系は少し融通が利《き》かないところもあるけど、その分思考がシンプルで動きに癖がないから初心者にオススメだよ。動物系と違って敵に恐怖を感じづらいのも頼もしい。身も蓋もなく言えば特攻要員に重宝するってこと」

説明しつつ背嚢《はいのう》から同じ使い魔の卵を取り出す。差し出されたそれを前に一瞬躊躇《ためら》うティム。じょうろ鼬《ポットウィーゼル》を餌付けしていた姿がそこから思い出され、ゴッドフレイが彼の背後で声を上げる。

「……無理をする必要はないぞ、ティム。戦い方は他にもある」

「……いえ。調合でも虫くらいしょっちゅう使いますし、贅沢《ぜいたく》言ってる場合でもねぇんで」

そう口にすると同時に差し出された卵を受け取り、ティムはそれをじっと見下ろす。

「その時が来たら、僕もお前らと同じように迷わず死ぬ。……それで勘弁しろ」

低い声の呟《つぶや》き。そこに見過ごせない危うさを感じ取りながらも、ゴッドフレイもウォーカーも今の時点で言及はしない。ティムについてはひとまず置いて、ウォーカーの視線がカルロスへと移る。

「続いてカルロス君。君については特に言うことがないね。前衛三人の強みと性格を踏まえて上手《うま》くサポートしているし、呪文の弾道制御や属性の使い分けが上手《うま》いのも心強い。レセディ君と同じで、今後はゴッドフレイ君に決定打を取らせる勝ち筋を意識して立ち回って欲しい。君ならかなり器用にチャンスを作れると思うよ」

「心得たわ。お任せよ、先輩」

　これまで通りの働きを求められたカルロスが笑顔を浮かべる。頷《うなず》いたウォーカーが彼から視線を移し、五人目のオフィーリア君を見つめる。

「最後にオフィーリア君。治癒担当とばかり思っていたけど、君もかなりの戦力だね。何気に魔法出力はこの中だとゴッドフレイ君に次いで高い。今は少し消極的に見えるから、タイミングを見てもっと自分から攻撃に参加してもいいと思う。……それと……」

　そこで一旦言葉を切って、ウォーカーが鋭い視線で彼女をじっと見据える。

「……何となく、まだ隠してる実力がありそうに見えるかな。これは純粋に僕の直感で、気のせいだったらあれなんだけど」

「…………！」

　指摘を受けたオフィーリアが身を硬くする。それを庇《かば》ってカルロスが彼女の前に立つ。

「リアは優しい子なのよ、先輩。攻撃にはちゃんと参加させるわ。それで許してあげて」

「――そっか。うん、分かった。変なことを言っちゃったね。ごめんよオフィーリア君」

「……いえ……」

　気まずそうに俯《うつむ》くオフィーリアの前で、ウォーカーが手を叩《たた》いて次の工程に移る。

「じゃあ、ここまでの指導を踏まえて一戦やってみよう。目標は僕に一発入れること。それが出来れば下級生相手にはそうそう負けないし、上級生も気軽には手が出せなくなる。たぶんそのくらいが君たちの活動に求められる戦力の下限《ボトム》だ。――準備はいいかい？」

「「「「「はい！」」」」」

指導者を得た五人が一斉に動き出す。ここまでお膳立てされて、もはや強くならないわけにはいかなかった。

以来、ケビン＝ウォーカーという師に鍛えられながら、ゴッドフレイたちは足繁《あししげ》く迷宮に通い詰めた。勝利よりも生存に重きを置いた彼の教えは戦闘に留まらず、変化の傾向を含めた地形への理解、安全な避難場所の把握――さらには食用となる生物の捕獲・調理法といった分野にまで及んだ。「杖《つえ》無しの丸裸で放り込まれても生き延びられる自信が出来たら及第」とは本人の言であり、ウォーカーならそれが出来るということを五人の誰も疑わなかった。

「――ほら、頑張ってゴッドフレイ君。早くやっつけないと食べられちゃうよ」

声を聴いたゴッドフレイがはたと気が付く。いつの間にか迷宮二層に聳《そび》え立《た》つ巨大樹の枝の上にいて、眼前には何体もの魔獣たちが迫っている。彼は慌てて杖剣《じょうけん》を構えた。

「それは油リスだね。しっかり乾燥させてから三日ほど寝かせると珍味になる。背中のコブに蓄えた油が上質だから傷付けずに倒すといいよ」

迫る魔獣たちをゴッドフレイが呪文で焼き払う。彼としては食べ方よりも戦い方のアドバイスが欲しいのだが、高い位置の枝に座ったウォーカーはにこにこと笑ったままそちらに何も言及しない。やむなくゴッドフレイは自力で戦い続けるしかなく、その間にも敵は増え続ける。

「跳び蠍《さそり》も集まってきたね。これは小細工せずにカラッと揚げて食べるのが一番。外骨格の歯応えが絶妙でクセになるんだ」

枝の下から這《は》い上ってきた魔虫たちがゴッドフレイを取り囲む。対処が間に合わずにいるところに上空から鳥竜までが集まり始め、彼はどの角度にも逃げ場を無くして追い込まれる。

「あらら、この様子だと君のほうが彼らのごはんになっちゃいそうだね。……うーん、悩みどころだ。ゴッドフレイ君はどう調理したら美味《おい》しいかなぁ――」


「――ハッ！」

目覚めたゴッドフレイが寮の自室のベッドで飛び起きる。先に起きて読書していたカルロスが、その様子に目を丸くする。

「おはよう、アル。ずいぶん激しい目覚めね。悪い夢でも見た？」

「……今の今まで巨大樹を登っていた。さすがだなウォーカー先輩、まさか夢の中でまで鍛えてくれるとは……」

額の汗を拭ってそう呟《つぶや》く。カルロスが本を机に置いてお湯を沸かし始める。

「まだ時間はあるからゆっくり身支度しなさい。砂糖は五杯……でいいのよね？」

「ああ。うんと甘いのを頼む」

頷《うなず》いて注文を出すゴッドフレイ。と、その視線が部屋の一点に吸い寄せられる。

「……なぁ、カルロス」

「なぁに？」

「いや、大したことじゃないんだが。……あの絵、今日はずいぶん騒がしくないか？」

壁にかけられた一幅の魔法絵画にふたりの視線が集中する。ゴッドフレイの指摘の通り、描かれた少女が額縁の中で忙《せわ》しなく動き回っていた。

「そうねぇ。今までもたまに動くことはあったけど、あんなに忙《せわ》しなくしてるのは初めて見るわ。何か気掛かりでもあるのかしら」

「絵画の人物の気掛かりと言われてもな……。光の当たり具合が悪い？　額縁が気に入らない？　それとも紙が虫に食われている……？」

歩み寄ったゴッドフレイが首をかしげる。カルロスが肩をすくめる。

「真面目に考えるだけムダよ、アル。知ってるでしょ？　魔法絵画はいたずら好きなの。そうやってアナタを困らせるのが狙いかもしれない。校舎でもよく教科書を盗《と》られた子が絵の前で泣いてるじゃない」

「……確かにな。君の言う通りだ」

ゴッドフレイが頷《うなず》いて絵から離れる。椅子に腰かけてカルロスに淹《い》れてもらったお茶を飲むが、その間も、絵の中の少女は訴えかけるような目で彼らを見つめてくる。

「……いや……これは、気になる。無視すればいいと分かっていても辛《つら》い。動きもそうだが、この視線が……」

「そうねぇ……。いっそ布とかで隠しちゃう？　ちょっと心苦しいけど、ずっとこの調子じゃ部屋で寛《くつろ》げないし……」

カルロスが困った顔で提案する。絵に向き直ったゴッドフレイがふむと鼻を鳴らす。

「シーツで隠す……のでは逆に気になるな。……いっそこのほうが早いか」

壁から絵画を取り外したゴッドフレイが、大胆にもそれをベッドの下に押し込む。それで完全に視界の中から気になる存在がなくなって、彼らはほっと息をつく。

「すまないな。絵が落ち着いたらまた飾らせてもらうよ」

「ますます機嫌を損ねないといいけどねぇ。——あ、もう時間よ。行きましょ、アル」

カルロスに促されたゴッドフレイが部屋を出る。校舎を目指して寮を出る頃にはもう、絵画のことはふたりの頭からすっかり消えていた。

この日の一限は魔法剣の授業。ウォーカーという指導者を得たことで、校舎でのゴッドフレイの様子も大きく変わりつつあった。

「──フッ！　フッ！　フッ！　フゥッ！」

「お──おわっ！　おわわっ！　──あがっ！」

矢継ぎ早の斬撃を受け損じた生徒がのけ反って倒れ込む。その喉元へ杖剣《じょうけん》を突き付けた上で、決着を見て取ったゴッドフレイが一歩退く。

「ありがとうございました！　──次！」

それからすぐさま次の立ち合いに移っていく。レセディと並んで同じ光景を眺めていたガーランドが、腰に手を当てて微笑《ほほえ》んだ。

「……これはまた。剣技が上手《うま》いとはお世辞にも言えないが、それを補って余りある体力だな」

「ええ。ヤツのほうでも、魔力を体の動きに活《い》かす感覚が少しずつ摑《つか》めてきたようで。火力バカにめでたく体力バカが加わりました。見ている分にはなかなか愉快でしょう」

彼なりに自分の素養を理解して使いこなし始めている。それを示すレセディの言葉に、ガーランドがやや複雑な面持ちで頷《うなず》く。

「技の雑さは指導者として調整したいところだが……この様子だと、君らのほうにもしっかりした教師役が付いたようだな。早く強くならねばならない事情も分かることだし、当面は口を出さずにおこう」

「感謝します師範《マスター》。……が、私のほうには逆に指導を願えますか。ラノフ流の動きをもっと理解したいので」

「それもラノフ流を攻略するために、だろう？　まったく、強《したた》かだな君らは」


追い風を受けたゴッドフレイが前進し始めたことで、周りも少なからず影響を受ける。

その日の昼休み。昼食のバスケットを持って廊下を歩くオフィーリアに、いつものように生徒たちから含みのある視線が注がれていた。

「――おーおー。今日もきっついなぁ、おい」

「少しは自重して欲しいわよね。どんだけ飢えてんだっての」

「ムダに色気撒《ま》かれると気が散るんだよな。抵抗《レジスト》の魔法薬追加で飲んどこ」

わざと聞こえるように嫌味を言い、これみよがしに魔法薬の瓶を傾ける生徒たち。その扱いに心を殺して耐えながら、オフィーリアはせめて少しでも人気の少ない場所を目指して歩き続ける。

前の場所は野次馬に見つけられたので、今のお気に入りは三階のテラスだった。ベンチに腰掛けてほっと息を吐き、バスケットを開けたところで明るい声がかかる。

「やぁ、オフィーリア君！　探したぞ！　今日はこちらで昼食か！」

「あ――せ、先輩」

　オフィーリアが慌てて腰をずらしてベンチを半分空ける。そこに座って自分の昼食を取り出しながら、ゴッドフレイが話しかける。

「場所を変えるなら言ってくれればいいものを。カルロスは一緒じゃないのか？」

「……付いて来ようとしたけど断りました。別にあいつ、わたしの保護者じゃないので」

「そうかそうか。自立心があるのは結構なことだ。しかし、俺のほうは今から追い払わないでくれよ。魔法剣の授業で少々張り切ってしまってな。ここで食事を取らねば友誼《ゆうぎ》の間まで辿《たど》り着《つ》けそうにない」

　彼らしい口実にオフィーリアがくすりと笑う。その隣で、ひとつ目のパイをほとんど一口で呑《の》み込んだゴッドフレイが周りを見渡す。

「仲間の集まる場所が流動的なのは少し不便だ、こうなるとアジトのひとつも欲しいな。校舎はまだ難しいとしても、迷宮のほうには早めに拠点を構えるべきだろう。……が、俺には立地を見定める目がない。君はどうだ？」

「えっと……共有工房ってことですか？　それなら一応、最低限の条件が揃《そろ》った場所を見繕うことは出来ると思います。ただ、あれはむしろ持ってからの維持が難しいって話で……イチから新しく作る前提なら、まず迷宮の地形変化から隔離するための領域を設けないと……」

　問われたオフィーリアが食事の手を止めて考え込む。しばらく横顔を微笑《ほほえ》んで眺めていたゴッドフレイだが、ふと懐中時計を取り出して立ち上がる。

「——おっと、もうこんな時間か。もっと話したいが次の授業に向かわねばならんな。教室まで送ろう、オフィーリア君」

「あ、いえ……わたしはひとりでも……」

「何、自分の教室に向かうついでだ。むしろ一緒に行かせてくれ。一年生の様子を覗《のぞ》く口実になるからな」

食事を終えてベンチを立つふたり。並んで廊下を歩く彼らの様子に、生徒たちの視線が再び注がれる。が——オフィーリアひとりの時と比べて、そこに含まれる感情はいささか違った。

「……変なの。馬鹿と淫魔が並んで歩いてる」

「毒殺魔の次はそっちかよ。ゲテモノ好きだなぁあいつ」

「……でもよ、なんかちょっと面白そうじゃね？」

「は？　どこがだよ」「え、もしかして伝染《うつ》るの馬鹿《アレ》。こわっ」

漏れ聞こえてくる様々な反応。その内容に、オフィーリアが思わず口元を綻ばせる。

「……ふふっ……」

「？　どうしたオフィーリア君。何か愉快なものでもあったか？」

「……はい。ありますよ、さっきからずっと」

そうしている間に教室に着く。オフィーリアが入る前に、ゴッドフレイが部屋の中を覗《のぞ》き込む。

「……ふむ、取り立てて変わった様子はないか」

確認が済んだところで踵《きびす》を返《かえ》す。オフィーリアの手が思わずその背中に伸びかける。

「……あ――」

「ではな、オフィーリア君。後はよろしく頼む」

妙な言葉を残して去っていくゴッドフレイ。その内容に首を傾《かし》げながらも、オフィーリアは教室に入っていく。すでに来ていた生徒たちの視線が一気に集中した。

「おっと、貴婦人のお出ましだぜ」

「はいはい、席を空けて差し上げないとね。ほら、寄った寄った」

露骨にオフィーリアの周りから離れていく生徒たち。もはや慣れ切ったその扱いに無表情で返す彼女だったが、この日はいつもとは状況が違った。同じ教室の一角に、剣呑《けんのん》な雰囲気で他の生徒たちを遠ざけながら、ひとりだけふんぞり返っている生徒がいたからだ。

「――あぁ？　何だコラ。ジロジロ見てんじゃねーぞ」

席から女装姿のティム＝リントンが睨《にら》み返してきた。オフィーリアが戸惑いながらもやや距離を開けて隣に座ると、今度は逆にティムのほうから彼女に位置を寄せてくる。

「……え？」

「教科書忘れた。見せろ」

視線を前に向けたままティムがそう言い放つ。オフィーリアが困惑して彼の鞄《かばん》を見る。

「……忘れたって……じゃあ、そのギッシリ詰まった鞄《かばん》は何よ」

「ぜんぶ毒瓶。新しい調合を片っ端から試してたらこうなった。もう本とか一冊も入んねぇ」

「忘れたんじゃなくて置いてきたんじゃないそれ。あなた何しに学校来てるのよ」

「つべこべ抜かすな。横からプンプン匂ってくるのも我慢してんだぞこっちは」

露骨に鼻をつまんで見せるティム。その瞬間、オフィーリアの額にびしりと青筋が走る。

「……見せてあげるわ。その代わり、後で表に出なさい」

「お？　やるか？　やんのか？　先輩の右腕懸けてタイマン張るか？」

「そんな下品な真似《まね》はしないわ。ただの訓練よ。……ちょっとだけ激しくなるかもしれないけど」

避ける理由はどちらにもなかった。よって——授業の後、彼らはその通りにした。

そうして迎えた夕方。先に友誼《ゆうぎ》の間でテーブルを確保していたゴッドフレイとカルロス、レセディのもとへ、異なる顔にそっくりの青痣《あおあざ》を残したオフィーリアとティムが訪れた。

「——あら。ちょっと見ない間に仲良くなったわねぇ、アナタたち」

「どこがだ！」「どこがよ！」

並んで同時に反論する。それを見たゴッドフレイがテーブルで鷹揚《おうよう》に頷《うなず》く。

「気兼ねなく口を利《き》けるようになったのは悪くない。オフィーリア君にちゃんと礼を言っておけよ、ティム。教科書を見せてもらったんだろう？」

促されたティムが隣のオフィーリアにキッと視線を向け、自分よりやや背丈のある彼女に顔を寄せて言い放つ。

「…………ありがとぉございましたぁー」

「どういたしまして。すごく個性的なお礼ね。コンセプトは豚の鳴き声？」

「調子が出てきたわねぇ、リア……」

カルロスが苦笑気味に呟《つぶや》く。ともあれ全員が同じテーブルに座ったところで、ゴッドフレイが改めて口を開いた。

「今日の目標に関してだが、いつもの見回りに加えて拠点の候補地を見繕いたいと思っている。俺たちの活動のアジトだ。どうだろうか？」

「反対はせんが。ウォーカー先輩に尋ねたほうが早いのではないか？」

「それはそうだろうが、あの人の好意に甘えっぱなしでいるのも良くない。経験を血肉にするためにも俺たち自身でトライアンドエラーを重ねるべきだ。それに……」

そこで一旦言葉を切り、ゴッドフレイはにっと笑って全員を見渡す。

「……仕上がりが多少拙くとも。アジトというのはやはり、イチから自前で拵《こしら》えたほうが気分が出る。そうだろう？」

同意を求めて仲間たちを見渡すゴッドフレイ。その言葉にカルロス、レセディィ、オフィーリアが顔を見合わせる。

「……ちょっとピンと来ないわ、アル」

「同感だ」「実は、わたしもあんまり……」

ゴッドフレイががっくりと肩を落とす。そんな彼へここぞとばかりにティムが身を寄せる。

「先輩、気を落とさないで！　僕には分かりますよそのロマン！」

「……ありがとう、ティム……」

俯《うつむ》いたまま力のない声でゴッドフレイが答える。カルロスが微笑《ほほえ》んでそんな彼を見る。

「けど、自分たちでやるべきっていうのは分かるわ。異論はなし。アナタに付いて行くわよ、アル」

レセディィとオフィーリアも続けて頷《うなず》く。気を取り直したゴッドフレイが探索の予定を話し始めた。

そうして夕食後。迷宮に潜ったゴッドフレイたちは、ウォーカーの教えに従って慎重に拠点の場所探しを始めた。が、当初の予想以上にそれは難航した。

「……むぅ。候補地くらいはすぐ見つかると思ったが、意外と難しいものだな」

「ごめんなさい……。工房それ自体の必要条件に加えて、校舎との行き来も考慮しなきゃならなくて。ひとつふたつ欠けてるところならあるんですけど、ぜんぶ満たすってなると……」

三時間経《た》っても候補地をひとつも見つけられず、地形の検分を買って出たオフィーリアがしゅんとする。が、そんな彼女へ向けてゴッドフレイが微笑《ほほえ》む。

「俺たちのことを考えて吟味してくれてるんだな。ありがとう、オフィーリア君。君が仲間になってくれて良かった」

まっすぐな言葉を受けたオフィーリアが、嬉《うれ》しさと気恥ずかしさに思わず目を逸《そ》らす。後のティムが忙《せわ》しなく足踏みする。

「ぐぅぅぅ……！　敵！　どっかいねぇか敵！　僕にも仕事と先輩の微笑《ほほえ》みよこせ！　どうせなら頭ナデナデも追加で！」

「それはもう当たり屋よ、ティム……。アナタの仕事もちゃんとあるから、そう焦《あせ》らないで」

カルロスが穏やかにフォローする。その間も、オフィーリアは目の前の地形と睨《にら》めっこして検討を続けていた。

「ここも惜しいけど、位置的に地形変化の影響が大きすぎる……。古式ゴーレム術なんかで大掛かりに施工《せこう》すればどうにかなる？　いえ、現実的じゃないわね……」

ぶつぶつと呟《つぶや》くオフィーリア。やがて彼女が今の場所に見切りを付け、そのまま次を探して

歩き出そうとした五人だが、

「——おやおや。先客とは珍しい」

響いた声で全員が臨戦態勢に入る。五本の杖剣《じょうけん》が同時に向いた先で、ひとりの女生徒が慌てて両手を上げた。

「待った待った、早まらないでくれたまえ。こちらがひとりなのは見ての通りだ。それもひ弱な一年生。五人相手に喧嘩《けんか》なんて売れるわけがないよ」

ネクタイの色を示しつつ、長い前髪で片目を隠した女生徒が言う。周りに気配がないことを確認した上で、杖剣《じょうけん》を構えたままレセディが相手に問いかける。

「……嘘《うそ》はないようだな。が、それなら何故《なぜ》話しかけてきた？　我々に害意があればろくなことにならないと分かるはずだ」

「そこはさすがに顔ぶれを見て判断したよ。あのゴッドフレイ先輩がいるなら襲われる危険はないと思ってさ。なにせキンバリーで人助けをして回っている変人中の変人だ」

女生徒が端的に理由を明かす。それを聞いたゴッドフレイが何とも苦い面持ちになる。

「……後輩にはそうした評判なのか。変人と呼ばれるのはいささか不本意だが……いや、名前と行動が知れ渡っているだけでも良しとしよう。

では、改めて——二年のアルヴィン＝ゴッドフレイだ。君は？」

名乗りに重ねて問いかける。それを受けた女生徒もまた、芝居がかった動作で一礼する。

「ヴェラ＝ミリガン。今はまだ何者でもないけど、ひとまずは亜人種の現状を憂う人権派の一年生とでも言っておこうか。あなたたちとは気が合いそうだね」

憚《はばか》らず語るミリガン。それを聞いたカルロスが杖剣《じようけん》を下ろして感心を顔に浮かべた。

「ここで自分から人権派を名乗るのは大胆ねぇ。——アタシはカルロス＝ウィットロウ、こっちがレセディ＝イングウェ。同じ一年生ふたりはさすがに紹介不要かしら？」

「ご丁寧にありがとう。そのふたりを知らない者は同学年にまぁいないね。逆にそちらは私を憶《おぼ》えていないかもしれないけど、これを機会に仲良くしようじゃないか」

ミリガンがそう言って手を差し出す。友好的ではあるが何とも胡散臭《うさんくさ》い。オフィーリアとティムが警戒しつつも一応それに応じると、ミリガンは視線を全員に戻して再び口を開く。

「あなたたち相手に腹芸を挟む意味はあまりなさそうだから、さっそく本題に入ろう。——工房建設の候補地を探しているんだね？」

「む。分かるのか」

「ここで足を止めて『惜しい』って顔をしてればそれはね。それに、私自身も先日まったく同じ感想を抱いたばかりなんだ。念のためもう一度確認にきたらあなたたちの姿があったというわけさ。その時点でもう色々とピンと来たよ」

レセディが目を細める。今のミリガンの説明で、お互いの立場はおおよそ知れた。

「つまり、お前も工房の候補地を探しているわけだな。……本題というのはそれ絡《がら》みか？」

「ご名答。ただ——ひとつだけ訂正すると、候補地はもう見つかってる。有力なのが上から三つほどね。可能ならすぐにも設置に移りたいところなんだけど、私ひとりだと今度はそれが難儀するんだ。結構な大工事だからさ。単純に人手も欲しいし、何より背中を守ってくれる仲間がいないと、ここじゃ作業がちっとも捗《はかど》りやしない」

腰に手を当ててため息をつき、それから微笑《ほほえ》んでミリガンが告げる。

「そこで提案だ。——私が見繕った候補地の中からいちばん上等な場所をあなたたちに譲る。そこを共有工房として私にも拠点を構えさせてもらいたい。もちろん作業は手伝う。紹介する場所はそこまで大掛かりな施工《せこう》は不要だけど、それでも環境を作るには相応の手間が掛かるからね」

突然の提案に顔を見合わせる五人。その内容を慎重に検めた上で、ゴッドフレイがミリガンに問い返す。

「……実に興味深い提案だ。が、いくつか疑問がある」

「何なりと」

「まず——その取引に沿う形だと、君と俺たちの工房が一緒になる。自然と互いの研究も筒抜けだろう。俺たちの意志はひとまず置くとして、君自身はそれで構わないのか？」

「構わないよ。というより、同じ場所がいいんだ。仮に首尾よく工房を設置したとして、私ひとりではその先の維持に不安が残る。わざわざ下級生の工房を強奪するような上級生はさすがに少ないと思うけど、同学年や二年生ならそれもじゅうぶん考えられるからね。いざという時のために防衛戦力は揃《そろ》えておきたい」

淀《よど》みない口調で理由を述べる。理解できるその内容に、ふむ、とレセディが腕を組む。

「そして研究についてだけど、この時点ではそもそも隠すほどの内容がない。今はもっぱら解剖の数をこなしているところでね、何より欲しいのは大量の検体を保管できる場所なんだ。必然、そのスペースは共有工房の中に必ず確保してもらうことになる。これぱかりは必須の条件と思ってもらいたいね」

ちゃっかりと自分の要求を含めもする。検討のターンに入った五人に向けて、ミリガンはさらに言葉を畳みかける。

「対して、あなたたちの場合。……憶測になって恐縮だけど、求めているのは研究の場というよりも迷宮内での活動拠点なんじゃないかい？　だとすれば研究内容の漏洩《ろうえい》に関する懸念《けねん》は無用。私の提案も大いに検討する価値ありと、そう踏んだのだけれど」

「……察しがいいな。我々の行動を見ていれば予想できる範囲ではあるだろうが……」

これまでとは別の意味でレセディの警戒が強まる。そこでオフィーリアが言葉を挟んだ。

「待って、一方的に喋《しゃべ》らないで。……何より大事なのは、同じ拠点に置く相手としてあなたが信用できるどうかよ。その点はどうやって担保するつもり？」

「それぱかりは今すぐ証明しろと言われても無理な話だ。この先の交流を通して気長に信頼を育むしかないね。ただ、その面では私のほうがずっとリスクが高いことも分かってもらいたい。何しろ五対一だ。そっちに裏切られたらひとたまりもないよ」

と、自明の不利を自ら語る。オフィーリアが難しい顔で考え込んだ。何か気の利《き》いた言葉で牽制《けんせい》したいと思うのだが――人付き合いを避けてきた過去が祟《たた》って、舌戦ではどう足掻《あが》いてもミリガンのほうが一枚上手だ。

双方から交渉の材料が出尽くしたところで、ゴッドフレイが改めて口を開く。

「話は分かった。その上で俺からもひとつ提案だが……」

「いっそ私も自警団に入れ、という話なら残念ながらノーだよ先輩。活動理念には共感するし手伝いたいとも思うけど、今の私は自分を鍛えるのに忙しい。人助けに校内を駆けずり回っているような時間はとてもないんだ」

先回りの返答にゴッドフレイがむぅと唸《うな》る。そこへミリガンが微笑《ほほえ》んでフォローする。

「ただ、手すきの時に声を掛けてくれれば助力くらいはする。私の口を通して、あなたたちの好意的な印象を他の生徒へ伝えるようにも心がけよう。同じ工房を共有するわけだし、まぁ準メンバーくらいの立ち位置には思ってくれても構わない。それではまだ足りないかな？」

示された譲歩に、ゴッドフレイが首を横に振ってみせる。

「いや、そんなことはない。……君の提案を呑《の》もう。他の条件を説明しながら候補地まで案内してくれ」

「いいんですか、先輩」

警戒を緩めないままオフィーリアが確認する。ゴッドフレイが迷わず頷《うなず》く。

「話の筋に矛盾はないし、互いの利害も一致している。今の時点でこれ以上の信用材料を求めるのは難しいだろう。……何より、今がチャンスと見るやひとりきりで交渉に打って出る気概が気に入った。準メンバー扱いでもぜひウチに欲しい人材だ」

彼からのそんな評価に、ミリガン自身もうんうんと頷《うなず》く。

「高く買ってくれて恐縮だよ。じゃあ、これで話は決まりだね。さっそく場所へ案内しよう。ただ——着いた瞬間に背中をズドン、というのだけは勘弁してくれよ？」

そう釘《くぎ》を刺した上で身をひるがえして歩き始めるミリガン。その背中に続きながら、ゴッドフレイが隣のオフィーリアの背中を軽く叩《たた》く。

「行こうオフィーリア君。大丈夫、これはいい流れだ」

「……そうでしょうか。わたしにはあの子、結構ろくでもないように思えますけど……」

納得しきれない思いでそう呟《つぶや》く。彼女がその直感の正しさを知るのは、もう少し後のことになる。

候補地が見つかってからは至って順調に事が運んだ。もとより頻繁に組み変わる迷宮内の地形なので、それに手を加える形で工房を構えることは魔法使いならさほど難しくない。加えて今回はミリガンの側で設計図も用意してあったため、実際の工作は一週間ほどで事足りた。

「……よし、完成だ！　さぁ見ろ、みんな！」

完成した工房の大部屋に立ってゴッドフレイが言う。

鉱石ランプの光で照らされた空間の中心には流しを備えた錬金台があり、やや離れた壁際《かべぎわ》にはテーブルと人数分の椅子を揃《そろ》えた休憩所が置かれている。広めに取られた空きスペースは呪文や剣の修練に用いることを想定してのものだ。三つのドアはそれぞれ手洗いとふたつの小部屋に繋《つな》がっており、うちひとつはミリガンの検体保管所として整備されていた。ゴッドフレイがふんと鼻を鳴らす。

「素人《しろうと》大工だから細部は色々甘いが、それでも中々のものじゃないか。……ふふふ、これでいちいち校舎に戻らなくても休息と補給ができる。今後の活動がますます捗《はかど》るぞ……！」

「夢が叶《かな》ったって顔ねぇ、アル。……まぁでも、アタシも素直に嬉《うれ》しいわ。これで頑張る子たちにちゃんとしたごはんを作ってあげられるもの」

喜びに震えるゴッドフレイの隣でカルロスが微笑《ほほえ》む。部屋の換気口を見て回りながら、ティムが感想を口にする。

「通気も強めに確保済み、と。……悪かねぇな。任せた時はどうかと思ったけど、結構マシな設計図書くじゃねぇかお前」

「おやおや、そんなに褒められると面映《おもは》ゆいね。──オフィーリア、君はどうだい？　窯周りは誰でも使いやすいように仕立てたつもりだけれど」

ミリガンが尋ねる。入念にチェックしていたオフィーリアが不機嫌な面持ちで振り返る。

「……悔しいけど、言うこと無しね。唯一文句があるとすれば、あなた専用の死体置き場が大きすぎるってことぐらいだけど」

「そこは検体保管所と呼んでくれよ。まぁ最初に言ったように、それぱかりは譲れない条件というやつだ。代わりに君たちが使うスペースも出来るだけ機能性と快適さを両立させておいた。どうかそれで手打ちにしてくれ」

ふたりが話している間にカルロスがテーブルの上にグラスを並べ、手にした瓶から果汁を注いでいく。

「さぁさぁ、竣工《しゅんこう》のお祝いにしましょ。このために白ぶどうジュース持ってきたのよ」

「おお、素晴らしいぞカルロス。……では、初の共有工房の完成を祝って──乾杯！」

一斉にグラスを掲げる六人。かくしてメンバー五人＋準メンバー一人の計六人でもって、彼らの拠点は営まれ始めた。

ケビン＝ウォーカーによる指導と迷宮内の拠点。このふたつを追い風に得たことで、ゴッドフレイたちの自警団活動は一気に捗《はかど》り始めた。

生徒同士の争いへ無差別に首を突っ込むような無茶は当然避け、ブレーンを自称するミリガンの提案のもと、彼らがまず着手したのは「魔法道具の無償配布」だった。汎用の解毒《げどく》薬や煙幕球、救難球といった「難から逃れるのに役立つ」タイプの道具を挨拶代わりに配って回った。もちろん自警団活動の説明とセットでの行動である。少なからず私財を投じる必要はあったが、その点はウォーカーと共に迷宮二層「賑《にぎ》わいの森」で材料を採取することで賄った。訓練を兼ねての金策でもあり、その経験によって彼らはさらに迷宮内での立ち回りを覚えた。

ティムが仲間にいることで、服用するタイプの魔法薬には難色を示されることも多かった。が、校内に知れ渡りつつあるゴッドフレイの人柄がそのマイナス分を相殺《そうさい》し、それ以外の道具については首を傾《かし》げながらも大抵受け取ってもらえた。そうなると自然と迷宮内でも顔が知れ始め、下級生を中心に、利に敏《さと》いキンバリーの生徒たちはすぐに彼らを便利に利用するようになった。彼らと交友を結ぶだけでリスク管理に寄与するとあれば当然である。

確かな手応えを感じながら忙《せわ》しなく過ごす日々。次の活動を考えながらゴッドフレイが校舎の廊下を歩いていると、その姿を目にした生徒たちが口々に言葉を交わし合う。

「お。噂《うわさ》の馬鹿が来たぞ」

「最近けっこうノシてきてるってな」「うん。どうも迷宮に拠点を持ったっぽい」

「よく潰されずに動けてるよねぇ」「どうだか。出る杭《くい》も打たれる頃じゃない？」

好悪《こうお》入り混じる評判が漏れ聞こえるが、次の活動に思いを巡らせているゴッドフレイは意に介さない。と、その眼前にひとりの生徒が立ち塞がった。

「……あ……」「噂《うわさ》をすればだぞ、おい……」

巻き添えを嫌った生徒たちがそそくさと去っていく。ゴッドフレイが足を止めると、目の前に息を呑《の》むほど端正な顔立ちをした金髪の同級生が立っている。後ろには同じ二年生の男女ふたりを引き連れていた。尖《とが》った耳からして、女生徒のほうはエルフのようだ。

「……なるほど。こうして近くで見ると、猿山の大将に相応《ふさわ》しい面構《つらがま》えをしている」

「――君は」

ゴッドフレイが口を開きかけると、それに被《かぶ》せて相手の側から声が上がる。

「不要な段取りではあるが、礼儀として一応名乗っておこう。レオンシオ＝エチェバルリアだ。

――ああ、名乗り返さずとも良《い》いぞ。猿を相手に礼節は期待せん」

「アルヴィン＝ゴッドフレイ。見ての通りの人間だ。実家で学んだ礼法は拙いが、君を開口一番に面罵しない程度には期待してくれていい」

挑発的な言動に対して、ゴッドフレイも相応の皮肉で対応する。レオンシオの背後にいたエルフの女生徒が含み笑う。

「……くふふっ……」

「キーリギ。自重しなさい」

もうひとりの紳士然とした男子生徒が小声で窘《たしな》める。レオンシオが鼻を鳴らして口を開く。

「呼吸するように反発してのけるな。いや構わん、君のような輩《やから》はそれでこそだ」

「何の用だ、Mr《ミスター》.エチェバルリア。その人数を連れて談笑に来たわけでもないだろう」

「話が早くて助かるな。では率直に言おう、目障《めざわ》りだ」

きっぱりと告げたその口で、レオンシオは露骨にため息をつく。

「せっかくキンバリーに入学しておいて、まさかやることが人助けとはな……。校舎《ここ》でちょろちょろ動き回っているうちはまだ見過ごせたが、迷宮まで出張って来られては看過できん。自分がどれほど無思慮に周りの神経を逆撫《さかな》でしているか、それは分かっているか？」

「俺がやっているのはただの人助けだ。たった今君自身もそう言った。それで神経を逆撫《さかな》でされるということは、すなわち君自身が逆の立場だということを示してはいないか」

「おおぅ。これはまたいい返し」

「キーリギ！」

声を上げたエルフの女生徒を隣の男子生徒が強い声で窘《たしな》める。そのやり取りを背後に、レオンシオは不快気に眉根を寄せる。

「君はこの場所が善悪の二元論で動いているとでも夢想しているのか？　だとすれば魔法使いとしての資質そのものを疑うな。そんな普通人めいた浅はかな倫理観の中で魔道の探求など出来ようはずもない。今の発言はキンバリーの校是そのものへの侮辱だぞ」

「俺はそうは思わない。ここの校風は自由主義と成果主義だ。俺はそれに則《のっと》って自由に振る舞い、自ら選んだ行動の先で成果を示す。そのスタンスの何が悪いか教えてもらいたい」

「明文化されているものだけが規範ではない。魔法使いなら当然に弁《わきま》えていて然《しか》るべき道理というものがある。そうしたものはいちいち説明などされない、君のような輩《やから》がいなければその必要がないのだからな」

「つまり、暗黙の了解と化した悪《あ》しき慣習ということだな。実に結構。それはまさに俺が塗り替えたいものの筆頭だ」

「ヒュウ！　――ぐぇっ」

口笛を吹いたエルフの女生徒の襟首を引《ひ》っ摑《つか》み、隣の男子生徒がその体を引きずっていく。

廊下にふたり残されたゴッドフレイとレオンシオが、互いに一歩も引かず睨《にら》み合《あ》う。

「……立場を譲る気は一切ないようだな。一応訊《き》くが、本当にそれでいいのか？」

「ここまで話はずっと平行線だ。逆に訊《き》くが、何をどう譲ればいい？」

ゴッドフレイが率直に問う。レオンシオが苦々しい面持ちで額に手を当てる。

「……飼ってやってもいい。実に珍しいことだが、私はそう思ってここに来たぞゴッドフレイ。君の火力には見るべきものがある。戦い方は目を覆うほどに野卑極まりないが、それでもこのところ目覚ましく成長している点は認めている。将来性を鑑《かんが》みて、ただ潰すには惜しい――私にそう考えさせることがどれほどの名誉であるか。それくらいは足りない頭でも理解して欲しいものだが」

「む、評価してくれているのか。それは率直に光栄だ。いや、ありがとう」

ゴッドフレイが素直に礼を述べる。意表を突かれたレオンシオが困惑気味に眉を上げた。

「……妙なところで間を外してくるな、君は。だが早合点《はやがてん》するな、せっかくの実力も野良犬《のらいぬ》のままでは価値がないと私は言っている。これは君の将来も考えての忠告だ。私の言っていることの意味をよく考えろ」

「考えているつもりだが、分からないな。君の飼い犬になって何が得られる？」

「立場と力。君がここで何かを成し遂げるために最も必要なものだ。――予《あらかじ》め言っておこう。私は四年生の時点で統括選挙に立候補する」

宣言を受けたゴッドフレイが目を見開く。レオンシオがそこに言葉を畳みかける。

「分かるな？　今この瞬間、君は未来の学生統括の下で幹部になれるチャンスを前にしているということだ。もちろん今後の働き次第ではあるが、悪いようにはせん。君とて飼い主の下で穀潰しに甘んじる気はなかろう」

相手の勧誘を受けて考え込んだ上で、やがてゴッドフレイが微笑《ほほえ》んで頷《うなず》く。

「なるほど、理解できた。が……生憎《あいにく》とその必要はない」

「……というと？」

「統括選挙には俺も立候補するつもりだ。ここを変えるための立場と力はそれで得る。必然、君とはライバルということになるな」

堂々とゴッドフレイが言ってのけた。予想から大きく外れた反応に、レオンシオが片手で頭を抱えて俯《うつむ》く。

「……馬鹿さ加減に眩暈《めまい》を催したのは初めてだ。確認するが、それは正気の発言か？」

「俺の目を見て確かめればいい。狂って見えるか？」

促したゴッドフレイがまっすぐ相手を見据える。一部の揺らぎもないその瞳を正面から見返した上で、レオンシオが身をひるがえして言い捨てる。

「……あぁ、見えるとも。……紛れもない狂人の目だ」


廊下の片隅でエルフの女生徒に説教をしていた男子生徒。そこにゴッドフレイと別れたレオンシオがやって来るが、彼の無表情と向き合ったところで、男子生徒の側でも勧誘の結果を悟った。

「引き上げですか。……その様子だと、彼には断られたようですね」

「時間を無駄にした。あれは駄目だ。最初から頭が終わっている」

憎々しげにレオンシオが言い、その視線が陰惨な笑みを浮かべたエルフの女生徒を向く。

「一年ふたりを奪って残りを今日中に捻《ひね》り潰せ。それが先の言動への処罰《ペナルティ》だ。やれるな？

キーリギ」

「ハァ、ハ、それはもちろん。罰と言ってご褒美《ほうび》をくれるなんて——お前は本当に出来た飼い主だ、レオ」

キーリギと呼ばれた女生徒が嬉々《きき》として頷《うなず》く。これから狙う獲物の姿を思い浮かべて、彼女は興奮も露《あら》わに舌なめずりした。

Case 3

画匠

どことも知れぬ茫漠《ぼうばく》とした灰色の空間。そこに置かれた白いキャンバスの前で、ひとりの青年が鉛筆を片手に悩み込んでいた。

「……うーん……」

描いては首を傾《かし》げ、また描いては首を傾《かし》げる。繰り返すほどにその角度が大きくなっていく。

「……違う……こうじゃないなぁ……」

見切りを付けて紙を破り捨てると、彼はいよいよ両手で頭を抱えて悩み込む。

「……モチーフはこれでいいんだ……なのに、それがテーマに昇華できてない……。……何が違うんだろう……色かなぁ……構図かなぁ……」

ブツブツと呟《つぶや》きながら杖筆を振る。紙を張り替えて再び描き始めるが、その手がふと止まる。

「……あれ……そう言えば、食事っていつ取ったっけ……水も……。……まぁいいか、お腹《なか》減らないし……」

浮かびかけた疑問もすぐに消えた。キャンバスの上で筆を彷徨《さまよ》わせながら、彼はぽつりと呟《つぶや》く。

「……何が描きたいんだろうなぁ、僕は……」

「――いるか、カルロス！」

談話室へ飛び込むと同時にゴッドフレイが声を上げる。中にいた生徒たちが驚いて振り向き、その中にカルロスとミリガンの姿もあった。

「どうしたのよアル。いきなり血相を変えて飛び込んできて」

「Mr.《ミスター》・エチェバルリアに接触を受けた。こちらの活動が気に障《さわ》ったらしい。俺の引き抜きを兼ねてはいたが、おそらく事実上の最後通告だ」

ふたりのテーブルに走り寄ったゴッドフレイが経緯を説明する。それを聞いたカルロスの表情が一気に張り詰める。

「……断ったのよね、それ」

「ああ、どうにも擦り合わせの余地がなかった。その点は仕方ないとして、この状況から悠長に構える相手にはとても思えない。攻撃的なアプローチに備えて警戒を強める必要がある。ミリガン君がここにいて良かったが――他のふたりはどこだ？」

談話室の中に姿がないことを確認してゴッドフレイが問う。ミリガンがその質問に答える。

「同じ教室で授業を受けた後に別れた。ほんの二十分ほど前の話だから、普段ならまだ校舎にいるはずだ。ただ……少し悪い予感がある。授業の後、迷宮での立ち回りを巡ってふたりが張り合っていたんだ。いつものことだから放っておいたけど……」

「その勢いで迷宮に潜った可能性がある。そういうことか？」

ミリガンがこくりと頷《うなず》く。ゴッドフレイがすぐさま身をひるがえす。

「だとしても、それなら工房の周辺にいるはずだ。……俺は先に向かう。カルロス、君はレセディと合流してから追ってきてくれ」

「分かったわ！」

カルロスも即座に動き出す。談話室を出ていくその背中を見送りつつ、ゴッドフレイがミリガンに言い置く。

「こちらが空振る可能性もある。ミリガン、君は急いで校舎を見回ってくれるか」

「心得たよ。結果は三十分後までに使い魔で届けるから、それを過ぎた場合は見つからなかったと思ってくれ。私は人目のあるところで待機している」

妥当な判断に頷《うなず》いてゴッドフレイが走り出す。その表情に自責が滲《にじ》む。

「返答を留保して時間を稼ぐべきだったか。……無事でいろ、ふたりとも……！」

同じ頃。ミリガンの予想に違わず、ティムとオフィーリアのふたりは迷宮内で延々と言い争っていた。

「――だからなぁ！　そんなチマチマ進んでたら時間がいくらあっても足りねぇだろうが！　素敵だの何だのとまだるっこしい、毒撒《ま》いてぜんぶ黙らせちまえばいいんだよ！」

「ずいぶん景気のいい話ね！　じゃあ訊《き》くけど、あなたの毒瓶は鞄《かばん》から無限に湧いてくるの⁉　無計画にばら撒《ま》いていざって時に空っぽじゃ笑えないし、そもそも調合にだって時間とコストがかかるんでしょ！　もうちょっと先のことを考えて動きなさいよ！」

互いの息が切れたところでやっと怒鳴り合いが止《や》む。ティムががりがりと頭を掻《か》きむしる。

「クソッ、どんだけ言い争っても噛《か》み合《あ》いやしねぇ。……先輩もどこがいいんだこんなヤツ。口先ばっかでろくな戦力にならねぇし、見てくれのカワイさだけでも僕の圧勝じゃねぇか」

「その無駄な自信だけは尊敬に値するわ。ひとつ親切に忠告してあげると、愛らしさって外見だけを指すものじゃないのよ。所作とか言動とか他に問われるものはいっくらでもあるの。まぁその全てであなたはわたしの足元にも及ばないけど。もちろん外見も含めてね」

「……ヘッ、好きに言ってろ。何をのたまおうが選ぶのは結局先輩なんだよ。忘れちゃいねぇよな、僕なんて昨日背中をさすってもらったんだぜ」

「あれはあなたが購買の運試《ランダム》しドリンクでむせ込んだからでしょ！　それを言うならわたしだって頭を撫《な》でてもらったわよ！」

「一緒にすんな！　お前のはただの子供扱いで僕のは愛情表現だろーが！　そのくらい雰囲気で区別できねぇのかこの唐変木！」

「それは区別じゃなくてただの妄想っていうのよ！　っていうか何であなたはそこまで先輩に好かれてるって思い込めるの⁉　調合中に毒吸い過ぎて目とか頭とか色々おかしくなってない⁉　たまに本気で心配になるんだけど！」

悪口を応酬しながら共有工房に向かう両者。が、その途中、ティムがハッと背後を振り向く。

「何よ、今さら戻る気？　逃げようったって——」

「違《ちげ》ぇ」

一変して切迫した声色でティムが言う。仄暗《ほのぐら》い通路の先をじっと睨《にら》むその視線から、オフィーリアも状況の変化を感じ取った。

「構えろ、オフィーリア。——やべぇのがいる」

ふたりの手が同時に杖剣《じょうけん》に伸びる。その視線の先に、ゆらりと不吉な影が現れる。

「……喧嘩《けんか》は良くないなぁ、子供たち。実に良くない。それは悪い子のやることだ」

白い指先がずるりと闇を掻《か》き分《わ》ける。長い手足を包む制服はそれと対照的な漆黒。両耳は長く尖《とが》り、それらに繋《つな》がる顔面は悍《おぞ》ましい木彫りの仮面で覆われている。ティムとオフィーリアが息を呑《の》んだ。それはさながら、子供が想像する怪人をそのまま形にしたかのような立ち姿だ。

「寝物語でご両親に聞かされなかったかな？　ならば教えてあげよう。——喧嘩《けんか》ばかりしてる子のところには、こわぁい邪鬼《アールヴ》が攫《さら》いに来るのだよ」

仮面を外し、相貌ににぃと陰惨な笑みを浮かべるエルフの女——キーリギ＝アルブシューフ。

問答を重ねずとも、その禍々《まがまが》しさだけで開戦の判断には足りた。佇《たたず》む相手へ向かって、ティムが左手の指に挟んだ毒瓶を投げ放つ。

「──やれッ！」

「**吹けよ疾風《インベトウス》！**」

オフィーリアの呪文が後を追う。空中で破裂した毒瓶の中身が気化しながら風に運ばれ、致死性の霧となって敵へと迫る。

「ずいぶんと危険なおもちゃで遊ぶなぁ。──**風よ流れよ《インベトウス》**」

キーリギが悠然と呪文を唱えて毒霧を後方へ流し始める。掛かったと見て取り、そこへすぐさまティムとオフィーリアが詠唱を重ねた。

「「**火炎盛りて《フランマ》！**」」

彼らの放った炎を受けて、キーリギを包む毒霧が引火して爆発する。ティムとオフィーリアの眼前で敵が通路ごと炎に呑《の》まれ、

「可燃性の毒だったか。危ない危ない」

「「!?」」

それでもなお、キーリギが平然とそこに佇《たたず》む。巧妙に制御した風の呪文で爆風すら背後に流してのけていた。衣服に付いたわずかな焦げ跡を手で払いながら、彼女は艶《なま》めかしく微笑《ほほえ》む。

「いきなり二段構えとは驚いたよ。思ったよりも悪い子だな君たちは」

後輩たちの手際《てぎわ》をそう評しながら、キーリギは唇をねろりと舌で舐《な》める。

「だが、結構だ。……そのほうが攫《さら》い甲斐《がい》がある」

「──ッ！　**雷光疾りて！**《トニトゥルス》」「**氷雪猛りて！**《フリグス》」

後方へ下がりながら次撃を放つふたり。同時にティムのローブの中から翅虫《はむし》の使い魔が五匹飛び出してキーリギに襲い掛かった。が、キーリギは呪文と合わせてそれらを悠然と掻《か》い潜《くぐ》る。

「見えるように放つのはダメだ。正面から刺すには、その使い魔だと遅すぎる」

迫る敵を前に、ティムとオフィーリアが背後に杖《つえ》を向ける。

「**吹けよ疾風！**《インペトゥス》」

詠唱と同時に、キーリギの背後で翅虫《はむし》の使い魔たちが腹部の液胞を爆発させる。気化したその毒霧が、ティムとオフィーリアが作った風の流れによって背後からキーリギに押し寄せる。

「む──**吹き押せ烈風！**《インペトゥス》」

「**瞬き爆ぜよ！**《フラルゴ》」

危険を察したキーリギが風の呪文の反動によって前方に跳躍、一瞬前までいた場所でティムとオフィーリアの呪文が炸裂《さくれつ》。引火した毒霧が激しく燃え上がる様を、「踏み立つ壁面《ウォールウォーク》」で天井に着地して走り始めたキーリギが横目で眺める。

「……なるほど。毒が可燃性なのは、後処理も兼ねているわけだ」

「**火炎盛りて！**《フランマ》」

　頭上を走る敵へ向けてティムとオフィーリアが追撃を放つ。躱《かわ》しきれなかった一発をキーリギが杖剣《じょうけん》で迎え、反発属性をまとわせたそれを体ごと呪文に押させる。空中でぐるりと旋転して再び床に降り立ち、彼女は感心を込めて呟《つぶや》く。

「私に『切り流し』を使わせるとはね。……授業で学んだ戦い方じゃないな。先輩にいい師がいると見える」

「**仕切りて阻め《クリペウス》！**」

　着地直後へさらに追い打ち。敵の両サイドに壁を打ち立てて動きを制限した上で、オフィーリアは決着を期した詠唱へ移る。

「今よ！　――**雷光疾りて《トニトゥルス》！**」

「**夜闇包みて《テネブリス》！**」

　とっさに対抗属性で押し返すキーリギ。それを横っ飛びに避けながらオフィーリアが眉根を寄せた。自分ひとりで力負けするのは想定済みだが、ティムがすかさず二発目を放てば今ので仕留められたはずなのだ。

「ティム⁉　なんで撃たな――」

「……ぐ……」

　オフィーリアが目を向けた先に、その理由があった。小刻みに震えて立ち尽くすティムと、地面からその足を指す蠍《さそり》の使い魔の形で。

「これがお手本だ。目に付かなかっただろう？　遅い動きにもそれはそれで強みがある」

　悠然と教示してのけるキーリギ。全身を侵す痺《しび》れを辛《かろ》うじて振り切り、ティムが再び動き出す。

「おや、まだ動けるのか。かなりえげつない耐性を持たされているな。その年で可哀《かわい》そうに」

「……っ……黙りやがれクソがッ！」

「だめよ、ティム！　わたしと合わせて――！」

　先走って呪文を詠唱するティム。同時にその鳩尾《みぞおち》をキーリギの踵《かかと》が貫いた。

「……ご……」

「間合いの外だと思ったかな？　残念、さっきは五割の速度《あし》しか見せていないんだ」

　崩れ落ちたところを回し蹴りで追い打たれ、床に頭を叩《たた》き付《つ》けられたティムがひとたまりもなく気絶する。ひとりを仕留めたキーリギがオフィーリアに向き直り、倒れたティムの左手から転がった毒瓶へと視線を落とした。

「まったく、こんなもので遊んでばかりいるから悪い子になる。君もそう思わないか？」

「……ッ……」

　残されたオフィーリアが杖剣《じょうけん》を構えて対峙《たいじ》する。その姿にキーリギが肩をすくめる。

「健気《けなげ》に抵抗してくれるのは嬉《うれ》しいけど、先輩としては素直に投降をオススメする。君ひとりではどう戦っても勝ち筋がない。それはもう理解できるだろう？」

諦めを促す敵の言葉。それを無視して自分の体内を意識しながら、オフィーリアがぽつりと呟《つぶや》く。

「……正解だったわ。一匹仕込んできて」

「む？」

思わぬ言葉にキーリギが眉根を寄せる。オフィーリアの目が覚悟を宿して据わる。

「仕掛けたのはそっちよ。……死んでも恨まないで。

——**生まれ出でよ《バルトウス》！**」

呪文に応じて紫色の光を帯びるオフィーリアの下腹部。神秘的なその輝きの内から、羊水のぬめりをまとった一匹の異形が現れて床に降り立った。

「……おお……!?」

全長十五フィートを越える猛牛の体躯《たいく》。左右の脇腹から生えた戦車《チャリオット》の如《ごと》き鋭利な骨の刃、さらには背骨と繋《つな》がって生える蠍《さそり》じみた尾。その姿は既知のどんな魔獣にも一致せず、異形を目にしたキーリギが凄絶に笑う。

「……ハァ、ハ。思い出したよ。サルヴァドーリ——その家系は確か淫魔《サキユバス》の末裔《まつえい》だったな。自分の子宮を合成獣《キメラ》の揺籃《ゆりかご》にしているのか？　いやはや、人間《おまえたち》の業の深さにはつくづく驚かされる——！」

嬉々《きき》として合成獣との戦闘に突入するキーリギ。その隙にティムを背負い、オフィーリアが反対方向に通路を駆け出す。

「ハッ、ハッ……！　ティムお願い、目を覚まして！　工房にさえ着ければ――」

それを希望に走り続けるオフィーリア。が、数分も駆けたところで、ふいに正面から強い風が吹きつける。

「……やはりこうなっていましたか。様子を見に来て正解でしたね」

「……！」

気付けば、上着をベストに仕立て直した改造制服を身にまとい、紳士然とした印象の二年生が忽然《こつぜん》とそこに立っている。背中のティムを床に下ろしてオフィーリアが杖剣《じょうけん》を構えるが、男は首を横に振ってみせた。

「力を抜いてお寛《くつろ》ぎを、お客様。抵抗など思い悩むまでもなく――もう終わっています」

その言葉を不可解に思った瞬間。全身が水中に浮かぶような違和感と共に、オフィーリアの視界がぐにゃりと歪《ゆが》んだ。

「――え……？」

オフィーリアが頭を手で押さえる。足元がふらつき、手足の感覚が薄れていく。

「……嘘《うそ》、毒……？　……そんな……いつの間に……！」

原因を求めた目が自分の体を彷徨《さまよ》う。やがてその視線が右手の甲の数か所を捉えた。そこに刺さったほんの小さな異物を。

「……小さな、針……？ ……目に見えないくらい、の……」

「痛みは感じなかったでしょう。私の流儀ですので」

淡々と述べる男にオフィーリアが歯嚙《はが》みする。ティムなら耐えられる量でも、耐性で劣る彼女ではそうもいかない。眠りに落ちないまでも集中力は大幅に削られ、その状態で格上の二年生を相手取ることになる。

が、もはや他に道はない。眩暈《めまい》を堪えて杖剣《じょうけん》を構える彼女を前に、男は軽くため息をつく。

「続けますか、諦めてしまったほうが楽なのに。……致し方ありませんね」

彼もまた応じて杖剣《じょうけん》を構える。もはやひと押しすれば崩れる状態の後輩へと踏み出し、

「――**火炎盛りて**《フランマ》！」

両者を割って紅蓮《ぐれん》が燃え盛る。とっさに飛び退《しさ》った男の視線が、通路の横道から現れたひとりの二年生の姿を捉える。

「……これはまた。ずいぶんとお迎えが早いですね、Mr.《ミスター》ゴッドフレイ」

男がその名を呼ばわる。オフィーリアを庇《かば》って立ちつつ、ゴッドフレイが低い声で問う。

「ついさっき見た顔だな。……俺の後輩に何をしている？」

「ジーノ＝ベルトラーミ。あなたと同じ二年生です。よろしければ〈酔師《バーマン》〉とお呼びを」

そう言って恭《うやうや》しく一礼するジーノ。ゴッドフレイが険しい表情で相手を睨《にら》む。

「質問に答える気はないか。……こちらは仲間を傷付けられている。始めて構わんな」

「お好きなように。看板はすでに上げております」

ゴッドフレイが会話を打ち切る。ジーノがゆるりと杖剣《じょうけん》を構える。

「一杯目は軽めに。では——酔わせて差し上げましょう。**吹き巻け疾風《インベトウス》！**」

「**火炎盛りて《フランマ》！**」

至近距離の詠唱で杖剣《じょうけん》同士がぶつかってもつれる。ゴッドフレイが放った炎は天井に逸《そ》らされた。が、ジーノがイメージを調整して繰り出した風は「仕込み」と共に相手の全身にまとわりつき、

「ハァッ！！！」

ゴッドフレイが気勢と共に放った領域魔法の風が、それを空気ごと皮膚の表面で押し返す。同時に相手の胸を狙った彼の剣をいなしながら、ジーノが感心の表情を浮かべる。

「おや……。さっそくお気付きでしたか」

「オフィーリア君に刺さっていた針なら見た。あまりこちらを舐《な》めるなよ」

ゴッドフレイが言い放つ。ウォーカーに鍛えられた甲斐《かい》もあり、戦いを始める前に最低限の観察は済んでいる。

「困ったお客様ですね、いきなりカウンターを乗り越えて来られるとは。こちらは私側《ホスト》の場所なのですが」

マナーの悪い客を嗜《たしな》めるように言い、ジーノは左手の指に懐《ふところ》から取り出した硝子《ガラス》球を挟む。

「とはいえ、悪酔いした方へのケアも私の仕事のうち。……すぐに二杯目をお作りします」

「ハァアッ！」

投擲《とうてき》しかけたそれらがゴッドフレイの蹴りに弾《はじ》かれる。遥《はる》か遠くの床で砕けた硝子《ガラス》球を横目に、ジーノがため息をつく。

「この銘柄はお気に召さないと。中々に酒場泣かせのお客様だ」

次の手を打たせる前に仕留めに行くゴッドフレイ。が、その体が途中でふらりと流れる。

「……む……」

「いつまでも素面《しらふ》ではいさせませんよ。我々酒を扱う者にとって、それは何よりの恥」

ジーノの声に自負が滲《にじ》む。鼻腔《びこう》を掠《かす》める薬草酒の香りに気付き、ゴッドフレイが一時呼吸を止めた。

「強い酒ほど軽く仕上げるのが望ましい。なんとなれば、客がそれを呑《の》んでいる事実に気付かないほどに。……お分かりでしょうか？」

それが杖剣《じょうけん》の鍔《つば》元から漂っていることまで見抜いたところで、ゴッドフレイはフンと鼻を鳴らした。――これみよがしの硝子《ガラス》球は目を引くための囮《おとり》。本命の仕込みは杖剣《じょうけん》のほうにあったのだ。

「……酒気を帯びた剣で扱うのがラノフ流とはな。墓の下で開祖が泣くぞ」

「私の店では私だけが素面《しらふ》でいれば良い。これもまたサービス精神というものですよ」

酒のアンプルを仕込んだ杖剣《じょうけん》を構え直しながらジーノが言う。ゴッドフレイは逡巡《しゅんじゅん》した。

——近寄れば酒気を吸わざるを得ない。が、それを嫌って距離を開けば、今度は相手がティムとオフィーリアを巻き込んでくる懸念《けねん》がある。結論は即座に出た。ゴッドフレイが迷わず敵へと踏み込む。

「まだ距離を詰めてきますか。……そうして動き回るほど、酔いは刻々と回っていきましょうに」

呆《あき》れたように呟《つぶや》くジーノ。刻々と鈍っていくゴッドフレイの反応速度と動きを観察しながら、彼は焦《あせ》らず反撃の時を待つ。

「そろそろですね。……御帰りの時間です、お客様」

やがて頃合いを見て取って囁《ささや》く。同時に、ゴッドフレイがぽつりと詠唱する。

「……**肌打ち据えよ**《ドロール》」

自らに向かって放つ激痛呪文、全身の皮膚を叩《たた》くその激痛で酔った頭を一気に覚醒。ジーノが決着を期して刺突を放った瞬間、床から跳ね上がった爪先が脇腹を襲った。

「——⁉」

「オオオォォッ！」

とっさに防御に挟んだ腕ごと相手の体を蹴り飛ばす。骨が砕ける鈍い音と共にジーノの体が通路の壁まで吹き飛んだ。「踏み立つ壁面《ウォールウォーク》」で衝撃を吸収した後に床へ降り立ち、彼はぶらりと垂れ下がった自分の左腕を見つめる。

「……激痛呪文で気つけとは。これはなんとも扱い辛《づら》いお客様だ」

「腕を焼かん呪文は重宝する。俺を酔い潰すにはまだまだ酒が足りんぞ、〈酔師《バーマン》〉！」

明晰《めいせき》さを取り戻した意識の中でゴッドフレイが叫ぶ。――レセディから学んだ動きを前提に、カウンターの中段回し蹴りはウォーカーから勧められたもの。じゅうぶんな速度と威力があれば相手の斬撃を逸《そ》らしながら有効打が入れられる。ジーノもとっさに対応したので打点は膝近くまでズレたが、桁外れの魔法出力を活用した今のゴッドフレイの脚力であれば多少のズレは問題にならない。

「言い忘れたが、こちらは待ち合わせだ。――君ひとりで手は足りるのか？」

手負いの相手が次の算段を立てる間にゴッドフレイから声を飛ばす。その言葉に違わず、ティムとオフィーリアを背後に庇《かば》う形でふたりの仲間が現れていた。遅れて現場に駆け付けたカルロスとレセディだ。ジーノがふむと鼻を鳴らす。

「……いささか甘く見ましたか。しかし、どうかご安心を。――こちらも当てはあります」

同時に。彼の背後からもまた、合成獣《キメラ》の血で全身を斑《まだら》に染めたエルフの女が姿を現していた。

「おやおや獲物が揃《そろ》い踏《ぶ》みだ。それにジーノ、お前も付いて来ていたのか」

「あなたが趣味に走って失敗するイメージが頭を離れませんでしたので。いちおう尋ねますが、今まで何を遊んでいたのですか？」

「初めて戦う合成獣《キメラ》に少々手こずった。それをやっと片付けたと思えば、追ってきた先ではこの状況か。……いやぁ、いい。思ったよりもずっと愉《たの》しいぞ、この仕事は」

　くつくつと含み笑いながらキーリギが杖剣《じょうけん》を構え、その様子を前にレセディが目を細める。

「三対二でも退く気はなしか。……我々もナメられたものだ」

「気を付けて、女生徒のほうはエルフよ。キーリギ＝アルブシューフ。里を追われた流れ者って噂《うわさ》だけど……なんだかもう、推して知るべしって雰囲気ね」

「もうひとりも曲者《くせもの》だ。錬金術師だがティムとは真逆のスタイル、巧妙に意識させない形で毒を吸わせてくる。風に乗せて放つ極小の毒針、それと杖剣《じょうけん》にまとった酒気には特に注意しろ。油断すれば接近戦でも眠らされるぞ」

　カルロスの警告に、ゴッドフレイがこれまでの戦闘から見て取った情報を添える。キーリギからやや後方の位置でジーノが杖剣《じょうけん》を構えた。

「腕を治している暇はなさそうです。キーリギ、前衛を頼めますか？」

「任せておけ、とっておきの器化植物《ツールプラント》が手持ちにある。私以前は門外不出の逸品だ。ハァ、ハ——里に帰れない理由がまた増えてしまうな」

　くつくつと含み笑うキーリギ。人数優位を生かして攻め立てたいゴッドフレイたちだが、エルフの魔法適性には人間の常識がしばしば通用せず、よって目の前の相手がどれほどの実力を秘めているかも彼らには分からない。一方で同様の慎重さはジーノとキーリギの側にもあった。

ゴッドフレイの最大出力が現時点でどれほどのものか、彼らにもまた推し量れないからだ。

緊迫の中で睨《にら》み合《あ》う両陣営。が――その視界に、横から、ごろりと、予想外のものが割り込む。

「「「――!?」」」「「……!?」」

車輪、である。大きさとしては馬車のそれに等しい、しかし全体に炎をまとって、中央に戯画化された人間のそれと思《おぼ》しき顔の付いた悪趣味な車輪。そんなものがげらげらと笑いながら自走して、五人を中心にゆっくりと周回している。

「……? なんだ、あれは」

「魔獣には……見えないわね。変な存在感だわ。妙に現実味がないっていうか……」

カルロスが眉根を寄せる。ゴッドフレイが視線を向けると、敵のふたりも同様に困惑の気配を見せていた。背後の仲間に向かってキーリギが問う。

「……お前の仕込みではないんだな？ ジーノ」

「当然です。私の店に置くには悪趣味が過ぎる」

ジーノが即答する。通路の奥から熱い風が吹き付け、ゴッドフレイがそちらに目を向ける。

「……まだ、何か来る」

迫る気配にそう呟《つぶや》く。直後、彼らが睨《にら》み付《つ》ける通路の奥からさらなる異形が姿を現した。が りがりに痩せた体に病的な膨れ腹を抱えた人型の何か、萎えた両脚に代わって異様に発達した両腕で床を這《は》ってくる「何か」、禍々《まがまが》しい責め具を手にしたトロールに匹敵する巨軀《きょく》の「何か」。

それらに先行する形で先と同様の「車輪」も次々とやって来る。全員が一斉に目を剝《む》いた。

「カルロス！　オフィーリア君を担《かつ》げッ！」

ゴッドフレイがいち早く決断した。戦闘を打ち切り、自らはティムを背負って撤退に移行する。オフィーリアを背負ったカルロスとレセディもそこに続いた。背後に押し寄せる異形たちの姿を尻目にギリ、とレセディが奥歯を嚙《か》みしめる。

「……なんだこれは……地獄が溢《あふ》れたとでも言うのか……!?」

その言葉が全員の心境を代弁する。一方、同じ通路の傍《かたわ》らで、キーリギとジーノも同じ判断をして走り始めていた。

「遊んでる場合じゃないな！　ひとまず撤退だ、ジーノ！」

「止《や》むを得《え》ませんね……。いいでしょう、レオンシオには私から説明します」

駆け抜けるふたり。背負う後輩がいない分だけゴッドフレイたちよりも退避が迅速で、さらに途中の分岐で進路が分かれたことであっという間に距離が遠ざかる。脅威のひとつが消えたことを確認するゴッドフレイたちだが、そのすぐ後ろに新たな追手が迫っていた。最初に現れたあの異形の車輪の群れだ。

「チ――逃げ切れん！　先頭を焼き払うぞ！」

「ああ！――**火炎盛りて《フランマ》**！」「**火炎盛りて《フランマ》**！」

三人の放った炎が車輪の先頭集団を包み込む。効果の程を見届けようと目を凝らす彼らの視線の先で、それらが一斉に激しく燃え上がって消滅した。意外な結果に目を丸くするゴッドフレイ。見た目の予想に反する相手の脆《もろ》さにレセディとカルロスも困惑する。

「──む？」「なによこれ。ずいぶんあっけない──」

「まだだッ！」

ゴッドフレイが叫ぶ。燃え尽きた車輪たちの後ろから、棘《とげ》付きの刺叉《さすまた》を手に、極彩色の翼をはためかせた鳥人たちが飛来していた。

「「「KEHAHAHAHAHAHAHA！」」」

三体の鳥人たちが左右と背面の三方向から襲い掛かる。首と手足を狙った刺叉《さすまた》の攻撃を杖剣《じょうけん》で打ち払うが、それに集中して足を止めるわけにはいかない。後続の群れに追い付かれる前に防戦と並行して走り出す。

「速い……！　気を付けろ、手強《てごわ》いぞ！」

「得体が知れん！　どこの魔獣だ貴様ら──！」

困惑を込めてレセディが蹴りを放つ。ゴッドフレイもまったく同感だった。鳥人といえば真っ先に紅王鳥《ガルダ》が思い浮かぶが、迷宮に生息するとは聞かない上、目の前の相手からは高位の魔獣に特有の気配を感じない。あえて表現するなら「紅王鳥《ガルダ》のことを人伝《ひとづて》に聞き知った誰かが想像で作った何か」のような印象を受けるが、今はその直感の正しさを判断している暇もない。

レセディの繰り出した蹴りが一頭の頭を蹴り砕く。そこから散った液体がゴッドフレイの腕にかかり、彼はその違和感に眉根を寄せる。

「血……？　いや、違う。この匂い——絵の具……？」

何らかの思い付きを得かけた瞬間、切迫した友人の声がゴッドフレイの思考を引っ張った。

「**火炎盛りて**《フランマ》！　リアから離れなさい！　この——！」

背負ったオフィーリアへしつこく刺叉《さすまた》を伸ばしてくる鳥人に、カルロスが必死で杖剣《じょうけん》を振って抵抗していた。援護へ入ろうとするゴッドフレイだが、そこへ逆側からもう一体の鳥人が襲い掛かる。

「……あっ——！」

「カルロス！」

手数が不足したカルロスが首を刺叉《さすまた》で押さえ付けられ、その背中のオフィーリアに鳥人の腕が伸びる。それをレセディが間一髪で蹴り払う。

「攫《さら》おうとしている……⁉　突き放せ、ゴッドフレイ！　このままではまずいぞ！」

「分かっている！　どうにか突破口を——」

距離が詰まった後続の集団を意識し、それらを大火力で一気に焼き払おうと考えるゴッドフレイ。が——その瞬間。彼が背を向けかけた通路を下から突き破って、余りにも巨大な影が聳《そび》え立《た》った。

「……な……」

さしものゴッドフレイも啞然《あぜん》として足を止める。彼の視線の先に、中つ国《チエナ》のものと思《おぼ》しき官服に身を包んだひとりの巨人がいた。顔は息を吞《の》むほどに厳《いか》めしく、右手には丸太をそのまま削ったような笏《しゃく》を携え、心臓まで貫くような眼差《まなざ》しで人間たちを睥睨《へいげい》している。

恐怖を通り越した現実感のなさにゴッドフレイの詠唱が一瞬遅れる。その間に巨人が右手の笏《しゃく》を振り払い、それを身に受けた彼の体が横ざまに吹き飛ばされた。

「かはッ――！」

壁に叩《たた》き付《つ》けられたゴッドフレイが衝撃に絶息する。とっさに身をひねってかばったティムの体が背中をずり落ち、鳥人がここぞとばかりにその体を摑《つか》んで担《かつ》ぎ上《あ》げた。取り返さねばと焦《あせ》るゴッドフレイだが、手足が痺《しび》れて動かない。

「……ティ、ティム……！」

「リア――！」

時を同じくして、カルロスが背負うオフィーリアも新手の鳥人に奪われていた。ふたりの身柄を投げ渡された後続の異形たちの一部が回れ右し、それらに担《かつ》がれたティムとオフィーリアが迷宮の奥へと消えていく。そこでようやくゴッドフレイの手足に感覚が戻った。すかさず巨人の顔面に炎を撃って牽制《けんせい》。相手が笏《しゃく》でそれを防いでいる間にカルロスともども通路を引き返そうとするが、そんな両者の腕をレセディが摑《つか》み止める。

「退くぞ、ふたりとも！」

「⁉　ま、待てレセディ！　ティムとオフィーリア君が！」

「放して！　セディ、お願い……！」

懇願されてもレセディは聞き入れない。ふたりの体を引っ張り、巨人の出現によって崩れた通路の壁から別の通路へと飛び出して離脱を試みる。なおも彼女の手を振り切って戻ろうとする仲間ふたりに、彼女は鬼の形相で声を放つ。

「それで仲良く全滅か？　ふざけるなよ。これ以上私に歯を嚙《か》みしめさせるな……！」

悲痛な声がふたりに否応《いやおう》なく現状を実感させる。この状況はもはや自分たちの力ではどうしようもない。今すべきは一秒でも早く迷宮を脱出して上級生と教師へ状況を伝えることであり──他に出来ることは何もないのだと。


そこから二十分余りを駆け通して「出入口」の絵画に突っ込み、三人はどうにか校舎への帰還を果たした。

「……ハァ、ハァ……！」「ハァ……！」

全員が激しく息を切らす。その間にもカルロスがぼろぼろと涙をこぼす。

「……リア……！」

「気を抜くな、休む暇などない！　早く教師に連絡を──」

レセディが率先して動き出す。が――その瞬間、彼らが抜け出てきた絵画から、あの異形の車輪が勢いよく飛び出してきた。向き直った三人が戦慄する。

「絵から出てくるだと⁉　馬鹿な！」

「火炎盛りて《フランマ》！」

背後から飛んできた火球が車輪の化け物を焼き尽くす。三人が振り向いた先に、同じ教室の扉を開けて入ってきた上級生たちの姿があった。

「……二年生か。お前たちも迷宮から逃げてきたところだな。動けるなら早く別の教室へ避難しろ、今は校舎も安全ではないぞ」

「校舎も……？　待ってください、それはどういう――」

問おうとしたゴッドフレイの背後で絵から鳥人が飛び出す。それをすかさず呪文の一撃で仕留めながら、上級生のひとりが彼らをぎろりと睨《にら》む。

「見ての通りだ。これを含め、校舎中の絵画から得体の知れん化け物が次々と湧き出てくる。まだ教師ですら正確な状況を摑《つか》んではいない。……分かったら早く行け！　今お守りをしている余裕はない！」

鋭く命じられたゴッドフレイたちがすぐさま駆け出す。廊下に出た瞬間から伝わってくる生徒たちの混乱が、この異常の規模が予想を遥《はる》かに超えて大きいことを示していた。

「──全生徒へ通達。校内に現れた敵性存在の排除、及びその通路とみなされる全絵画の封印がたった今完了した。敵性存在の正体は画精と見られる。大半が油絵具《あぶらえのぐ》で描かれているため火炎呪文が特に有効だ。今後遭遇した場合は迷わず燃やすように」

ゴッドフレイたちの脱出から二分と経《た》たないうちに緊急連絡が為《な》された。校内のあちこちで壁が盛り上がって「口」を成し、そこからガーランドの冷静な声が放たれる。教師側で状況把握が進んでいると知ったことで、生徒たちの混乱も多少は鎮《しず》められた。

「こちらで根本原因の調査を始めているが、画精たちは迷宮の深部から現れていると予測され、全容の解明はまだ先になる。上級生は校舎に残って捜査に従事し、下級生は寮に戻って別命あるまで待機せよ。繰り返す、全ての下級生は寮に戻って別命あるまで待機せよ──」

その命令が下ってしまえば、二年生のゴッドフレイたちもまた従わざるを得ない。攫《さら》われたティムとオフィーリアの面影に後ろ髪を引かれながら寮へと入り、無力感に苛《さいな》まれるまま、三人は談話スペースの片隅に力なく腰を下ろす。

「……何が起こった？　一体……」

ゴッドフレイが端的に疑問を示す。レセディが腕を組んで情報を取りまとめる。

「あの化け物どもが画精であること、それが校舎中の絵から湧き出していることは分かった。攫《さら》われた生徒は三十人に上り、その大半は下級生とのことだ」

判明している事実を列挙した上で、レセディはそこに自分の見解を添える。

「連れ去られた者の中には三年もいる。……我々が戻って来られたのはむしろ僥倖《ぎょうこう》だ。ここで数えられる側になっていても何もおかしくはなかった」

「……でも……！　リアとティムが……！」

俯《うつむ》いたカルロスが涙声を漏らす。レセディがその顔をまっすぐ見据えて告げる。

「落ち着け、カルロス。……校舎や迷宮内で魔法が暴走し、巻き込まれた大勢の生徒が被害を受ける。頻繁ではないにせよ、ここでは不定期に必ず起こることだ。お前もそれを知った上で入学してきたはずだろう」

この場所の現実を語る厳しい言葉。それを聞いたゴッドフレイがハッと思い至る。

「……魔に呑《の》まれたのか？　生徒の誰かが……」

おそらく、とレセディが頷《うなず》く。魔に呑《の》まれる——それは魔法使いが迎える最期《さいご》としてもっとも宿命的なもの。個別には発狂、蒸発、死亡と様々な形を取るが、共通して言えるのは「何らかの『魔』に不可逆の形で存在を侵食される」こと。魔道の深淵《しんえん》へ踏み込んだ魔法使いほど起こりやすく、その最期《さいご》は時に最大の名誉としても語られる。

「そう考えるのが最も自然だ。……おそらく今頃、教師や上級生たちは容疑者となる生徒に当てを付けているだろう。あれほどの魔法の使い手はキンバリーにすらそういない。それが絵画を介した術式となれば尚更《なおさら》だ」

努めて冷静に推し量った上で、レセディがぐ、とこぶしを握りしめる。

「いずれにせよ、寮に押し込まれた我々には続報を待つ他ない。……クソッ。守られる立場がこんなにも苦痛だとはな」

「……せめて工房に逃げ込めてたら……。そこから捜索だって出来たかもしれないのに……」

カルロスが後悔を漏らし続ける。どれほど助けに向かいたくても、今の彼らは迷宮に入ることさえ許されない立場だ。友人の肩に手を置いて心を慰め、しばらくそうした上で、ゴッドフレイは席を立つ。

「……レセディ。少しの間でいい、カルロスに付いていてやってくれるか」

「？　構わんが……お前はどこに行く」

「寮の中を歩いてくる。……一旦思考を整理しなければどうにもならん」

頭を冷ましがてら寮の廊下を歩き出したゴッドフレイ。その耳に、同じ下級生たちの嗚咽《おえつ》と入り混じるざわめきが聞こえてくる。

「どうしよう……あいつ、戻ってこないよ……」「なんで……！　まだ一年生なのに……！」

「畜生……背伸びして迷宮なんて入るんじゃなかった……」

悲痛なそれらを呼び水に、攫《さら》われたティムとオフィーリアの面影が否応《いやおう》なく頭を占める。胸中に浮かぶ焦《あせ》りを、ゴッドフレイが必死に理性で押さえ付ける。

「……ッ……落ち着け……。分かるだろう、俺がリーダーだ。今は後悔に浸っている場合じゃない……！」

自分にそう言い聞かせながら廊下を歩き続ける。と、その視線の先に、呪符でぐるぐるに巻いた額縁を担《かつ》いでやって来る上級生たちの姿が映った。廊下の脇によけて道を空けながら、ゴッドフレイはふと考える。

「……そうか、寮にも絵は飾ってあったな。画精は湧いていないようだが、念のために運び出しているのか……」

そう呟《つぶや》いたところでふと思考に引っ掛かりを覚え、ゴッドフレイはそれを掘り下げ始める。

「……待て。画精は絵から湧いてくる。その原因は、おそらく迷宮の深部にある……」

判明している事実を線で繋《つな》げていく。やがて、彼はその先端にある可能性に思い至る。

「……だとすれば。画精が湧いてくる絵は、一体どこに繋《つな》がっている……？」

そう口にした直後、ゴッドフレイは踵《きびす》を返《かえ》して走り出した。怪訝《けげん》な顔を向けてくる生徒たちの間を駆け抜けて、彼はそのまま談話スペースに舞い戻る。

「――カルロス！　レセディ！」

呼ばれたふたりが驚いて顔を上げる。ゴッドフレイがそこへ駆け寄った。

「……？　どうしたのアル、そんなに慌てて……」

「一緒に来てくれ！　俺たちの部屋まで、今すぐだ！」

頼まれたカルロスとレセディが困惑しながら彼に付いていく。一方、同じ談話スペースの一角からその姿を見つけて、ひとりの生徒が眉根を寄せる。キーリギとジーノから任務失敗の報告を受けて間もない彼が。

「……？　なんだあれは。こんな時に騒々しい……」

レオンシオ＝エチェバルリアが立ち上がり、三人の後を追って静かに歩き始める。


「――どういうことだ？　説明しろ、ゴッドフレイ」

目的の部屋へ向かう道すがら、レセディが相手の背中に向かってその意図を問う。先頭を歩くゴッドフレイがそれに答え始めた。

「寮の様子を見て歩いているうちに思い付いた。画精が出てくるのが絵であるなら、その絵もまた画精の大元に繋《つな》がっている可能性がある。そして、絵が飾ってあるのは校舎だけじゃない。寮《ここ》にもだ」

「それはそうだが、教師たちもその点を見逃してはいないぞ。ついさっきも多くの絵画が運び出されていくのを見た。もう寮の中には一枚も残っていないだろう？」

「ああ。普通に飾られてあるものならな」

辿《たど》り着《つ》いた自室のドアを開けてゴッドフレイが中へ入る。すぐに自分のベッドへと歩み寄り、彼はその下から一幅の絵画を引き出した。カルロスがハッと息を呑《の》み、レセディが驚きに目を見開く。

「――！　おい、それは……！」

「絵が騒々しく動くのが落ち着かなくて、少し前に壁から外してしまってあったんだ。……いや、あれはもうだいぶ前か？　今まで半ば忘れていたから、正直定《さだ》かじゃないが……」

記憶を探りながら画面を覗《のぞ》き込む。絵の中の少女がその視線に気付き、絵の中で飛び出さんばかりに近付いてきて両手を振り回す。

「……やはり、今も動き回っている。前よりもさらに切迫した様子だ。いたずら好きな魔法絵画のやることと思って以前は見過ごしたが、画精が校内で暴れ回った直後だと見え方が違ってくる。これが動き出したのはひょっとして……」

「この事件の予兆だった。そう言いたいのね？　アル」

カルロスが憶測を結論する。ゴッドフレイの視線が額縁の裏へと回る。

「描き手のサインがある。……セヴェロ＝エスコバル。おそらくこれが……」

そう言ったところで絵画をベッドに立てかけ、ゴッドフレイは仲間ふたりへ向き直る。

「本題はここからだ。……これが画精たちと同じ起源を持つとすれば、この絵もまたそこに通じている可能性がある。予想が当たっていれば、おそらく繋《つな》がるのは迷宮の深層だ。……俺は、これからそこに潜ろうと思う」

息を呑《の》むカルロス。レセディが額を手で押さえて渋面を浮かべる。

「……正気か。前提からして憶測だらけの当て推量、その先のリスクに至っては考えてすらいない。自殺行為と表現するのも馬鹿馬鹿しい、もはやただの身投げだぞ」

「分かっている。だから行くのは俺ひとりだ」

「――ッ！」

カルロスの表情が一気に険しくなる。激高したくなる気持ちを辛《かろ》うじて抑え込みながら、レセディが最後に残った理性で論理の穴を指摘する。

「〜〜そもそも！　画精の湧いてくる絵が元凶に繋《つな》がっているとすれば、校舎にある絵画にも同じことが言えるはずだろうが！　お前が行かずとも教師や上級生たちが潜入して救助に当たるに決まっている！　ただ死ぬだけでなく無駄死になると分からんか⁉」

「ここの掟《おきて》として、教師が状況に介入するのは生徒の遭難から八日が経《た》ってからだ。その時までは上級生たちの救助活動を頼むしかない。が……彼らに全てを委ねられるほどには、俺はキンバリーの先輩方を信用出来ていない。状況によっては後輩の救助よりも他のことを平然と優先する……そんな気がする」

「……っ……！　……いや、それも悲観が過ぎる。すでに何人攫《さら》われたと思っている、三十人以上だぞ⁉　それだけの下級生を一気に死なせればキンバリーの校威にも影響する！　なら教師たちも八日の取り決めを考え直すに決まっているだろうが！」

「そうだな、おそらく俺の考えは悲観だろう。だが同時に君の考えも楽観だ。……仮に教師の動きが早まるとしても、それが何日後であるかは分からない。その時までティムとオフィーリア君が無事でいられる保証はどこにもない。

分かるだろう。ふたりの生還を第一目的として、その上で今すぐ救助に向かう――それが出来るのは校内で俺だけなんだ。……他の誰も、彼らの命を最優先には考えてくれない」

レセディが言葉に詰まった。他の理屈にどれほど穴があろうとも、その点だけは実感として否定できない。その沈黙を越える術を彼女が見出《みいだ》せずにいるうちに、ゴッドフレイは話を先へと進めていく。

「俺が中に入った後で、君たちはすぐにこの絵のことを上級生に報告してくれ。もともと俺が隠し持っていて、自分たちは止めようとしたが振り切って飛び込んだ――そんな形に説明してくれればいい。これなら最悪でも死体がひとつ増えるだけで――」

ぱぁん、と乾いた音が部屋に響いた。ぎょっとするレセディの眼前で、カルロスの右手がゴッドフレイの頬を張っていた。

「……言ったわよね、前に。残される側の気持ちも考えてって」

「……あぁ。一言一句、ちゃんと憶《おぼ》えている」

表情ひとつ変えずにゴッドフレイが頷《うなず》く。カルロスがその顔を睨《にら》んだまま言葉を続ける。

「忘れてないのに言ったのね、今の。アタシが激怒するって分かってて——いえ、最初から怒られるつもりで……」

歩み寄って相手の肩を摑《つか》むカルロス。その顔が、相反する感情を宿してくしゃりと歪《ゆが》む。

「……本当に……どうしようもないお馬鹿さんねぇ、アナタ……」

胸板に額を当ててカルロスが言う。そうして再び顔を上げた時、その表情は涙で濡《ぬ》れた笑顔になっていた。

「……でも、お生憎様《あいにくさま》。今回ばっかりは、アナタひとりじゃ行けないのよ」

「カルロス、それは——」

「止める前にちゃんと話を聞いて。……理由はふたつあるわ。ひとつ目はすごくシンプルよ。リアの命は、アタシの命よりもずっと重いの」

カルロスが端的に告げる。その響きの強さに、話へ割って入ろうとしたレセディが思わず口を噤《つぐ》む。彼女にも分かってしまった。今のカルロスが、ひとりの魔法使いとしてそれを語っていることが。

「リアとアタシ個人じゃなくて、これは家同士——サルヴァドーリとウィットロウの契約の問題。アタシにはあの子が魔道を達成するまで守り抜く義務があるし、あの子を守れず死なせた後に生きていられる筋合いがない。出会う前からそういう関係として定められているの。この約束の重み……アナタも魔法使いなら分かるでしょう?」

長い逡巡《しゅんじゅん》の上で、ゴッドフレイが静かに頷《うなず》く。彼もまた魔法使いの家に生まれた人間である以上、それを軽んじることは決して出来ない。だが、それ以上に、

「ふたつ目はもっとシンプルよ。アタシはね──自分がどうなってもリアを守りたいの。さっきとは逆で、これは純粋にアタシ個人の意志。ずっと前からそうすると誓っていて、ここでそうしない人間はアタシじゃないと知っている。だから、行くしかないの」

友人がそう言うだろうこともまた、ゴッドフレイは心のどこかで予感していた。沈黙するゴッドフレイの前で、涙を拭ったカルロスがその目を見つめる。

「さらに言えば、そのためにアナタの意志も利用するわ。そのほうがリアを救える可能性が高まる、だったらどんな恥知らずな真似《まね》だって厭《いと》わない。……呆《あき》れるでしょ。さっきアナタを叱った舌の根も乾かないうちに……」

「………」

「もちろんティムのことだって助けたいわ。でも……その気持ちはアナタに譲る。自分の中で優先順位を付けられてしまう時点で、アタシにはもうそれを理由にする資格がない。だから、その上で言うわ。──あの子たちを助けに行きましょう、アル。アナタの隣で、アタシも自分の全てを懸けて戦う」

断固たる宣言を前に、返答の余地などなくゴッドフレイが頷《うなず》く。立ち尽くすレセディへカルロスが向き直る。

「決まりね。……そういうことよ、セディ。馬鹿な友達でごめんね」

そう言って微笑《ほほえ》むカルロスの前で、レセディがこぶしを握り締めて俯《うつむ》く。

「……なぜ、私には助力を求めない？　恥はとっくに捨てたのだろう……？」

「アナタには命を懸ける理由がない。理由がなければ覚悟もない。覚悟のない人間を死地に連れて行っても仕方ないわ。どうせ役に立たないから」

その言葉を耳にした瞬間、カルロスの襟首を引《ひ》っ摑《つか》んだレセディが右手を振りかぶる。鼻先寸前でそのこぶしがピタリと止まり、

「……殴られるためだけに、言葉を吐くな……！」

血を吐くにも等しい悲鳴を叫ぶ。カルロスがその肩に手を置き、そっと抱き寄せる。

「……優しいセディ。どうしようもなく優しすぎるセディ。ひどい友達から最後のお願いよ。……アナタは生きて」

偽らざる想《おも》いを込めてそう求める。誰も声を上げられぬまま沈黙が流れ、

「――おい。そこで何をしている？」

そこに声が響く。三人がハッとして振り向くと、部屋の入り口に怪訝《けげん》な顔をしたレオンシオが立っていた。その視線がベッドに立てかけられた絵画に向いた瞬間、切れ長の目がぎょっと見開く。

「……それは⁉　まさか、貴様ら――！」

「まずい……！　行くぞ、カルロス！」

「ええ！」

思い悩む暇さえもはやない。部屋へ踏み込んできたレオンシオから逃げるようにゴッドフレイとカルロスが絵画へと走る。が、

「――ん？」

そこで初めて、絵画が奇妙な光を放ち始めていることに気付く。一瞬にして強まったその光が四人を諸共に呑《の》み込み、

「――な――」「――ぐっ⁉」

目も眩《くら》む輝きが消え去った後。そこには誰の姿もなく、ただ一枚の絵が残るのみだった。

Case 4

煉獄

Side of Fire
Seven Swords Dominate

「──その昔ね。君たち魔法絵画には、すごくシンプルで重要な役割があったんだ」

穏やかな声で男が語る。その筆先によって徐々に象《かたど》られながら、キャンバスの中の彼女はそれを幸せな気持ちで聴いている。

「それは、現象の記録。誰が生きて、何が起こったか──魔法画家たちの筆はそれを保存するためにあった。だから当然のように『見たままを写し取る』写実主義が原則になって、絵が正確なら正確なほど、精緻なら精緻なほどいいとされた。……その延長上で、動かないよりも動くほうがいい、と考えられたんだね。一瞬の情景を切り取っても『点』の保存に過ぎないけど、動く様子を写し取ればそれは『線』の記録になる。そういう必然の導きで、君たちは元気に動き回り始めたわけだ」

歴史を紐解《ひもと》く声は音楽のように心地が好い。意味よりもそれが大事で、だから彼女は先を急《せ》かす。それで少し描き辛《づら》そうにしながらも、男は微笑《ほほえ》んで先を続ける。

「でも──ある時、そんな魔法画家たちのシンプルな存在意義を脅《おびや》かす発明が為《な》された。記録水晶《メモリアクリスタル》と投影水晶《ビジョンクリスタル》さ。あれらは筆に頼らずして目の前の情景を記録し、再現してのけた。それも画家たちのように主観や認識といったフィルターを挟まず、どこまでも無機質に均一にね。……参ったことに、『記録』という目的なら絵画よりもそちらが適任なんだ。僕たちがどんなに技巧を尽くしても水晶記録の正確さにだけは敵《かな》わない。いや、むしろ情熱や拘《こだわ》りがある分だけ不利になる。そうした情緒は全て記録のノイズや歪曲《わいきょく》に繋《つな》がるからだ」

遠い過去の苦悩をそう語りながら、男は絵筆で色を混ぜる。それで自慢の栗毛《くりげ》を塗ってもらえるのが楽しみで、彼女は出来かけの体をますます盛んに動かしてしまう。それを根気強く宥《なだ》めながら、男は子守唄のように語り続ける。

「そんなわけで、魔法画家たちは存在意義を一から根本的に問い直されることになった。これは実に迷走したよ。もはや娯楽に過ぎないと見限る者がたくさん出たし、それまでパトロンになってくれた家も多くが支援を打ち切って、数え切れない魔法画家たちが作品を発表する場を失った。もちろん魔法使いだから、それで食うに困ったりはしないけど……やり切れなかっただろうね。ただ生きることがどうしようもなく出来ないのが僕たちだから、自分たちの技術を活《い》かすために新しい道を模索したのは必然だった」

悲しい話だと彼女は思う。ただ生きているだけでは、なぜ駄目なのだろう。それだけで楽しいことは沢山あるのに。空の青さも、風の感触も、土の匂いも——そこにそうあるだけで、人はじゅうぶん幸せでいられるのに。

「その過程でいくつかの派閥が生まれた。有名なところが内観派と剪定《せんてい》派。前者は水晶が写し取れない人の内面を表現しようとして、後者は不要な枝葉を削《そ》ぎ取《と》った見通しのいい記録を提供することに重きを置いた。——もちろんどちらにもメリットはある。魔法行使に不可欠となる心身のコントロールを可視化できれば再現性はぐんと高まるし、情報量が膨大過ぎて一生かかっても見切れない水晶記録よりは要点だけを選り抜《ぬ》いた魔法絵画のほうが実用性で勝る。ただ——どちらもひどく難航した。前者は主観を客観化しようとする試みがすでに矛盾を孕《はら》むし、後者は情報の剪定《せんてい》に要する時間そのものが実用性の向上を阻《はば》んだ。結局——ひたすらにあるがままを写し取る水晶の冷たい透明さを相手に、画家たちは長く苦戦を強いられたわけだね」

込み入ってきた話を半分も理解できないまま彼女はうんうんと頷《うなず》く。それに応えるように、男の語りも画家たちの反撃のターンに入る。

「ただ、僕たちもやられっ放しじゃない。この迷走の中で手にした大きな収穫がふたつあった。それが象徴化《シンボリゼーション》と抽象化《アブストラクション》だ。内観派と剪定《せんてい》派がそれぞれのコンセプトを煮詰めた先で結晶した技術で、これらは説明するとものすごく長くなるんだけど——おおまかに言えば、前者はあることを別のことでもって連想させる手法、後者は多くの物事から共通の属性を抜き出してみせる方法だ。……え、おおまかに言われてもまだ難しい？　はは、そうだよね。僕も学び始めた頃はチンプンカンプンだった。水晶のシンプルさに比べて、こっちはえらく込み入った話になったものだよ」

肩をすくめて男が苦笑する。難解であることを望んだわけではないのだとその表情が語っている。ただ、人間の必死の苦悩と迷走の後は、いつだってそのように残ってしまうのだと。

「でも——奇遇なのか必然なのか、このふたつはとても相性が良かった。両方が組み合わさることによって魔法絵画にまったく新しい道が開けてしまったくらいに。僕が進んでいるのはその道で、君もその過程で生み出される成果のひとつ」

そう口にして筆を止め、男は自ら描いている対象をじっと見つめる。彼女は慌ててポーズを取る。彼が描いてくれる自分が、いちばん見栄《みば》え良く映るように。

「未現実主義《ポストリアリズム》。噛《か》み砕《くだ》いて未来主義と言われることもある。誤解を恐れずごく簡単に言えば、これはまだないものを描いてみせることだ。予言っぽく聞こえるかもしれないけど、それとはまた違う。この世界の諸法則を厳密に踏まえて、その自然な延長上では決して実現しない未来像を絵画で表現するのがこの思想だ。物分かりの悪いやつはしたり顔で幻想主義なんて言ったりもするけど、本質はそれと真逆なんだよ。僕たちはありもしないものを紙に描いて遊んでるわけじゃない。あるべきなのに存在しないものをひとまず紙の上に創造しようとしているんだ。——それは必ず、いつかそこへ辿《たど》り着《つ》くための強力な道標になるはずだから」

真剣な声音に彼女も繰り返し頷《うなず》く。その意味と意図を完全には解《げ》せないまでも、それを行う彼らの切実さはよく分かるから。彼女にとって大切なのはいつもそこだった。男が生涯を懸けてそれを目指すなら、彼女はその背中を後押しする。彼の手になる作品として、彼が選んだモチーフとして、それだけは決して変わらない。

「良くなかったのは、この思想が短絡的な救世主義に繋《つな》がって異端《グノーシス》と結び付いてしまったこと。……まぁ、それは愚痴になるからやめておこう。反省会はサロンに溜《た》まった画家どもで勝手にやってろって話でね。君たちはまだ見ぬ未来なんだから、僕たちが見たくもなかった過去の話をしても仕方がない。気を取り直して先の話をしよう。僕が描きたい未現実《みらい》のことを」

テーマを本筋に戻した上で、男は困ったように苦笑を浮かべる。

「と言っても、まだはっきりとは決まってないいんだけどね。……ああ、ガッカリしないで。いちおう手掛かりはあるんだ。旅先で一目見た瞬間にビビッときて、それから同じジャンルをひと通りかき集めたから。――もう目を描いたから君にも見えるだろ？　そう、あれらだよ」

男が指さした先、アトリエの壁に所狭しと飾られた作品たちを彼女は見つめる。途端にうっと顔を引《ひ》き攣《つ》らせた。恐ろしい化物や呻《うめ》き苦しむ人々が描かれた絵ばかりで、お世辞にも趣味がいいとは言えない。独特の筆致は彼女に用いられているそれとかけ離れており、技術のみならず思想面での根本的な違いを窺《うかが》わせる。

「――地獄絵。従来の魔法絵画にはないジャンルで、あれらも全て普通人の手になる作だ。いわゆる宗教画のひとつだから、信仰を持たない僕たちが描かないのは当然なんだけど……それがなぜか引っ掛かった。僕自身も不思議なんだよ。この中にいったい何があるんだろう？」

男が首をかしげる。ふと思い立った彼女が慌て気味に問いかけ、それを聞いた彼が笑う。

「この世界を地獄にしたいんじゃないかって？　――はは、そうだったら話は早いんだけど、残念ながらそこまで単純じゃない。未現実《みらい》を想《おも》う上での大前提として、僕はこの世界をもう少しまいにしたいはずなんだ。でも、逆の浄土絵には少しも惹《ひ》かれなかった。幻想に染まりすぎて話にならないのか、あるいは遠すぎて未現実味《ポストリアリティ》がないのか……。内容の荒唐無稽さで言えば、これらの地獄絵も大差ないはずなんだけどね」

筆を止めて椅子から立ち上がり、男はそれら地獄絵の前に立って不思議そうな顔をする。そうして彼女に向き直り、まるで美術館の案内人のように言葉を続ける。

「僕の悩みはさておき、どれも面白いだろう？　普通人たちは実に色々な地獄を考える。そこへ堕《お》ちた者に与えられる苦痛も感心するほど様々だ。針に刺されたり火で炙《あぶ》られたりはまだ分かりやすいけど、ひたすら河原で石を積んでは崩されるなんて婉曲《えんきょく》な趣向もある。しかもこれは親より先に死んだ子へ科される責めなんだ」

彼女はますます理解に困った。死んだ子供を責めて何がどうなるというのだろうか。彼女がそう感じることも想定した上で、男は問われる前に自分の意見を述べる。

「魔法文明の恩恵が行き渡りつつある連合《こっち》と比べて、東方《エイジア》のほうではまだまだ無事に育たない子供も多いからね。家を繋《つな》ぐために命は大切にしろ――そんなメッセージだと考えると理解しやすいかもしれない。けど、そういう『生きた人間』に向けた解釈は僕に刺さらない。何というか、ちょっと不純に感じるんだよね。だって――地獄というのはあくまで、死者のためにある場所のはずだろう？」

額縁に手を触れて男が言う。地獄絵に着想を得ながらも、彼が考えることは異国の画家たちとはまた別だ。それは当然なのだろうと彼女も思う。彼はあくまでも魔法使いなのだから。

「どんな永い罰もいずれ終わって、その後には救いが待つべきだと僕は思う。では、罪人にとっての救いとは何か。穢《けが》れきった彼らの魂はどうすれば赦《ゆる》され、浄《きよ》められるのだろうか。……これらの絵を見ながら、僕はずっとそれを考えているんだと思う。悩みながらもがきながら、それでも描くべき絵がその先にあると信じている――」

自分のものではないそんな記憶を垣間見《かいまみ》て、ふいにゴッドフレイの意識は浮上した。

「――て！　ちょっとあなた、起きて！　起きてちょうだい！」

騒がしい声が目覚めを促す。すぐ近くに気配を感じたゴッドフレイが身じろぎする。

「――……？」

「――あっ、瞼《まぶた》が動いたわね⁉　寝ないで寝ないで！　今は休日の朝じゃないのよ！　眠くても起きなきゃダメなの！　あなたたちも寝てる場合じゃないんでしょう⁉」

言われた彼がぱちりと目を開いて身を起こす。見覚えのない部屋の中、素朴なワンピースに身を包んだ十代前半ほどの少女が目の前にいて、彼は大いに困惑する。

「……ここは、どこだ。君は……」

「ああよかった、目覚めてくれた。ここはわたしの中よ。ほら、この滑らかなタッチを見れば分かるでしょ？　そんじょそこらの駄作とは格が違うもの。いくら目が節穴でもセヴェロ＝エスコバルの画を他と見間違いはしないわよね？」

胸に手を当てて誇らしげに少女が言う。一瞬首をかしげるゴッドフレイだが、相手の衣服や肌の質感に妙な違和感がある。その印象が絵画のものだと認識した瞬間、こ、れ、も画精だと気付いた彼は腰の杖剣《じょうけん》を抜き放った。その先端に灯《とも》った炎に、少女が慌てて両手をかざす。

「待って、待って！　何もしないから待って！　敵意がないのは分かるでしょ！」

空の両手をぶんぶんと振ってみせる少女。ゴッドフレイが困惑しながら相手を見つめる。

「……確かに、こちらを害する意思はなさそうだが……」

「だったら早くそんなものしまってちょうだい！　わたし油絵だから火は怖いのよ！　ここが燃えたらあなたたちだって一緒に燃えちゃうんだからね！　他の子を起こす時もよく言い聞かせて！」

少女が指し示した方向へゴッドフレイが振り向くと、近くの床にカルロス、レセディ、レオンシオの三人が倒れているのが目に入る。それを呼び水に意識を失う直前の記憶が蘇《よみがえ》り、彼はようやく状況を理解し始めた。

「……つまり……ここは絵画の中か？　俺たちの部屋に飾ってあったあの……」

「そうよ。あなたがベッドの下に押し込んでくれたあの素晴らしい名画の中。……こんな時だから叱らないであげるけど、わたしとっても怒ってるんだからね。あんな扱いを受けたのは描かれてから初めてだったんだから」

「それは……申し訳ない。が、ひとまず仲間を起こさせてもらっていいだろうか」

「いいわよ。というか、早く起こしてちょうだい。でないと話が進められないもの」

気が急《せ》いている様子で促す少女。何やら妙な流れになってきたと思いながら、ゴッドフレイは仲間ふたりに歩み寄ってその肩を揺さぶった。


ゴッドフレイの予想に違わず、目覚めると同時にレセディは頭を抱えていた。

「……目を覚ましたら、そこは絵画の中ときたか。……いっそ夢ということにしたい。寝直しても構わんか？」

「すまん……。だが、ひとまず落ち着いて彼女の話を聞こう。どうも俺たちに何かやって欲しいことがあるようだ」

詫《わ》びながらそう提案する。レセディの目が傍《かたわ》らに倒れたレオンシオを見やる。

「その前に、あれはどうする。私以上に唐突な巻き添えだ。起きた瞬間どう反応するか予想が付かんぞ」

「……とりあえず、杖《つえ》は取り上げておこう。絵から出た後に返せば、少なくともここで暴れられる危険はない。……許してはくれんだろうが」

目覚めた後の対応はひとまず棚に上げつつ、ゴッドフレイは倒れた相手の体から杖剣《じようけん》と白杖《はくじよう》を取り上げておく。その間にカルロスが少女に詰め寄った。

「最初に確認させて。――アナタは、アタシたちをリアのところに案内できるの？」

「それはつまり、地獄絵の連中が攫《さら》っていった子たちの場所にってことよね？――出来るわ。けど、あなたたちにはそこでやって欲しいことがあるの。まずは座って話を聞いて」

そう言って少女が椅子を勧める。警戒を残しながらもゴッドフレイたちがそこに座り、丸テーブルを挟んだ反対側に少女が腕を組んで腰かける。

「下級生よね、あなたたち。引っ張り込む前に話していたことは聞いたけど、一応確認するわよ。――いま何が起こってるのか。それはどの程度分かってる？」

「推測に過ぎないが……魔法画家の上級生が迷宮の奥で魔に呑《の》まれ、その結果として画精が暴走したものと。あるいは、君の描き手がその本人ではないかとも」

「いいわね、ぜんぶ正解。じゃあその先に進むわ。あなたたちが知りたいことから話してあげると――攫《さら》われた子たちはまだ無事でいる。理由はそもそも殺す気がないからよ。セヴェロは今描いている絵の構成要素に『魔法使い』を求めていて、攫《さら》ったのもそれが理由なの。死体じゃ役に立たないから生かしてある。とってもシンプルな話よね」

予想外にきっぱりと少女が断言する。その内容を慎重に吟味した上で、ゴッドフレイが相手に問い返す。

「無事でいる、といま君は断定したな。推測を語る口調ではない。画精たちの動きについて知っていることもそうだが……もしや、君には見えているのか？」

「当然よ。同じ描き手の作品は経路《パス》で繋《つな》がっていて、互いが今どうなっているかもおおまかに伝わる。もちろん意思疎通だって出来るんだけど、それは今無理。向こうのほうがわたしに会いたがらないの。地獄絵の連中は魔に呑《の》まれた『後』のセヴェロに同調していて、わたしは魔に呑《の》まれる『前』のセヴェロの意志を尊重しているから……。根っこは同じでもスタンスが違うのよね」

少女がため息をつく。ゴッドフレイが顎に手を当てて黙考する。

「君という絵を通して後輩たちの救助に向かえる――我々のほうではそう考えた。話を聞く限りそれは間違っておらず、幸いと君にも協力してくれる意思があるようだ」

流れとしては悪くない。内容の通りに受け止めるなら望外に良《い》いとさえ言える。が――それを無警戒に受け止めるようなキンバリー生はいない。ゴッドフレイが鋭く相手を見つめる。

「その上で尋ねるが……我々に何をさせたい？　ここに引っ張り込んだのは君からだ。理由があるのだろう？」

まっすぐに思惑を問う。少女が背筋を伸ばし、それを口にする。

「セヴェロに絵を完成させてあげて。わたしの願いは、ただそれだけよ」

意外な内容にゴッドフレイの目が見開く。レセディが眉根を寄せて問い直す。

「……主の魔道の達成を依頼する、ということか？　本人の救助ではなく？」

「それが出来ればいちばんだけど、もう無理よ。……あなたたちの実力の問題じゃなくて、手遅れだって分かってるの。セヴェロは深いところに踏み込み過ぎた。元の場所にはもう戻れない。だから――大事なのはあくまで、そこで何を為《な》すかよ」

膝に置いた手を微《かす》かに震わせ、割り切った言葉で少女が告げる。ゴッドフレイはしばし押し黙った。――相手が画精ということを念頭に置いても、その様子は嘘《うそ》を言っているようには見えない。真摯な願いを口にする人間の姿がそこにあると、彼の直感はそう言っている。

「……なるほど。だが――俺に何が出来る？　残念ながら絵画については不勉強だ。創作面で有効な助言が出来るとはとても思えないが」

「そうでしょうね。だから、わたしもあなたたちに技術的なことを期待してるわけじゃないわ。……重要なのは純粋にモチーフとしての価値よ。あなたにはそれがあると感じている。だからセヴェロに会わせたいの。出来れば、魔に呑《の》まれる前にそうしたかったけど……」

少女が悔いを込めて俯《うつむ》く。動き回る姿を煩《うるさ》がらず、もっと早く話を聞いてやれば良かったか――ゴッドフレイの胸にそんな申し訳なさが芽生えかけたところで、少女は顔を上げて話を続ける。

「行って、会って、セヴェロと話す。具体的に言えば、わたしがあなたに頼みたいのはそれだけ。……もちろん、その過程で攫《さら》われた子たちを助けるっていうなら力を貸すわ。地獄絵の連中はあの子たちを片っ端から攫《さら》っていったけど、そもそもセヴェロには必要ないものよ。だって、本当に届けるべきモチーフは目の前にあるんだもの」

ゴッドフレイたちの目的と矛盾しないことを重ねて示す。レセディがそこに鋭く声を挟む。

「後輩たちの命と引き換えにゴッドフレイの身柄を差し出せ。……今の話は、どうもそう言っているようにも聞こえるが？」

「……いいえ。わたしはあくまでセヴェロにインスピレーションを与えて欲しいだけ。でも、結果がそうならないとは約束できない。魔に呑《の》まれたセヴェロが何を考えているのか、わたしにはもう分からないの。今は辛《かろ》うじて、ひどい焦《あせ》りが感じ取れるばかりで……」

そう打ち明けた少女が悔しげに表情を曇らせる。その様子を最後のひと押しに、ゴッドフレイは彼女に信を置くと決めた。こちらを騙《だま》すつもりなら馬鹿正直にそんな言い方をする必要はない。それすら欺瞞《ぎまん》である可能性は無論あるが、現状ではそこまで疑うだけ無意味だ。

「話は分かった。――引き受けよう」

故に、彼もまたはっきりと承諾を口にした。隣でレセディが盛大にため息を吐く。

「正気か……などとは訊《き》かんぞ。それは先に済ませた」

「すまん、レセディ。――だが、こちらからもひとつ要求したい。彼女とそこで寝ているM《ミス》r《ター》．エチェバルリアを校舎に帰してやってはくれないか？　本来なら俺とカルロスのみで救助に向かうはずだった。彼らは巻き添えだ」

「そうしてあげたいけど、無理よ。……あれを見て」

首を横に振った少女がゴッドフレイたちの後方を視線で示す。彼らがそちらに目を向けると、そこには彼らが連れ込まれた入り口と思《おぼ》しき額縁が飾ってあった。が、その向こうに見えていたであろう現実の景色は今はない。何重にも巻かれた呪符で覆い尽くされてしまっている。

「あなたたちを引っ張り込んだ後、すぐに上級生の手で校舎に運ばれてね。わたしはもう厳重に封印されたわ。キンバリーの教師の処置じゃ、内側からはよっぽどのことをしないと破れない。……今のわたしに出来るのは、ここから迷宮への出口になってあげることぐらい」

「選択の余地なし、というわけか。――ならいっそ清々《すがすが》しい」

フンと鼻を鳴らしてレセディが言う。虚勢や強がりではなく、それは紛れもない彼女の本心なのだとゴッドフレイには分かった。ここへ連れ込まれる前の彼女には自殺行為に加担出来ない理由がいくつもあったが、今やそれは後退不能の現状によって軒並み意味を失っている。であれば――前に進むしかない。仲間を守り、敵を打ち倒す他にない。悩む余地のないシンプルな状況は、皮肉にも今、彼女から多くの苦悩を拭い去っていた。

「――待って。起きたわ、彼」

カルロスが声を上げる。同時に床で身じろぎしたレオンシオがパチリと瞼《まぶた》を開け、その場で上体を起こす。杖《つえ》を取り上げられている状況に対する動揺はない。少し前から意識は戻っていたと見えて、寝たふりを決め込む間に自分の現状は把握したようだった。

「……状況を説明してもらおう。これは──何だ？」

「いい頃合いで起きたなエチェバルリア。お前も含めて、我々はこれから否応《いやおう》なく迷宮の深部へ向かう。脅迫でも何でもなく他に道がない。手短に説明してやれ、カルロス」

悠然と立ち上がったレオンシオへ、促されたカルロスが歩み寄って慎重に説明を始める。ここが絵の中であること、連れ込まれた入り口から現実には戻れないこと、帰還のためには別の「出口」から迷宮の深部を経由する必要があること。そこに絵画の少女の依頼と自分たちの目的を添えて解説すると、全てを聞き終えたレオンシオが軽く頷《うなず》いた。

「……理解した。苦々しいが、選択の余地がないというのは事実のようだ」

質問のひとつもなく納得してのけた彼の様子に、レセディがほうと声を上げる。

「納得が早いな、Mr《ミスター》.エチェバルリア。もっと文句を言われると思ったが」

「そうしたいのは山々だが、無駄口で浪費する時間が惜しい。──絵の女、まず教えろ。迷宮側の出口はどこに繋《つな》がる？」

「四層『深みの大図書館』。そこにセヴェロが構えたアトリエよ。……分かると思うけど、自力での脱出は諦めたほうがいいわ。本来なら下級生が踏み込める深さじゃない。目的を果たしたら読書スペースに籠もって救助を待ちなさい。あそこなら画精たちは手を出せないから」

「言われずともそうする。……ここを出た後は、すぐに安全な場所へ向かえるのか？」

「いいえ、まずアトリエから出ないと無理。けど、今のあそこは無数の絵画が融《と》け合った事実上の異界よ。早く出たくてもひとりでの行動は避けたほうがいいわ。……二年生のあなたたちじゃ、たぶん脱出する前に死ぬでしょうから」

取り繕わず少女が言い置く。レオンシオが額を押さえ、指の隙間から眼光を光らせる。

「つまり、こういうことか。——生きて校舎へ帰るために、私は否応《いやおう》なく貴様らの自殺行為に付き合わされる」

「素晴らしい理解の早さだ。見直したぞエチェバルリア」

乾いた声で言ったレセディが両手を打ち鳴らす。その皮肉に言い返すことはしないまま、レオンシオはゴッドフレイへ向けて右手を突き出した。

「……杖《つえ》を返せ。状況は全て把握した。無駄に暴れたりはせん」

「——ああ」

状況を踏まえて相手の言葉を信用し、歩み寄ったゴッドフレイが奪っていた杖剣《じょうけん》と白杖《はくじょう》を返す。二本を諸共に右手で握り締めた瞬間、レオンシオの左手がこぶしを固めて振り抜かれる。

「——ッ！」「アル！」

ゴッドフレイの顔が鈍い音と共に横へ流れた。口から流れる血のひと筋が顎に線を引く。が、一歩も下がらぬまま視線を戻した彼に、レオンシオはフンと鼻を鳴らしてみせる。

「今のは手付けだ。——これで済むなどと思うなよ。ふざけた事態に巻き込んでくれた礼は必ず十倍にして返してやる」

そう言い置いて身をひるがえす。連れ込まれた入り口とは反対側の壁にある「出口」の額縁を、赤い瞳が貫くように見据える。

「だが、それも校舎に生還してからだ。……出口を開け、絵の女」

促された少女が椅子から立ち上がって頷《うなず》く。いつの間にか、その両手には四つの布袋が握られている。

「行く前に、まずは全員これを持って。重要よ」

「……これは……」「……焼けた小銭？」

口を開けて中身を見たゴッドフレイたちが首をかしげる。東方《エイジア》の文字が刻まれた貨幣が詰め込まれており、そのいずれも高熱に晒《さら》された後のように変色している。少女が解説を添える。

「冥銭よ。他にも色々入れてある。地獄のルールは絵によって違うから、それぞれに対応した備えが要るわ。それらは一種のお守り《タリスマン》だと思って」

理解した四人が袋をローブの懐《ふところ》に仕舞う。同時に少女がまぶたを閉じて何かに集中し始めた。「出口」の向こうの様子を探っているのだろうと察して、ゴッドフレイたちは厳かに指示を待つ。

「――いいわ、行って。なるべく安全な場所を選んだけど、それも完全じゃない。……出たらすぐに身を潜めて」

即応して杖剣《じょうけん》を抜くゴッドフレイ。その横顔にレオンシオが声を放つ。

「先に行け、ゴッドフレイ。それで多少は私の機嫌が取れるかもしれんぞ」

「当然だ、巻き込んだ以上は守る。君は最後に続いてくれ」

そう告げたゴッドフレイが額縁の中へと身を躍らせ、カルロスとレセディがその後に続く。

最後に順番が回ってきたレオンシオが露骨に不快な顔をする。

「守る、だと？　……チ。どこまでも気に障《さわ》る――！」

そうぼやいて自らも額縁へ飛び込んでいく。全員が去った後の部屋で、少女は「お願い……」と一言呟《つぶや》いた。


「……ぅ……」

同じ頃。ジーノから食らった麻酔の効果が切れて、オフィーリアはうっすらと瞼《まぶた》を開けた。

「……頭が重いわ……カルロス、渋めのお茶を――」

「これ噛《か》んどけ」

寝ぼけ眼のまま上体を起こすなり、真横から何かが突き出される。植物の葉を四角く押し固めたものと思《おぼ》しきそれに眉根を寄せてから、オフィーリアは隣にいる女装姿の少年に気付く。

「……ティム？　なんであなたが……」

「いいから噛《か》め。そんで目ェ醒《さ》ませ」

強く促されたオフィーリアが訝《いぶか》しみながら葉の塊を口に含む。途端に脳天を貫くような苦みが口中を広がり、麻酔の名残で濁っていた意識を一気に鮮明にする。

「……っ……！」

「ガツンときただろ。……しゃきっとしたら、腹ァ決めて周り見ろ」

口を押さえながらオフィーリアが周囲を見回す。

果たして、苦みすら一撃で忘れるほどの光景がそこに広がっていた。

聳《そび》え立《た》つ岩壁に四方を囲まれた巨大な縦穴。内側から削られて窪《くぼ》みとなった部分が鉄格子《てつごうし》で蓋をされ、その中には麻袋も同然の粗末な衣服を着せられた人間がぎっしりと詰め込まれている。ティムとオフィーリアはその最下層の牢《ろう》にいた。

悪趣味なショーウインドウにも似た牢獄《ろうごく》が壁面を縦横に埋め尽くす中、長柄の責め具を手にした人型の「何か」が黒い翼をはためかせて空中を巡っている。「何か」と言ったのはオフィーリアにはそれの正体が分からないからだ。強いて言えば亜人種の翼人《ハーピー》が近いが、だとすれば両腕はそのまま翼になっていて然《しか》るべき。それらの翼は両腕とは別に背中から生えており、山羊《やぎ》のそれに似た両脚の蹄《ひづめ》と併せて、そのような特徴を持つ種は彼女の知る限りこの世界に存在していない。黄ばんだ乱杭歯《らんぐいば》が並ぶ口は歯茎が剝《む》き出《だ》しになっており、その姿はさながら、見る者に恐ろしさを与えるためだけにデザインされたような異様さだった。

「――な、に……ここ……」

「さてな。とりあえず地獄なのは間違いねぇと思うが」

ティムが平然と言い放つ。彼の場合も起き抜けに多少驚きはしたが、それ以上の動揺はなかった。酷《ひど》い光景なら実家で散々見慣れている。

「一層でおっかねぇエルフとやり合ったのは憶《おぼ》えてるな？　その後なんやかんやあって先輩方が助けに来てくれた。けど、こいつらがいきなり戦いに割って入ってきて……全員で撤退する途中、弱ってた僕らだけ攫《さら》われた。そっから僕もまた意識が飛んでよ。目覚めたのは一時間くらい前だけど、お前のほうは毒が抜けるまで寝かせといたぜ。僕には解毒《げどく》できねぇからよ」

経緯をそう説明する。異形の翼人たちが手に持つ責め具の数々を眺めて、ティムの口元が凶暴につり上がる。

「……ったく、ワクワクすんなぁおい。どんな目に遭わせてくれるつもりだよこいつら」

一方、自分の置かれた状況を把握したところで、オフィーリアがハッとして彼に向き直る。

「……ティム。あなた、いつから意識はあったの？」

「あぁ？」

「あなたがエルフの女にやられた直後のことよ。何か……憶《おぼ》えてる？」

ずいと顔を寄せて問う。真剣な瞳に見つめられて、ティムの目がわずかに泳ぎ、その脳裏にひとつの記憶が浮かぶ。彼女の腹から見たこともない使い魔が飛び出したその光景が。尋常の召喚では決して有り得ない、人の体から直接に魔獣が「産み出される」様が。

「…………」

「……見てたのね、やっぱり」

確信したオフィーリアが呟《つぶや》く。ティムが何か言う前に、その肩を彼女の両手が摑《つか》み、

「……先輩には、言わないで。……お願い……！」

これまで一度も口にしたことのない嘆願を放つ。足元の地面にぽたぽたと零《こぼ》れる涙の雫《しずく》。ティムが後頭部を搔《か》き毟《むし》り、ため息をついて彼女の体を押し離す。

「……僕が憶《おぼ》えてんのは、お前に助けられたってことだけだ。他のことなんざどうでもいいし、どうでもいいことを後でゴチャゴチャ喋《しゃべ》ったりもしねぇ。……それくらいは信用しろ」

と、相手の目を見つめてそう約束する。その響きの真摯さに意表を突かれながら、オフィーリアが涙を拭って頷《うなず》く。

「……ありがとう」

自《おの》ずと感謝が彼女の口を突く。普段からは想像出来ないその素直さに、ティムが思わず苦笑を浮かべた。

「ったく……。この状況で真っ先に心配するのがそれって辺り、お前のいかれっぷりも相当だよな。考えてみろよ。先輩にまた会えるかどうか、僕らはまずそこから怪しいんだぜ？」

相手と共に意識を目の前の現実に向けた上で、ティムは話を仕切り直す。

「ちっとは明るい材料も話しとくか。――見た目の物騒さの割に、こいつらから強い敵意は感

じねぇ。僕らも無駄に痛めつけられたりはしなかったからな。あと……あんまり賢くもねぇ気がする。杖《つえ》や装備を取り上げられてないのがその根拠だ。魔法使いを監禁するにしちゃ扱いが色々半端《はんぱ》なんだよな」

「……こいつらは何なの？　魔獣っぽい姿のもいるけど、絶対にそうじゃないわ。魔法で編んだ疑似生命の類だと思うのだけど……」

「そこは僕も訊《き》きてぇ。ゴッドフレイ先輩の炎でめちゃくちゃ燃えたところと、レセディが蹴っ飛ばしたやつが液体になって飛び散ったのは見た。そのへんから当たりは付くか？」

知る限りの情報を語って尋ねるティム。オフィーリアが顎に手を当てて推察する。

「……画精ね、おそらく。というか、ここ自体も絵画の中だと思うわ。現実感のなさにはそれで説明が付くし、こんな場所が迷宮にあるなんて話も聞かないもの」

「絵のバケモンってことか？　馴染《なじ》みがねぇな……毒効くのかそれ」

立ち上がって画精たちの観察を試みるティム。そこで相手の視線がぎろりと向けられ、彼は舌打ちしてその場に座り直す。

「大きく動くと睨《にら》んできやがる。……危害を加えてくる気配は今んとこねぇが、それもいつまで続くか分かったもんじゃねぇ。とっとと脱走の算段を立てんぞ」

「ええ、分かってる。……ティム、ちょっと後ろ向いてて」

「あ？」

突然の言葉に訝《いぶか》しみながらもティムが彼女へ背を向ける。その間にローブの懐《ふところ》から取り出した小さなアンプルを、オフィーリアは素早く自分の両脚の間へ滑り込ませる。

「……っ……！」

子宮に辿《たど》り着《つ》いた魔獣の因子がその場所に定着する。ハンカチで手を拭いつつティムを向き直らせ、オフィーリアは自分の行った行為を説明する。

「……合成獣《キメラ》の胤《たね》を仕込んだわ。前の一匹はあのエルフ相手に使っちゃったから、子宮《ここ》で新しく育てなきゃ次は放てないの。急いでも丸一日はかかるけど……強力な駒は多い方がいい」

「……いいのかよ？　そこまで僕に話しちまって」

「あなたにはもう見られた。今さら隠しても仕方ないし、切り札を出し惜しみして死ぬほうが嫌だもの。そっちだってそうでしょ？」

至って現実的にそう口にする。疑問の余地もなくティムが頷《うなず》く。

「……だな。先輩に救ってもらった命、こんなとこで落っことすわけにゃいかねぇよ。喧嘩《けんか》は一時休戦だ。何が何でも生きて帰ろうぜ、オフィーリア」

そう言って相手に手を差し出す。オフィーリアもまた、迷わず応じてそれを握りしめた。

同意のないまま引っ張り込まれた前回と違い、今度は彼らの側にも心の準備があった。結果、

意識を失うことなく額縁を通り抜けて、ゴッドフレイたちは次の場所へと降り立った。

「……ここは——」

杖剣《じょうけん》に手を掛けながらゴッドフレイが周りを見渡す。不気味な赤い空の下でどこまでも広がる錆色《さびいろ》の荒野がそこにあった。乾ききった地面には大小の岩が林立し、その間には干乾《ひから》びた人間の屍《しかばね》に混じって責め具と思《おぼ》しき金属の残骸が散らばっている。吹き荒《すさ》ぶ風に運ばれた鉄の匂いが四人の鼻を突いた。

「迷宮って感じじゃないわね。……たぶん、ここも絵の中かしら」

カルロスがそう推測する。そこに、頭へ直接響く声で少女が語り始める。

「——聞こえてるわよね？　そこでは杖剣《じょうけん》は抜かずに白杖《はくじょう》を使って。とりあえずゴッドフレイ君がわたしを担《かつ》いで、そしたら隠れながら探索を始めて」

言われたゴッドフレイが白杖《はくじょう》を抜き、背後の空中に浮かんでいた額縁を呪文で背中に張り付ける。そうして他三人と共に歩き始めながら、彼は少女に話しかける。

「君のガイド付きか。……今は声が届くんだな」

「一度絵に入ったあなたたちとはしばらく経路《パス》が繋《つな》がってる。それがなきゃさすがに二年生を行かせないわ。……けど、だからって安全が保障できるわけじゃない。特に、危なくなってもわたしの中に逃げ込めない点は注意して。絵画同士を繋《つな》げるには色々と条件があるの」

そう警告した上で、少女は彼らが今いる場所について解説し始める。

「そこは『八大地獄』の中。セヴェロが習作に描いた東方《エイジア》の地獄絵よ。かなり危ない場所だから気を付けて進んで。あと、わたしが良《い》いって言うまで杖剣《じょうけん》は絶対に抜かないで」

ゴッドフレイとカルロスが頷《うなず》いた瞬間、ビュン、と空気を切る音が背後で響く。ふたりが背後を振り向くと、レセディの振り上げた足がレオンシオの顔の真横で寸止めされていた。

「初めにひとつ言っておくぞエチェバルリア。――巻き添えを食った経緯については同情せんでもないが。その上で、我々はお前に対して一片の負い目も抱いていない」

「……ふん？」

「そもそも後輩ふたりが画精どもに攫《さら》われたのは、それ以前にお前の手下に弱らされていたからだ。お前の今の立場も自業自得《じごうじとく》と言える。先のゴッドフレイへの一発は逆恨みでしかないと自覚しておけ」

「よせ、レセディ。今はここを無事に通り抜けることに集中だ」

ゴッドフレイが窘《たしな》めると、レセディも相手を睨《にら》んだまま足を下ろす。レオンシオが平然と歩みを再開し、その口で少女に質問する。

「ここにはどんな画精が出る？　傾向と有効な属性を教えろ」

「難しいわね。絵の中はその場所のルールが支配しているの。それも油絵だけど、外に出た画精たちみたいに一律に燃やせばいいってわけじゃない。獄吏もたくさん種類がいるから、基本的には観察した上で対応してもらうことになるでしょうね」

つまりは、どう転んでも一筋縄ではいかない。この先の道行きの険しさを暗示する少女の説明に、レセディが渋面を浮かべる。

「なんだそれは……。聞く限りでは絶界詠唱《グランドアリア》に囚《とら》われたのと変わらんぞ」

「その通りよ。このレベルの魔法絵画っていうのは展開規模を絵の中に限定した絶界みたいなもの。そう考えると、あなたたちにもセヴェロの偉大さが分かるんじゃない？」

誇らしげな少女の声にゴッドフレイが表情を険しくする。絶界詠唱《グランドアリア》――それは魔法使いの最終到達点とも言われる秘奥《ひおう》、文字通りの「世界を塗り替える」術式だ。術者が編んだルールの下に支配する別世界では普段の常識が通用しない。それと同じではないまでも類する場所に自分たちがいるのだと認識して、ゴッドフレイの警戒はさらに強まる。

「獄吏に出くわしても不用意に戦わないほうがいいわ。この辺りは辺境だからまだ対応できるでしょうけど、中央に近付くほど手強《てごわ》くなって数も増える。上の位階の連中になると、今のあなたたちじゃ太刀打ちできないでしょうね」

「辺境……？　東方《エイジア》の地獄には地域性があるのか？」

「あるわよ。さらに言えば、それぞれの管轄もきっちり組織化されてるわ。まず大地獄が八つあって、それらを囲む形で十六ずつ小地獄がある。あなたたちがいるのは八大だと等活地獄の一帯で、正確にはその周辺にある刀輪処っていう小地獄ね。ちなみに刃物を使って殺生《せっしょう》をした者が堕《お》ちる場所よ」

「杖剣《じょうけん》を持つ我々にはお誂《あつら》え向《む》きの地獄というわけか……。それで、これからどこへ向かえばいい？」

「どこっていうか、この中を巡回している地蔵菩薩《ぼさつ》に出会って脱出させてもらうのが目的ね。そこで待っていてもそのうち来るだろうけど、それだと何年かかるか分からないから、まず刀輪処を西に抜けて等活地獄の中心を目指して。そっちのほうが衆生《しゅじょう》が多い分、地蔵菩薩《ぼさつ》の巡回も頻度が高くなる」

少女の言葉に従ってその方向へ荒野を進み始めるゴッドフレイたち。西と言われても絵の中での方角を知る術はゴッドフレイたちにないので、今はどこへ向かうにも少女の案内が全てだ。その事実に多少の心細さを覚えながら進み続けていると、

「――うッ……！」

岩陰からぬっと金棒を持った巨体が現れる。東方《エイジア》に生息するというトロールの亜種、鬼人《オーガ》に似た姿の獄吏だ。硬直したゴッドフレイたちを視線で一瞥《いちべつ》し、それは地面を踏み鳴らして去っていく。

「……見逃された、のか？」

「そうね。あなたたちが本来の住人じゃないのもあるし、それ以前に地方の下《した》っ端《ぱ》刑吏はあんまりやる気がないのよ。あいつらはした金でこき使われてるから」

「か、金？　地獄に通貨の概念があるのか？」

「何のためにあなたたちに冥銭を持たせたと思ってるの。戦いになったらしょうがないけど、それまでモノを言うのは第一にそれよ」

当然とばかりに少女の声が響く。懐《ふところ》に忍ばせた袋をローブ越しに触って、カルロスが複雑な表情になる。

「戦う以外の手段があるのはありがたいけど……何とも世知辛いわねぇ……」

「同感だが、やはり戦闘が少ないに越したことはない。……先へ進もう」

周囲に警戒しつつゴッドフレイが歩みを再開する。視界のあちこちで獄吏たちに刻まれている囚人たちが絶叫を上げていた。凄惨な光景だが、絵のそれと分かっている以上は気にしても仕方がない。悲鳴から耳を背けつつ先へ進んでいくと、その行く手に金属めいた質感の枝葉がびっしりと生い茂った林が立ちはだかる。

「……これは？」

「刀林ね。刃の生えた樹木の森よ。ここを抜けないと等活地獄には行けないから頑張って」

「頑張って、と言われてもな……」

困惑しながらゴッドフレイが葉を指でつつく。縁は研がれたように鋭利だが、触れた皮膚がすぐさま切れるほどのレベルではない。まして彼らは普段から防刃性能の高い制服を着ている。

「……切れ味はそこまででもない。キンバリーの制服なら通さんだろう。顔に当たらんようにだけ気を付けて突っ切るぞ」

「それしかないか……」

レセディが呑《の》んで頷《うなず》き、四人全員で刀林の中へと踏み込んでいく。進み始めると、硬質の枝葉は普通の茂みのように手で押してよけるわけにもいかないのが厄介だった。身を低くして刃を潜りながらレセディが舌打ちする。

「……ええい、鬱陶しい。杖剣《じょうけん》で斬り払えば楽だというのに」

「してもいいけど、すぐに獄吏が飛んで来るわよ。そこが刃物で殺生《せっしょう》した者が堕《お》ちる場所だってことを忘れないで」

「いちいち焼き払うのも消耗が大きい。今は辛抱だ」

不便に耐えて進み続ける中、カルロスのふくらはぎを突然の痛みが襲った。

「――つッ……！」

「カルロス⁉」

異常に気付いたゴッドフレイが刃の茂みの中に視線を巡らせる。鋭い得物を片手に、枝から枝へと乗り移って動き回る小柄な「何か」の姿をその目が捉える。

「――刀猿よ！　五～六匹の群れで襲ってくるわ！　気を付けて！」

「この中で戦えというのか？　しかも杖剣《じょうけん》なしとは面倒な……！」

レオンシオが眉根を寄せて白杖《はくじょう》を構える。その瞬間に斜め上から襲ってきた刀猿の一匹を、迎え撃ったレセディの踵《かかと》が正確に捉えた。

「――ゲェ――ッ！」

吹き飛ばされた小軀《しょうく》が尖《とが》った枝の一本に突き刺さり、そこでじたばたともがいた末に息絶える。刃の合間を縫って蹴り上げたレセディが足を下ろして鼻を鳴らす。

「動きが見え見えだ。無抵抗の罪人ばかり刻んでいたならそんなものか」

続けて横合いの木陰から飛び出してくる敵の影。その下半身をレオンシオが爪先で払うと、突進の勢いのまま刃の葉に突っ込んだ刀猿が自ら首を刎《は》ねて息絶える。

「少し転ばせてやっただけでその様か。……フン、これなら二層の魔獣のほうがよほど手強《てごわ》い」

相手の脅威を測り終え、円陣を組んで襲撃に備える四人。途端に遠ざかり始める他の気配に、ゴッドフレイがふむと唸《うな》る。

「二匹殺《や》られて逃げたか。……なるほど、確かにやる気がない」

「先を急いで。あいつらは大したことなくても、他の獄吏を呼んで来るかもしれないわよ」

一難去ったところで少女が助言する。カルロスの足の負傷を治したところで、四人は再び刀林の中を歩き始めた。警戒された追撃もないまま二十分ほどかけて木立の中を通り抜けていき、やがて前方の視界が一気に開ける。

「……抜けたか。ここは何だ？」

レオンシオが眉をひそめる。火にかけられた大小無数の大甕《おおがめ》が地平線までずらりと並び、大柄な獄吏たちが櫂《かい》を手にしてその中身をかき混ぜている。無造作に煮られているのは人間であり、その悲鳴があらゆる方向から絶え間なく響いていた。立ち尽くすゴッドフレイたちへ少女がすぐに説明を加える。

「瓮熟処《おうじゅくしょ》に入ったわね。動物を殺して食べた者が鉄の甕《かめ》で煮られる場所よ。刀輪処と違って刃物を抜いてもすぐに襲われることはないけど、あっちよりも獄吏が多いから気を付けて」

新たな地獄を進み始める四人。ぐつぐつと煮られる罪人たちの姿にレセディが眉をひそめる。

「……獣を食った報いにしては重いな。東方《エイジア》では肉食を戒める教えが多いのだったか？」

「それもあるけど、地獄の刑罰はどれも派手よ。生きてる人間を『悪いことしたらこんな酷《ひど》い目に遭うぞ』って脅すのが目的だからね。実体がない分だけイメージはえげつなくしておくんじゃない？」

「金の件といい、どうにも世俗と地続きの感が強いな……。同じ人の想像である以上はそんなものなのか」

「どうかしらね。他の地獄はまた違った風情《ふぜい》があるわよ。運が悪ければ見られるから期待しておくといいわ」

「……貴様、本当に我々をガイドしているんだろうな……？」

不安を覚えたレセディが絵画をじろりと睨《にら》む。と、そこで先頭を行くゴッドフレイがふいに足を止めた。その目の前に、視界の大半を埋める煮え立った水面が広がっていたからだ。

「……これはまた、ひときわ大きい甕《かめ》ね。ちょっとした湖くらいあるじゃない」

「迂回《うかい》しよう。左側はまだ獄吏も少なそうだ」

観察の上でそう判断して左へ回り始める。湖めいた大甕《おおがめ》に向かって岸壁からぽいぽいと罪人を放り込む獄吏たちの様子を横目に、他の小甕《かめ》を壁に利用しつつ、なるべくその目に付かないようにしながら四人は進んでいく。

「……流れ作業というか、何というか……」「……鍋に具材を放り込むが如《ごと》しだな」

「刀輪処に比べると作業が楽だから、その分一日のノルマが多いのよね。ほら、あっちも見て。茹《ゆ》で上《あ》がった罪人がまとめて笊《ざる》で引き上げられてるわよ」

「あまり見たくはないわね……。早く通り過ぎちゃいましょ」

カルロスの意見に全員が同意して足を速める。と、そこで手持ちの罪人を投げ切った獄吏のひとりが彼らの姿を見つけた。ずんずんと歩いてくる巨体にゴッドフレイが気付く。

「……む。目を付けられたか」

「冥銭を出して。手に握り込んでそっとよ。四人なら八枚も渡せば見逃してもらえるわ」

少女の指示通りに小銭を八枚握り込み、それを獄吏にちらつかせる。気付いた獄吏が彼らの眼前で身をひるがえし、そのまま後ろ向きで手を伸ばしてきた。握らせろ、という意味だと理解したゴッドフレイが苦笑してそうするが、同時に別の角度から獄吏が駆けてくる。

「——!?」

「他の獄吏に見られたのね⁉　まずいわ、どんどん集まってくるわよ！　冥銭がいくらあっても足りない！」

四人の前で言い争いを始める獄吏たち。周りからもどんどん新たな気配が迫ってくる状況で、ゴッドフレイはすぐさま決断を迫られる。

「……揉《も》めてる間に逃げるぞ。走れ！」

意を決した四人が地を蹴って走り出す。逃走に気付いた獄吏たちがすぐさま彼らを追い始めるが、巨体に付き物の鈍重さは絵の中でも同じだった。これなら振り切るのは難しくない――ゴッドフレイがそう楽観しかけたところで、水面に沿って並んでいた甕《かめ》が次々と彼らに向かって押し倒された。

「――チ」「エチェバルリアッ！」

「ちょ、アル――⁉」

甕《かめ》に近い場所を走っていたレオンシオが、それらに押し潰されないために自ら煮え立つ水面へと跳躍する。それを追ってゴッドフレイも煮え湯に飛び込み、カルロスとレセディが血相を変えてその場所を覗《のぞ》き込む。ごぼごぼと沸き立つ熱湯の上に並び立つふたりの姿がそこにあった。

「……要らんことを。私が踏み立つ湖面《レイクウォーク》を覚えていないとでも思ったか？」

「何よりだ。俺のほうは去年ずいぶん苦労した」

杞憂《きゆう》だったことを喜びながらゴッドフレイが微笑《ほほえ》む。彼らを追って踏み立つ湖面《レイクウォーク》で煮え湯の上に立ちながら、もはやそれを追えずに岸辺で歯嚙《はが》みしている獄吏たちの姿に、レセディはふむと唸《うな》る。

「煮え湯の上を歩くとは思わなかったが、今はこのほうが安全ではあるな」

「今のうちに対岸まで走りましょう！」

走り出した四人の横合いから煮え湯がせり上がって迫る。甕《かめ》の中身をかき混ぜるための巨大な櫂でもって、獄吏たちが一斉に煮え湯を波立たせ始めたのだ。即応してゴッドフレイが杖《じょう》剣《けん》を向ける。

「止めるぞ、カルロス！」「ええ！　**凝りて留まれ《ブロイベーレ》！**」

迫る熱湯の波を凝固の呪文で食い止め、四人はそのまま少女が指示する方角へと駆けていく。やがて大甕《おおがめ》の中を渡り終えて地上に立つと、追ってくる獄吏たちの気配を尻目に再び走り抜ける。

「渡り切ったわ！」「あの門を目指せばいいか⁉」

「そうよ！　等活地獄まで通り過ぎる小地獄はあとひとつ！　呪文で門を破って駆け込んで！」

「承知した！　ゴッドフレイ、お前はまだ温存しろ！」

迫る大門へとゴッドフレイを除く三人の呪文が命中し、開いたその中の闇へと全員で一斉に駆け込んでいく。すぐさま追加の呪文で門を閉め切って封じると、彼らの周りには灯《あか》りひとつとてない暗闇が広がる。

「……一気に暗くなった。絵の女、ここは？」

「闇冥処《あんみようしよ》。羊や亀を殺した者が堕《お》ちる小地獄よ。歩きにくいでしょうけど灯《あか》りは点《つ》けないで。声と足音を抑えて静かに歩くの」

少女のガイドに従って闇の中を歩み始める。慎重に足を進める中、ゴッドフレイが額に滲《にじ》んだ汗を拭った。最初はさっき煮え湯を渡った時の熱が残っているのかと思ったが、どうもそれだけではない。

「……暑いな。火の気があるようには見えないが……」

「闇火《あんか》のせいね。ここの罪人を焼いて回る暗い炎。火持ちの獄吏と一緒にゆっくり移動してるから、熱気を感じる方向には近付かないで」

原因を語る少女の言葉にゴッドフレイが頷《うなず》く。灯《あか》りを点《つ》けるなと言われた時点で、ここにも敵がいることは察していた。やがてレセディが周囲にその気配を感じ取る。

「……何かが動き回っているぞ。複数だ」

「刈鬼《かりおに》よ。罪人たちが逃げないように足の腱《けん》を切って回ってるの。あっちも耳と鼻が頼りだから、大きな音を立てなければ襲っては来ないけど――」

少女がそう語る間にも物音が重なって響く。すぐ近くをガサガサと這《は》い回《まわ》る足音にレセディが眉根を寄せる。

「……気配がどんどん増えている。大丈夫なのか、これは」

「固まってると躱《かわ》しきれないわ。互いに少し間を開けましょう」

カルロスの提案で四人が適度な距離を取って歩き始める。先を行く仲間を見失うほどの間合いではないが、時折その隙間に「何か」を通り抜けさせるのは肝が冷えた。足音と息遣いを頼りに、それらはぴったりと四人に付いてきているのだ。

「……ッ……」

気を緩めればすぐに接触して戦闘になる。その事態を避けるために「何か」の気配へ集中していたゴッドフレイの爪先が、ふと硬いものを蹴り飛ばす。

「――⁉」

失態だった。動き回る敵の気配に意識を向ける余り、それ以外の動かない物体に対する警戒がおざなりになっていたのだ。足が触れたのが石であれ何であれ、その物音はこれまで潜めていた足音よりも遥《はる》かにゴッドフレイの位置を浮き彫りにする。

「しまっ――」

「「「「GYAAAAAAA！」」」」

暗闇に異様な鳴き声が響き渡る。レセディとカルロスがすぐさまその方向へ目を向ける。

「ゴッドフレイ⁉」「灯《あか》りを点《つ》けるわよ！」

「おい、待て――！」

　制止するレオンシオを振り切ってカルロスが杖剣《じょうけん》に明かりを灯《とも》す。果たしてそこに「何か」の姿は浮かび上がった。四《よ》つん這《ば》いで地を這《は》う痩せた体、溶けて塞がった瞼《まぶた》と黄ばんだ歯の並ぶ口、両腕から生え伸びる罪人の血と錆《さび》がこびりついた骨の鎌。今にもゴッドフレイへ襲い掛かろうとする群れの様子が。

「――走れッ！」

　レセディの声に応じて全員が疾走する。もはや灯《あか》りを消して身を潜めるような余裕はなく、その灯《あか》りを目指して周りじゅうから刈鬼《かりおに》が押し寄せてきた。逃げる方角からも新手が現れ、それを避けようとした方向でまた新たな群れに出くわす。気付けばどこにも逃げ場はなく、彼らは四方八方を敵に包囲されていた。

「……完全に囲まれたか」

「絵の女。この場合は？」

「……ちょっと……打つ手なし、かも……」

　震え声の少女の返答でゴッドフレイが覚悟を決める。こうなれば大火力で一点を貫いて突破するしかない。そう思い決めて杖剣《じょうけん》を構えた彼の肩に、そこで隣のカルロスが手を置く。

「……待って、アル」

「カルロス？」

「試したいことがあるの。まだ撃たないで」

そう言い置いた上で前に出る。今にも襲い掛からんとする地獄の番人たちを前に、彼は胸に手を当てて大きく息を吸い込み、

「――LALA～♪」

そうして歌い始める。刈鬼《かりおに》たちがびくりと震えて身動きを止め、予想外の行動にゴッドフレイたちが目を見開く。

「――これは」

「魔声か。だが、なぜ今――」

レオンシオが訝《いぶか》しむ。が、その理由はすぐさま現実の光景となって目の前に広がった。刈鬼《かりおに》たちが次々と手にする鎌を取り落とし、忘我の表情でカルロスの歌に耳を傾け始めたからだ。

「……獄吏たちが止まった。皆、歌に聞き入っているのか……?」

「……そっか……獄吏たちも、刺激に飢えているんだわ。ここはいつも暗闇で、まともな歌なんて聴くのは初めてのはずよ。それもここまで美しい声で、となると――」

絵の少女が現象を分析して述べる。レオンシオの言葉がその後を引き継ぐ。

「――感動に抗えない。これ自体が一種の魅了《チャーム》というわけか。……面白い駒を持っているな、貴様ら」

「駒ではなく友人だ。――カルロス、そのまま続けられるか？」

　訂正したゴッドフレイが友人に尋ねる。歌を続けたままカルロスが笑顔で頷《うなず》き、そのまま先頭を進み始める。群れて行く手を阻《はば》んでいた刈鬼《かりおに》たちが一斉に左右へよけ、そこに用意された花道をカルロスが堂々と歩き始める。

「後に続こう。幸いと、誰も彼のコンサートを邪魔しないようだ」

　三人が後に続く。それから三十分近く歌と共に歩き続けた末に、彼らは門を抜けて闇の中から脱出した。

「……抜けた……」「……フゥ」

　全員がやっと一息つく。その後で、ゴッドフレイがすぐさま友人の体を気遣う。

「大丈夫か、カルロス。喉の負担は？」

「平気よ。素直な子たちだったから、魔声の出力もそこまで上げずに済んだわ」

　にこりと笑ってカルロスが応える。レオンシオが歩み寄り、その首筋に刻まれた帯状の刺青をじっと睨《にら》む。

「首の刺青《それ》は封印か。その分ではまだまだ余力があると見える」

「あまり期待しないで。相手との相性もあるし、全力で歌うと体のほうがもたないの」

　その返答に頷《うなず》きつつレオンシオが視線を前へ戻す。地平線まで続く荒涼とした赤土の大地がそこに広がる。

「今いるのが等活地獄よ。ここまで来れば地蔵菩薩《ぼさつ》が回ってくるのも時間の問題。けど……」

少女が言葉を濁らせた理由は一目で分かった。荒野のあちこちで粗末な武器を持った罪人たちが殺し合っているからだ。致命傷を受けた者は一旦倒れるが、しばらく経《た》つと死霊《アンデッド》もさながらに立ち上がって争いを再開する。門外漢のゴッドフレイたちにも一目で分かる、それは終わりなき闘争という名の地獄だった。

「……問題は、それまであなたたちが生き延びられるかどうか。ここの罪人たちは敵愾心《てきがいしん》のかたまりで、いつも互いに殺し合っているの。獄吏と違って賄賂も通用しないわ」

「つまり、戦いは避けられないということだな。……どの程度待てばいい？」

杖剣《じょうけん》を構えつつゴッドフレイが問う。しばらく推し量った上で少女が答える。

「最大で一時間ってとこね。……来たら話はわたしが付ける。あなたたちは戦いに集中して」

「分かりやすくて何よりだ」

レセディがごきりと首の骨を鳴らす。彼らの姿を見つけて迫り来る罪人たちを、それぞれの攻撃が迷わず迎え撃った。

檻《おり》の中で好機を窺《うかが》っていたティムとオフィーリア。周囲を屯する画精たちの注意が逸《そ》れたことを見て取って、彼らは互いに目配せする。

「……準備はいいな？」

「ええ。……始めましょう」

合意と同時に行動を開始する。呪文で地面を盛り上げて作ったダミーにローブを被《かぶ》せて檻《おり》の前面に置き、その後ろの鉄格子《てつごうし》を杖剣《じょうけん》で切断して檻《おり》の外へ飛び出す。すぐさま岩壁に穿たれた通路に飛び込んで画精たちの視線から逃れ、そのまま全速力で走り続ける。

「……よし、抜けた！」

「何とかなるものね！　脱獄なんて生まれて初めてだけど……！」

時ならぬ昂揚《こうよう》を覚えながらオフィーリアが微笑《ほほえ》む。が、それと時を同じくして、檻《おり》の周りの画精たちが騒ぎ始めた。

「さすがに気付いたか……！　急ぐぞ！」

追手の気配を背後に感じながら走り抜け、やがてその足取りが通路を塞ぐ門の前へと辿《たど》り着《つ》く。ティムとオフィーリアが同時にそこへ杖剣《じょうけん》を向ける。

「『開かれよ《パテンテイプス》！』」

まずは順当に呪文で開門を促す。が、扉はビクとも動かない。

「やっぱ効かねぇよな……！　おい、ブチ破るぞ！」

「毒の後で呪文ね！　出力が足りることを願うわ！」

ティムがポーチから取り出した毒瓶を放り、呪文で軌道をコントロールしたその中身を扉の一部へと円の範囲で浴びせる。じゅうじゅうと溶解していくその場所へ向けて、ふたりが改めて別の呪文を唱える。

「『貫け風槍《インベトゥス》!』」

脆《もろ》くなった扉の一部が風圧を受けてくり抜かれる。その結果にオフィーリアが快哉《かいさい》を叫ぶ。

「やった……!」「喜んでる暇ねぇぞ! 飛び込め!」

協力して穿《うが》ったその穴を、ふたりは薬液の残滓《ざんし》に触れないよう身を縮めて順番に跳び抜ける。扉の向こうの地面を転がって立ち上がると、さっきまでの空間とは一変した静かな雰囲気の中になだらかな丘が広がっていた。疾走を再開する中、彼らは扉の穴から自分たちを見つめる画精たちの様子を後ろ目に見やる。

「……画精たちが追って来ないわ。というより、入って来られないみたい」

「あいつらなりに線引きがあんのか。……都合はいいけど、僕らも歓迎はされねぇだろうな」

絵画世界のルールを分析しつつティムが呟《つぶや》く。そのままオフィーリアと並んで丘の上に登ったところで、そこから見下ろす光景にふたりが息を呑《の》んだ。

「……ここは……」

純白の光に包まれた広大な一帯がそこにあった。彼らは直感する——単なる「白い場所」ではない。それはこの絵の中枢を成す予定の、しかし未《ま》だ「何も描かれていない」空白。描かれる前のキャンバスであると。

「……知識がなくても感じるわね。絵の中心《テーマ》に近付いてる」

「だな。……つまり、元凶もこの先にいるってこった」

ふたりが杖剣《じょうけん》を握りしめる。避けられない戦いの気配をそこに感じ取りながら。


血に飢えた亡者《もうじゃ》で溢《あふ》れ返る等活地獄の中、ゴッドフレイたちは延々と戦い続けていた。

「……ハアッ、ハアッ……！」

「まだか、絵の女！　もう四十分は経《た》ったぞ！」

襲ってきた罪人を三人まとめて消し炭にしながらレオンシオが問う。敵の戦意を鈍らせるためのカルロスの魔声が響き渡る中、少女が切迫した声で答える。

「……気配はかなり近付いてるわ。あと十分——いえ、五分以内に来てくれるはずよ。もう少しだけ粘って……！」

そう遠くない終わりを示された四人が力を振り絞って戦い続ける。包囲されないように転々と場所を変えながらやり合っているものの、等活地獄を彷徨《さまよ》う罪人の数は膨大であり、どこへ行こうと新手が次々に襲ってくる。一体一体は大した強敵ではないにせよ、何百体と襲って来られては遠からず魔力が尽きる。ゴッドフレイに限らず呪文を温存しての持久戦が求められていた。

「——む⁉」

そんな中、罪人たちの群れを蹴散らして黒衣の騎兵が現れる。八フィートを越える見事な体《たい》軀《く》。鋭く磨き抜かれた戟《ハルバード》を片手に、その全身は跨《また》がる馬もろとも光沢を帯びた黒い金属の甲冑《かっちゅう》で包まれている。今までの相手とは明らかに違う風格に、四人が一斉にそちらを睨《にら》む。

「……こいつは――」

「うそ、大視卿……⁉　等活地獄《こ こ》の上級獄吏よ！　中央に寄らなければ出くわさないと思ったのに……！」

少女が悲鳴じみた声で言う。ダメ元で冥銭の袋を放り投げるゴッドフレイだが、地面に落ちたそれを歯牙《しが》にもかけずに騎兵は馬の蹄《ひづめ》で踏《ふ》み躙《にじ》った。予想通りの結果を前にゴッドフレイが覚悟を決める。

「はした金には目もくれんか。……やるしかないようだな」

「気を付けて！　そいつは刑吏じゃなくて武官よ！　今までの連中とは格が違う――」

少女の警告の終わりを待たずして騎兵が動く。馬の勢いを乗せて薙《な》ぎ払《はら》われた戟《ハルバード》の一閃《いっせん》が、杖剣《じょうけん》でそれを受けたゴッドフレイの体を大きく吹き飛ばした。

「……ッ……！」

空中で無防備を晒《さら》すゴッドフレイ。歌唱に集中しているカルロスには助けの呪文が唱えられない。それをフォローするためにレセディの杖剣《じょうけん》が騎兵を狙い、レオンシオもそこに攻撃を合わせる。

「雷光疾りて《トニトゥルス》！」「灼き照らせ《ソリスルクス》！」

属性を違えた二発の呪文の背中に命中する。が、騎兵は身じろぎひとつせず、辛《かろ》うじて視線だけを彼らに向けてきた。レオンシオがちっと舌打ちする。

「防御もせんだと？　どんな装甲だあれは……！」

効果の薄さを見て取ったレセディが追撃に打って出る。まず背後から馬の脚を狙うレセディだが、そこへ向けて馬上から弩《いしゆみ》が放たれた。辛《かろ》うじて反応したレセディが頰の皮一枚を掠《かす》め去った矢の勢いに戦慄する。尋常の弓の強さではない上、どのような仕組みなのか、その手元ではすでに次の矢の装塡が終わっていた。

「死角がない……！　下手に攻められんぞ、これは！」

あの矢を近距離で避け続けるのはレセディでも難しい。さりとて間合いを開いたままでは決定打が入れられず、強力な騎兵に意識を割いていては罪人たちの攻勢に押し切られる。レオンシオの表情が険しさを増した。この状況では残り数分がとてつもなく長い。

「君たちはカルロスを守れ。……こいつとは、俺がやる」

着地して体勢を整えたゴッドフレイが騎兵へと戦意を叩《たた》き付《つ》ける。それに応じて再び振りかぶられた敵の戟《ハルバード》を、彼もまた呪文ではなく杖剣《じようけん》でもって迎え撃った。

「——オオォッ！」

先に増して力を込めた一刀が戟《ハルバード》の一撃を正面から打ち払う。その光景にレセディが愕然《がくぜん》と目を見開く。

「……斬り合えるのか、あれと……」

「なぜ呪文を撃たない⁉」

「……残弾に限りがあるのがひとつ。もうひとつは──おそらく、我々を守るためだ」

レオンシオの疑問に、レセディはゴッドフレイの意図をそう語る。──いかにゴッドフレイの出力でもあの騎兵を一発では仕留められない。それでも呪文で倒そうとすれば騎兵は「仕留めやすい獲物」から先に狙おうとし、その標的は真っ先に歌唱中のカルロスへと向くだろう。

だが、刃の争いに応じている限りは話が別だ。今の様子からも見て取れるように、あの騎兵は明らかに剣での打ち合いを好んでいる。呪文を用いないゴッドフレイに対しては弩《いしゆみ》すら放つ気配がない。それを悟った上でゴッドフレイは今の戦い方を選んだのだ。こうする限り騎兵の意識は自分に引き付けられ、それはカルロスを筆頭とする他の三人の安全に繋《つな》がるから。

「……どこまで私を苛立《いらだ》たせる気だ、貴様……！」

守られている立場を実感したレオンシオの苛立《いらだ》ちが頂点に達する。その間にも騎兵は片手に持っていた弩《いしゆみ》を放り捨て、主武器の戟《ハルバード》を両手で構え直す。

「弩《いしゆみ》を捨てた！　本気で来るわよ！」

「今までは片手間だったと……？」

ゴッドフレイの顔が引きつる。続く瞬間、馬で跳躍した騎兵の戟《ハルバード》が真上から打ち下ろされる。

「……ッ……！」

刃に左手を添えてそれを迎える。激烈な重圧を受け止めたゴッドフレイの膝がガクンと折れる。あわや押し切られて両断と思われた刹那、彼は体内で強化した魔力循環でもって思いきり地面を押し返す。

「――オオォッ！」

突き返された戟《ハルバード》の尖端《せんたん》が宙を泳ぎ、必殺の一撃を防がれた騎士がその場に静止する。馬鹿げた魔力の扱いで全身の感覚が遠くなるゴッドフレイの眼前で――顔面の半ばを覆う兜《かぶと》の下、騎兵は確かに笑みを浮かべた。

「――む……」

馬上から飛び降りた騎士が二本の足で地面に立つ。その光景を前に、絵の少女が呆《あき》れと感心が半ばの声で言う。

「……すごいわねゴッドフレイ君。気に入られたわよ、あなた」

騎士が誘うように戟《ハルバード》を上段に構える。武人の威厳をもって佇《たたず》むその姿に、ゴッドフレイもまた地を蹴って応じる。

「WOOOOOOOOOOOOO！」

「オォォォォォォォォォォォォォッ！」

そうして正面からの打ち合いを演じる。巧みに操られる戟《ハルバード》の尖端《せんたん》を打ち逸《そ》らし、刃が泳いだタイミングを狙って懐《ふところ》へと踏み込む。が、それを待っていたとばかりに騎士の戟《ハルバード》が横に薙《な》ぐ。

「……かッ……！」

刃より内側の柄がゴッドフレイの脇腹を抉《えぐ》る。騎士の技量をもってすれば、斬れずともそれで攻撃としてじゅうぶんなのだ。衝撃で足が止まったゴッドフレイへと追撃の一閃《いっせん》が振りかぶられ、

「強く押されよ《イクストルデイートル》！　我が手に引かれよ《ドウーケレ》！」

それを阻《はば》む形でレオンシオの呪文が横から割り込む。一発目で戟《ハルバード》を横に逸《そ》らし、続く二発目で胸を覆う鎧《よろい》の一部を引き剝がした。窮地を救われたゴッドフレイの視線がレオンシオを向き、

「底抜けの馬鹿が！　武人ごっこに付き合ってどうする！　貴様は何だ⁉」

苛立《いらだ》ちも露《あら》わに男がそう言い放つ。それで自分の立場を思い出したゴッドフレイが苦笑する。

「……ああ。俺は、魔法使いだ」

構え直した騎士が踏み込みと共に振り下ろす一撃。それを一歩下がって避けると同時に、ゴッドフレイは呪文を舌に乗せる。

「──焦がし貫け《フランマ》！」

絞って放たれた炎が剝がされた鎧《よろい》の隙間から体を焼く。それで騎士がよろめいた瞬間、彼らの頭上に一筋の光が飛んでくる。

「やっと来たわね……！　願いを聞いて、地蔵菩薩《ぼさつ》！　分かるでしょう⁉　この子たちは地獄《ここ》にいるべきじゃない！」

少女が必死の声で訴える。相手がその請願を受け止めた瞬間、上空から生じた眩《まばゆ》い光が彼らを包み込んだ。

「――む――」「うぉ――⁉」

踏みしめていた地面が消《き》え失《う》せ、地獄が遠ざかる。騎士の気配が遠くなるその瞬間――自分に向かって放たれた一言を、ゴッドフレイは確かに聞き届けた。

音ひとつなく静まり返った灰色の空間。地蔵菩薩《ぼさつ》に運ばれた新たな場所で、四人は呆然《ぼうぜん》と周りを見渡した。

「……逃れた、のか……？」

「……何とかね。よく頑張ったわ、四人とも。……正直、大視卿が出た時はもうダメかと思った」

レセディの確認に少女が安堵《あんど》を込めてそう告げる。移動の間際《まぎわ》に聴いた一言を思い出してゴッドフレイが苦笑を浮かべる。

「……死んだらまた来いと言われた。返事に困る誘いだな、どうにも」

「断れ。どこに困る要素がある」

レセディがきっぱりと切って捨てる。それに頷《うなず》きつつ、ゴッドフレイがレオンシオへと歩み寄って手を差し出す。

「さっきはありがとう、Mr《ミスター》・エチェバルリア。……あのままではおそらく斬られていた。生き延びられたのは君のおかげだ」

「馬鹿を馬鹿と罵っただけだ。くだらん礼は止めろ、殺したくなる」

差し出された手をレオンシオが手の甲で打ち払った。そのままゴッドフレイに背を向けて、彼は絵の少女に問う。

「それで、ここはどこだ。絵の外というわけではなさそうだが」

「残念ながらね。……けど、終点には近いわよ」

少女がそう答え、厳かな声で先を続ける。同時にゴッドフレイの視線が巡り、灰色の地平の一点に白い光が灯る場所を見出す。

「この絵にタイトルはまだない。……未完成の、たった今描かれている地獄絵の中。セヴェロはここにいるわ。あなたたちが探している子たちもね」

気配を潜めながら少しずつ先へ進んでいたティムとオフィーリアだが、今、その眼前には画精たちが屯《たむろ》する開けた空間が広がっていた。走り抜けるには広すぎ、隠れ進むには利用できるものが少なすぎる。それを見て取った時点で、ふたりは苦渋の決断を下す。

「……限界だな。これ以上は見つからずに進めねぇ」

「ええ……。悔しいけど、一旦潜伏しましょう」

頷《うなず》き合って隠れていた壁に呪文を唱え、そうして作ったふたり分の避難所に身を潜める。内側からの呪文で小さな覗《のぞ》き穴を残して壁を塞ぎ、ティムはふぅと息をつく。

「あのまま檻《おり》に入ってたほうがマシだった、なんて話じゃなきゃいいけどな。……もしそうだったら、今のうちに謝っとく」

「要らないわよ。結果がどうあれ、自分の命を他人《ひと》任せにする気なんてない。……それでもカルロスは来るでしょうけどね。今も先輩と一緒に無理してないか心配で――」

会話が半ばで止まる。壁越しにも伝わる異様な気配に、ふたりの背筋が怖気《おぞけ》立《だ》つ。

「――ッ――」「……息、止めろ……！」

ふたりが気配を殺して覗《のぞ》き穴の向こう側を窺《うかが》う。その場所の中心で、どこかから現れたひとつの影が忙《せわ》しなく練り歩いていた。絵筆を携えた細身の若い男。服は見る影もないほど絵の具で汚れ、落《お》ち窪《くぼ》んだ眼窩《がんか》とこけた頰が積年の苦悩を物語る。

「――ああくそ――分からない、分からない、分からない……！　何をどうすれば魔法使《きみたち》いは救われるんだ！　何をやっても変わりゃしない！　煮ても刺しても潰しても、穢《けが》れきった魂は何ひとつ雪《そそ》がれない……！」

焦《あせ》りを込めて独り言ちる男の眼前に、鳥人の画精が意識を失ったひとりの下級生を連れてくる。ティムとオフィーリアとはまた別に攫《さら》われた生徒のようだった。それに目を向けた男が眉をひそめる。

「……ん……？　……なんだい、また子供を連れてきたのか。何度言ったら分かるんだ。そんなのじゃモチーフにならないっていうのに……」

失望も露《あら》わに彼がそう言うと、連れてきた生徒を残して画精は飛び去っていく。男が杖《つえ》を振るうと同時にその場に椅子が形作られ、彼はそこに力なく腰掛ける。

「欲しいのは罪を重ねた人間なんだよ。成熟した魔法使いじゃなきゃ意味がない。……もっとも……それがあっても、今の僕じゃ持て余す」

額を抱えてそう言って、男はさらにぶつぶつと呟《つぶや》き続ける。

「……地獄を描くには、地獄を見なければならない……東方《エイジア》の逸話に倣《なら》うしかないのか？　ここまで来てまたそれなのか？　……ああ、嫌だ、嫌だ、見たくない……あんなものは二度と見たくない……。ひとつきりでも膝が折れそうなのに……ふたつも抱えたら……」

身を震わせながらそう言って、男はぎょろりと目の前で眠る生徒を見やる。その手がゆっくりと持ち上がる。

「……でも……描かなければ、全てが無駄になる……。……それなら……」

椅子から腰を上げた体がよろよろと前に出る。その手がおそるおそる生徒に触れようとし、

「――やめろよ。先輩」

それを阻《はば》んで声が響く。ハッとして振り向く男。その視線が向いた先に、ティム＝リントンが厳しい面持ちで立っていた。

「門外漢の僕にも分かる。そこがあんたの分かれ目だ。……本当にやりたいことを思い出せ。そうじゃねぇだろ？」

相手の目を見てきっぱりとそう告げる。後から追ってきたオフィーリアが彼の隣に並ぶ。

「……ティム……！」

「悪ぃな、オフィーリア。……でも分かんだろ。ここで止めなきゃどのみち終わる」

確信を込めてティムが言う。戸惑いに揺れる表情で男が問い返す。

「……君たちは？……なぜここに……？」

「あんたの描いた画精どもに攫《さら》われたからだよ。……気付いてるか？　自分がとっくに魔に呑《の》まれてるってことに」

窺《うかが》い知れる事実をそのままぶつける。それを聞いた男が一瞬ぽかんとし、それから力なく笑う。

「……はは、何を馬鹿な……僕はただ、アトリエにこもって絵を描いていただけで……」

「じゃあ、そいつはなんだ。目の前の僕らはなんだ。……絵描きなら、自分が描いたモンと外から来たモンの区別くらいは付くだろ。そもそも目ェかっ開いて周りをよく見てみろよ。あんたのアトリエってのはこんな場所だったか？」

現実離れした周囲の空間を指してティムが問う。それを聞いて周りを見回した男が一瞬呆然《ぼうぜん》とし、やがて悟ったように呟《つぶや》く。

「……ああ、そうか。……もう絵の中なのか、ここは……」

相手の理解を見て取り、ティムがそこに畳みかける。

「気付いたなら話は早ぇよ。……僕らを外に出せ。使い道もねぇのに攫《さら》ってもらっちゃいい迷惑だ。ただでさえ簡単にゃ死ねねぇ身なのに、無駄死にはなおさら呑《の》めねぇぞ」

一縷《いちる》の望みを込めてそう求める。男の肩がぶるりと震える。

「……やはり、そうなのかい……ファニタ……」

男がひとつの名前を漏らす。焦点の合わない目で、彼はそのまま語り続ける。

「……子供ばかり連れて来る……罪を問われるには早すぎる人間ばかり……それはつまり、僕にもっと罪を犯せということかい……？　君だけではまだ足りない……描くべき地獄が僕の中に仕上がっていない……そう言いたいのかい……」

「……ッ！　おい、先輩――！」

「無駄よ。……もう、届いてない」

オフィーリアが諦めをもって口にする。ふたりの眼前で男の震えがぴたりと収まる。

「……分かったよ。まず、この三人で試す。……思い切りが悪くてごめんよ……」

自分に言い聞かせるようにそう告げて、男は濁った眼《め》でふたりの後輩に向き直る。

「……キンバリー魔法学校七年生、セヴェロ＝エスコバル。専攻は未現実主義《ポストリアリズム》。今も昔も無能極まる地獄絵描きの魔法画家。

これから君たちを責め殺す鬼の名だ。——呪ってくれ、子供たち」

それがそのまま開戦の合図だった。一歩飛び退《との》いて杖剣《じょうけん》を構え、ティムとオフィーリアは攻撃に移った。

「**生まれ出でよ《バルトウス》！**」

オフィーリアの腹から急造の合成獣が飛び出す。怖気立《おぞけだ》つような産声《うぶごえ》と共に襲い来るその姿に、男が目を見開く。

「……腹に合成獣《キメラ》を？　……なんて酷《ひど》い。その体、まるで生まれながらの刑罰じゃないか……」

そちらに目が釘付《くぎづ》けになった隙にティムが踏み込む。放った呪文を割って入った画精の一体が受け止めるが、ティムはそこに口に仕込んだ魔法毒を吹き付けることで追撃を仕掛けた。避け切れなかった毒霧が両目に至り、一瞬で奪われた視界の中で男は呟《つぶや》く。

「……もう目が潰れた。致死性の強毒だ。これを口から吹くなんて……耐性を得るまで、一体どれほどの苦痛を……」

好機を見て取ったふたりが合成獣と合わせて一斉に攻め寄せる。が、目にも留まらぬ速さで男の杖筆が動き、空中に展開した格子《こうし》が頑《かたく》なに接近を阻《はば》む。

「……素晴らしいよ、子供たち。君たちの命は悲傷に充《み》ち満ちている。犠牲《サクリファイス》として最高のモチーフだ……」

後輩たちを牽制《けんせい》した状態で筆が走る。見上げるような巨軀の鬼、白い翼で飛行する生首、輝く剣を手にした竜人《リザードマン》。空中に描かれたそれらが新たな地獄の住人となる。

「どうかそのまま──余すところなく、僕の罪になっておくれ」

襲い来る新手をティムとオフィーリアが迎え撃つ。が、ここは画精たちを生み出す大元だ。どれほど倒してもキリがない。奮戦空《むな》しくあっという間に防戦一方に追い込まれていく。

「目を潰したのに、隙が出来ねぇ……！」

「ここは彼の描いた絵の中よ。目で見るまでもなく、最初から体内に等しいわ……！」

劣勢の中にどんな活路も見いだせないままふたりが呪文を唱える。勝ち目などないことは最初から分かり切っている。だとしても、抗《あらが》う以外の選択など有り得ない──。

果たして、五分を待たずに抵抗は終わった。

力尽きて眼前に倒れ伏した三人の後輩。しばしそれを眺めていた男が、やがてぽつりと呟《つぶや》く。

「……違う……違う……。……こうじゃない……！」

そう叫びながら頭を掻《か》き毟《むし》る。自分が行ったことの無意味さに苦悶《くもん》する。

「違うんだよファニタ……！　苦しめることに意味なんてない！　東方《エイジア》の高僧だってそれは否定した！　苦痛は僕たちにとってただの日常だ！　そんなもので魂が浄《きよ》められたりはしない……！」

血を吐くように知れ切った道理を口にする。その目が途方に暮れたように虚空《こくう》を彷徨《さまよ》い、

「……きっと、もう分かってる。僕が求めているものは、僕がずっと前に失ったものだ。僕がどう足掻《あが》いても僕の中に見つけられないものだ。だから絵の外にモチーフを求めた。でも、それは成熟した魔法使いなんかじゃない。まして犠牲の子羊でもない……」

男が力なくその場に座り込む。どこにも見つからない答えを求めて、その口が呟《つぶや》く。

「……慈悲を乞う神すら魔法使い《ぼくたち》にはいない。なら……地獄の底で、いったい何を叫べばいい……？」

そう問うた瞬間。彼の筆が描いた世界、それを取り囲む壁の一部が吹き飛んだ。

「――!?」

愕然《がくぜん》とそちらを振り向く。立ち込める砂塵《さじん》を抜けて、ひとりの少年が姿を現す。

「……拗《こじ》らせ過ぎだ。キンバリーの連中は、いつもいつも」

三人の下級生がその後に続く。が、男の目は先頭のひとりに釘付《くぎづ》けにされている。余りにも強い意思を宿したその瞳に。

「誰かに助けて欲しいのだろう。自分ではもうどうしようもないのだろう。なら——なぜそう言わない。存在《い》もしない神ではなく、ここにいる俺に訴えない」

少年がゆっくりと歩み寄る。倒れたティムとオフィーリア、もうひとりの下級生の前に進み出て、頑としてその場所に立ち塞がる。

「呼べば、必ず助けに行く。声が届く限り、この手足が動く限り——俺は、そうすると決めている」

己の生き方をそう告げる。その背中を目にしたティムが、オフィーリアが、満身創痍《そうい》の体で小さく笑みを浮かべる。

「……先、輩……」

呼ばれたゴッドフレイが力強く頷《うなず》く。最後まで戦い抜いた後輩たちへ、その事実への賞賛を込めて、彼は高らかに告げる。

「待たせたな、ふたりとも。——迎えに来たぞ！」

広い空間に声が響き渡る。それだけで大元から一変したように感じられる空気の中、セヴェロが戸惑いを込めてゴッドフレイを見つめる。

「……君、は……？」

「あなたが必要とした人よ。セヴェロ」

ゴッドフレイの背中から額縁が浮かび上がり、その絵画の中から少女が語りかける。それを目にしたセヴェロが大きく目を見開く。

「ファニタ……!? なぜ、君がそちらに……。そんなはずはない……だって……君はずっと、隣で僕を責めて……」

「それはあなたの罪としてのわたし。このわたしは、あなたが描くことで自分から切り離した『元気だった頃の』わたし。……生前のわたしを描き止めずにはいられず。けれど、その微笑《ほほえ》みが自分に向けられることも許容できなくて。だから――描き上げてすぐ、あなたはわたしを寮へ寄贈した」

悲哀を込めて少女が語る。これまで届かなかった分を埋め合わせるように、それは切実に。

「あなたから欠け落ちたもの、あなたが最後に描くべきものはここにある。だから――目を逸《そ》らさずに向き合って。あなたはそれが出来る人でしょう!?」

「う、うぅ――ううぅぅ……！」

セヴェロの全身ががくがくと震え、半ば本能的な防衛本能でもって杖筆を構える。それを眺めたゴッドフレイが隣の少女に尋ねる。

「まともに会話が出来る状態ではなさそうだ。……構わないな？」

「ええ。難しいことは何も考えなくていい。ただ——あなたを見せてあげて」

「灼き照らせ《ソリスルクス》！」

会話の終わりを待たずして横合いから閃光《せんこう》が放たれ、セヴェロがとっさに展開した防壁がそれを防ぐ。意表を突かれたゴッドフレイの隣で、レオンシオが傲然と鼻を鳴らす。

「込み入った事情など知らん。敵は殺す。他はお前たちで勝手にやれ」

そう告げて先陣を切る。恐れず踏み込んでいく彼の背中をレセディと並んで眺めながら、カルロスが足元のオフィーリアへと語りかける。

「もう少し待っててね、リア。……大丈夫、すぐに終わるわ」

「最高学年が相手だ、あれはあれで構うまい。我々の方針を示せ」

「戦いながら呼びかける。一秒でも長く、一言でも多く。その間、俺を生き延びさせてくれ」

答えを得たふたりが頷《うなず》く。レセディと共にレオンシオを追って駆けながら、ゴッドフレイが友人へと叫ぶ。

「カルロス、歌を頼む！　今の彼には効くはずだ！」

「任せて！　肺が弾《はじ》けても歌うわ！」

応じたカルロスの首の刺青。指先でなぞったそれがリボンのように解け、格段に出力を増した歌声でもって彼が歌い始める。魔に呑《の》まれた男の失われつつある心がそれで呼び戻され、そうして整った場の中でゴッドフレイが咆哮《ほうこう》する。

「行くぞ、地獄の絵描き――！」

先制の呪文が立ち塞がる画精たちを薙《な》ぎ払《はら》う。腕に塗った防護膜が白く変色するが、もはや出し惜しみする意味は何もない。この一戦に全霊を懸ける存念でもって、ゴッドフレイは最上級生へと挑みかかった。

「あなたは『救済』を絵にしたい！　そのために地獄絵を描く！　そうだな⁉」

「――……そうだッ！　なのに、僕には救済《それ》が分からない！　何が魔法使いにとっての救い足り得るのか思い描けない！　どれほど筆を尽くしても、世界中の地獄を余さず見て回っても、どうしようもなく彼らを救えない……！」

問いに対して悲鳴そのものの応答が返る。その会話の成立を、ゴッドフレイは自分にとっての活路と見て取った。戦いに向ける意識はそのままに声を聞き、言葉を選び、彼は一歩ずつセヴェロの心に迫っていく。

「救済か。……思うに、それはまずもってあなた自身の問題だ。自分が救われないまま他人を救えるものじゃない」

「そんなものを望む権利が――僕にあるものかッ！」

強烈な拒絶と共に、セヴェロの描き出した無数の責め具がゴッドフレイたちへ襲い掛かる。二発目の呪文でそれらを焼き消し、ゴッドフレイは変わらぬ口調で言葉を紡《つむ》ぐ。

「だとすれば、あなたが救いたい魔法使いたちも同じことだ。……そこに矛盾がある。彼らの救いはあなたの救いで、一方が欠けたままではどうあっても成立しない。何かを犠牲に何かを形にする——それがすでに魔法使いの発想でしかない。堂々巡りになるのは当然だ」

自明の論理でもって相手の綻びを指摘する。それは確かな理解に根差している。今日まで校内で向き合ってきた多くの魔法使い、その多くが共通して抱えていた歪《ゆが》みがこの相手の中にも確かに見て取れるから。

「あなたの望む救済はその理《ことわり》の外にある。そして……俺はおそらく、それを知っている」

「なら教えてくれッ！　それはどんな刑罰なんだッ！」

反問と共に描いた新たな画精たちが襲い掛かり、それをレセディの蹴りとレオンシオの呪文が悉《ことごと》く跳ねのける。そのおかげで相手と同じ距離を維持したまま、ゴッドフレイは根気よく語り続ける。

「……俺はキンバリーが嫌《こ》い《こ》だ。理由は色々あるが——いちばん我慢がならないのは、誰も自分を大切にしないこと。いずれくべられる薪として己を見切っていること。上級生になるほど、魔法使いとして完成するほどにその傾向は強い」

そうして語る。相手を暴きながら自分を曝《さら》け出《だ》す。それは当然の交換《トレード》なのだとゴッドフレイは弁《わきま》える。こちらの腹を割らずして相手の心に触れようなど余りにも虫が良《い》い。

「人はいずれ死ぬ。故に——生き続ければ、我々はいつか必ず大切なものを失う。それは魔法使いでなくとも普通人ですら同じことだろう。……では、人間はどうやって喪失と向き合う？」

返答の持ち合わせがない問いにセヴェロが口を噤《つぐ》む。ゴッドフレイがそこに答えを与える。

「悼《いた》むことだ。喪《うしな》ったものの大切さ、掛け替えのなさを想《おも》い、それが自分の心の一部であったと認めることだ。……埋め合わせの利《き》かない空白があるのなら、そこにかつてあったものを思い出せ。他の色で塗り潰すことなく、目を背けることなく……ただ、その輪郭をなぞることで」

「それに——何の意味があるッ！」

絶叫と同時に足元から剣山が突き出す。跳躍と同時に三発目の火炎でそれを溶かし、ゴッドフレイは着地を待たずして語り続ける。

「意味などない。あってはならない。……替えが利《き》かないとはそういうことだ。他の何物でも埋め合わせられない価値が人間には確《しか》とあり、それこそが我々の中心で人間性の核をなす。——なぜそうなるか分かるか？　我々は一本の薪として生まれたに非《あら》ず。その人生は、他の何物のための手段でもないからだ！」

戦いの喧騒《けんそう》を割って響き渡るゴッドフレイの言葉。セヴェロが激しく首を横に振る。

「……分からない、分からない……！　君が言うことは何ひとつ分からない！　頼むから僕に分かる言葉で喋《しゃべ》ってくれ……！」

「いいや、あなたには分かっている！　心の底では望んですらいる！　……ただ、認められていないだけだ。かつて火にくべたものが他に代えられない絶対の価値を持っていた、その事実を頑《かたく》なに受け入れていないだけだ。捧《ささ》げた命を顧みず、その犠牲の全てに揺るぎない意味があったのだと成果で示す──それが魔法使いの生き方だと教わったから」

セヴェロの筆が描き出す猛烈な吹雪を四発目の呪文が押し返す。すでに防護膜は失われ、ゴッドフレイの右腕はぶすぶすと焼け焦げつつある。が、その苦痛の一切を顔に表さぬまま、ただ彼はまっすぐ相手を見つめて言い続ける。

「もう一度言う、胸の空白をなぞれ。……そこにあったはずだ。何の意味もなくとも、傍目《はため》にはどれほど他愛なくとも。魔道の物差しにおいては一笑に伏されようとも──あなた自身にだけは決して否定し得ない輝きが」

一日一枚、彼女を描き続けなさい。まだ幼い彼に、母はそう命じた。

初め、セヴェロは首をかしげた。使用人に雇った普通人の少女ひとりを、そんなにもモチーフとして重視する意味があるのかと。その時間を他の技術の習得に充《あ》てるべきではないかと。だが、やがて理解した。使用人ではなく、それは教材だった。三年後に病で息絶えることが約束された少女──その終わりまでの道程を細かに記録し、生と死を目に焼き付けるための。

「──ねぇセヴェロ。わたしにはね、魔法使いって、とても可哀《かわい》そうな存在に思えるの」

だから、セヴェロは描き続ける。日毎《ひごと》にこけていく頬を、乾いていく肌を。あんなにも元気に跳ね回っていたのに、今はもうベッドの上から動くことも出来なくなったその姿を。

「魔道の探求のために、あなたたちは倫理も道徳も踏みつけにして進まなきゃいけない。大切なものを薪にして火にくべなきゃならない。だから何もあなたたちの心を守らない。まるで吹きさらしの荒野に裸で佇《たたず》んでいるみたいに」

セヴェロは憶《おぼ》えている。少女がその短い生涯で示した全ての感情と意思を。

「そういう時、普通人なら神を創るわ。無の中に救済を思い描いて心の支えにする。……その営みに代わるものが、あなたたちにも要ると思うの。でないとあなたたちは——自分の形すら見失ってしまう」

少女の顔に微笑《ほほえ》みが浮かぶ。まだ元気だった頃と、それだけは残酷なほど変わらぬ優しさを宿して。

「いつか、そんな絵を描いて。ねぇセヴェロ、約束よ——」

「——絵を、描いたんだ」

セヴェロがぽつりと呟《つぶや》く。長らく堰《せ》き止《と》めていた涙が、ぽろぽろと頬を流れ落ちる。

「たくさん描いたよ。すごい絵を、誰も見たことのない絵を、魔道のずっと先に繋《つな》がる絵を。

……だって、そうじゃないとおかしいじゃないか。君の血で描いた絵が、君に代わる価値を持たないなんて……そんなこと、あっていいわけがないよ。もしそうなら、君は何のために死んだんだい。その犠牲に、僕は何をもって報いればいい――」

嗚咽《おえつ》と共に訴える。前線からやや離れた場所に浮かんでいた少女の絵が、そこでゴッドフレイの隣にすぅと進み出る。

「……例えば、ね」

そうして語りかける。目の前の絵描きに対して、この世で唯一、彼女だけが差し出せる言葉を。

「……今この瞬間、あっけなく世界が滅んで。魔法使い《あなたたち》の営み、魔道の探求に捧《ささ》げたその歴史の全てが、ひとつ残らず徒労に終わったとしても」

それは、余りにも残酷な仮定。多くの犠牲が報われぬまま終わりを迎えてしまう悲しい未来。だが――それを踏まえた上で、ひとつの揺るぎもなく少女は告げる。

「あなたと過ごした時間は、ずっとここにある。……意味なんてひとつもなくていい。ここにあるのよ、セヴェロ」

絵の中の少女が胸に手を当てる。その瞬間に杖筆を取り落とし、セヴェロは両手で頭を抱え込んだ。

「……ぅ――ぁ――あああああ……！」

絵画世界が揺れ動く。主の心象の揺らぎがこの空間の秩序そのものに綻びを生んでいる。このままでは全てを巻き込んでの崩壊が待つだけ——そう悟ったところで、少女はひとつの言葉を舌に載せた。

「——焼いて。ゴッドフレイ君」

「何？」

「全て焼いて。キャンバスに余計なものが多すぎる」

ゴッドフレイが耳を疑った。だが、それだけが残された道であることも同時に悟っていた。その背中を押すように少女が続ける。

「浄《きよ》めるのよ。一度何もなくなれば、彼の目に映るわ。——本当に描くべきものが」

ただ白いキャンバスを用意して欲しいのだと彼女は言った。その純粋な願いを前に、ゴッドフレイが静かに頷《うなず》く。

「承知した。……俺が焼き尽くされる前に出来れば、だが」

そうしてゴッドフレイが杖剣《じょうけん》を構える。すでに四発の呪文を撃って黒く焦げたその腕を横目に、彼がやろうとしていることを察したレセディが目を見開く。

「まさか——二節を使う気か⁉ 放った瞬間に灰になるぞ！」

「収束魔法の要領でいく。制御を手伝ってくれ、レセディ」

求められたレセディが苦渋の極みといった表情で横に並ぶ。ゴッドフレイの腕に添えて自分の杖《つえ》を構えながら、彼女は先回りして言い置く。

「私の得手ではない……！　一緒に消し炭になっても文句は言うな！」

「その時は詫《わ》びる。……それから、礼を言うよ」

微笑《ほほえ》みと共にゴッドフレイが言った。それで最後の覚悟が決まり、レセディは落ち着いた声で言葉を足した。

「気休めにひとつ注文だ。……火炎呪文《フランマ》ではなく火葬呪文《イグニス》を使え」

「む？」

「お前にはそちらのほうが合っている。根拠は訊《き》くな。ただの直感だ」

命を懸けるには余りにも乱暴な提案。だが、そんなものはここに来ている時点で今更だ。信を置く仲間の言葉に、ゴッドフレイがまっすぐ頷《うなず》く。

「……分かった。何となくだが、俺もそんな気がする」

意識を整えて大きく息を吸い込み、そうして彼は呪文を唱えた。

「――**抱け炎よ《エンフオルド》　包み弔え《イグニス》！**」

たちまち体内を荒れ狂う膨大な魔力。それを束ねて制御しつつ、杖《つえ》から炎の形で現象させる。全ては到底扱い切れず、零《こぼ》れ出た炎がじりじりと腕を焼き始める。

「……ぐっ……！」

「集中しろ！　絶対に意念《イメージ》を手放すなッ！」

レセディが檄《げき》を飛ばして集中を保たせる。それでも足りず、やがて漏れ出した炎が彼女の腕を包み始める。

「……クソ……抑えきれん……！」

「離れろ、レセディ！　今ならまだ――」

「黙れ馬鹿が！　焼け死ぬ前に頭をカチ割られたいか⁉」

頑として拒んだレセディが鬼気迫る顔で制御に全霊を注ぐ。薄れていく腕の感覚にゴッドフレイが死を間近に感じた瞬間、その視界にもう一本の杖《つえ》が並ぶ。

「……戯《たわ》け共が。どこまで私の手を煩わせるつもりだ」

「――⁉」「エチェバルリア⁉」

「手綱はこちらで握ってやる！　下手な加減はやめて火力馬鹿らしく全力を出せ！　もとより貴様の能と言えばそれくらいだろう！」

そう罵倒して制御に加わる。溢《あふ》れ出《で》ていた炎が強力な方向付けによって引き絞られ、三人分の魔力によって出力をさらに増す。

「――ああ。まったくその通りだ」

同意したゴッドフレイが無用となった加減を捨てる。彼の存在より放たれる炎が、崩れかけた世界の全てを包んでいく。

「――あ――」

セヴェロの存在がその内に浮かぶ。行き先を失った意識のまま、彼は呆然《ぼうぜん》と呟《つぶや》く。

「……焼けていく……何もかも……炎に呑《の》まれて……」

そう口にしながら不思議に思う。ゴッドフレイたちが通り抜けてきた八大地獄の中にも焦熱はある。それはひたすらに罪人を苦しめるための場だ。しかし、ここにそのような苦しみはない。清浄な炎に包まれながら、それに身を委ねて全身を焼かれながら――セヴェロは今、かつてないほどに安らいでいる。

「……苦しくない……？　……どうして……この炎は……」

「あなたの重荷を焼いてくれているからよ」

隣に浮かぶ絵の少女がそう語る。その絵もすでに額縁から炎に包まれつつある。懐《なつ》かしい面影を見つめて、セヴェロは泣きそうな顔で詫《わ》びる。

「ファニタ……。……ごめんよ……僕は結局、君に何も……」

「謝ってる暇も理由もないわ。さぁ、筆を執って」

言葉に被《かぶ》せて少女が相手を促す。もう悩むことは何もないと暗に告げている。彼が探して求めていたものは、今まさに目の前にあるのだからと。

「見えるでしょう？　……これがあなたの描きたかったもの。魔法使いのあらゆる業を焼き浄《きよ》め、その奥に埋もれた人間性を呼び覚ます優しき炎の揺り籠。

もう泣かないで。罰を求めないで。あなたたちの救いはいつだってここにある」

そう言われて初めて腑《ふ》に落ちる。……生者への戒めではなく、ただ罪深き死者たちのためだけに在る地獄。そこに苦痛は要らない。そんなものは魔法使いなら生きている間に味わい尽くす。だから――施されるのはただ、悲傷に染まった魂への禊《みそぎ》なのだと。

「……煉獄《パーガトリー》……。……ああ、そうだ……これが……」

それは、普通人たちの宗教に語られる概念。地獄と天国の中間に位置し、その炎に浄《きよ》められた魂はやがて救済へ至るという。知識としては彼も知っていた。だが、想像することが出来なかった。罰としての炎は思い描けても、救いの炎というものがどうしても思い描けなかった。

だが――今、それは目の前にある。傷付き切った魂を包み込む優しい炎が。

右手が自然と絵筆を握る。尽きせぬ情熱がそこに宿る。自分を最後にここへ導いてくれた全ての因果への感謝と共に、彼はそれを揺るぎなく形に遺《のこ》す。

「……なんて、温かい――」

全てが炎の内に終わり。そうして彼らは、完結した絵の中から自然と押し出された。

「――ハアッ……！」

我に返ったゴッドフレイが杖剣《じょうけん》を握ったまま立ち尽くす。魔力を使い切った体から放たれる炎はすでになく、気付けば彼は見知らぬ部屋の中にいる。左右にはレオンシオとレセディが同じ忘我の表情で立ち、やや離れた位置ではカルロスが呆然《ぼうぜん》と周りを見回している。その足元に、ティムとオフィーリアを含む大勢の下級生たちの姿もあった。

「……ここ、は……」

「彼のアトリエよ。……ありがとう。セヴェロに、絵を描かせてくれて……」

弱々しい声にゴッドフレイが振り向く。彼らが出てきたと思《おぼ》しき絵画がそこにあり、声はその中から切れ切れに響いている。画面に顔を寄せてゴッドフレイがそれを耳で拾う。

「……攫《さら》われた子たちは、みんな解放されたわ。全員そこにいる……」

「ああ、そのようだ。……Mr《ミスター》. エスコバルは？」

「……セヴェロは……もう絵に融《と》けてしまっているの……。……でも、気にしないで……彼も本当に……感謝しているから……」

偽らざる喜びが伝わる。声が小さく遠ざかる中、最後のメッセージがそこに込められる。

「……わたしも一緒に融《と》ける。……最後のお願い……この絵を持って……校舎に……」

それを最後に声が途切れる。長い間を置いてゴッドフレイが立ち上がり、その背中にカルロスが語りかける。

「……終わったのね。もう経路《パス》は繋《つな》がってない」

「……これが彼の絶筆というわけか。地獄絵にしては、どこか明るい……」

残された絵を眺めてゴッドフレイがそう呟《つぶや》く。そこにあるのは、暖色の炎に全身を抱かれながら、むしろ穏やかな面持ちで目を閉じる人々の姿。絵に明るくない彼にも感じ取れた。ひとりの魔法画家が最期《さいご》に辿《たど》り着《つ》いた、それが魔法使いにとっての救済のカタチなのだと。

しばらくそこに視線を重ねていたレセディが、いち早く意識を現実に戻して動き始める、

「ここに脅威はないようだな。全員の目を覚まさせて、さっさと図書館のほうへ向かうぞ。……地獄巡りは一生分済ませた。これ以上はびたいち受け付けん」

もう懲り懲りとばかりに言ってティムの体を担《かつ》ぎ上《あ》げる。弱々しい声で文句を付ける後輩の姿を横目に微笑《ほほえ》むゴッドフレイだが、そこでやや離れた位置で自分に背を向けて立つレオンシオの姿に気付く。

「エチェバルリア？　君、火傷《やけど》は――」

「近寄るなッ！」

歩み寄ろうとした足取りが強い声で止められる。そこから一拍置いて、レオンシオは彼に背を向けたまま言葉を続ける。

「大した負傷はしていない。いいから自分たちの面倒を見ていろ」

「……ああ。分かった」

校舎に戻れば敵同士の立場だと分かっているが故に、ゴッドフレイも強いて食い下がることはしなかった。オフィーリアへの治癒を始めたカルロスのほうへ歩いていく彼の気配を背中に、レオンシオはこぶしを握りしめて独り言ちる。

「……なんだ、これは。……なぜ私は、泣いている……？」

自らも理解できない感情を胸に渦巻かせながらそう呟《つぶや》き、彼はそこから憎々しげに自らの股《また》座《ぐら》を見下ろす。ズボンの布を内側から押し上げて屹立《きつりつ》した、規格外のその一物を。

「……お前も……なぜ勃っている……！」

エピローグ

　取り戻した下級生たちを連れてアトリエを出、第四層の読書スペースに辿《たど》り着《つ》いたところで、すでに到着していた上級生の捜索隊によって彼らは無事に救助された。セヴェロの遺作である絵画を抱えて戻ったゴッドフレイの姿を、校舎の生徒たちは大きな驚きをもって見つめた。

　彼らの報告をもとに、その翌日には事態の収拾宣言が出され。封印されていた絵画も全て元通りに飾り直されたところで、キンバリーの校舎は、普段のやや物騒な喧騒《けんそう》を取り戻した。

「──せーんぱい！」

　絵の前に独り立っていたゴッドフレイの腕にティムが後ろから飛び付く。満身創痍《そうい》の状態から早くもすっかり万全の状態を取り戻した後輩の姿に、ゴッドフレイは思わず口元を緩める。

「ティムか。……体の調子はどうだ？　傷は深くなかったが……」

「見りゃ分かるでしょ、もう絶好調ですよ！　むしろ先輩が来てくれた時点で精神的には全快してましたけどね！　身体《からだ》のほうが根性なしだから動きませんで！」

「アナタは本当に動きかねないから怖いわね……。なるべく身体《からだ》のほうに合わせてちょうだい」

　後ろから追ってきたカルロスが苦笑して言う。レセディとオフィーリアもそこに並んでいた。

顔ぶれの揃《そろ》った自警団の面々に向き直り、ゴッドフレイは改まった口調で語りかける。

「レセディ、カルロス、オフィーリア君。……改めて、今回は本当に苦労をかけた。仲間を命の危険に晒《さら》したこと、リーダーとして悔悟の念に尽きない」

「先輩、そんな――」

「無意味な反省はやめろ。どうせ今後も同じ真似《まね》を繰り返すくせに」

レセディが無情に切って捨てる。それを聞いたゴッドフレイが苦笑を浮かべる。

「……返す言葉もない。もちろん、今回の出来事を教訓にリスクの回避は心掛ける。が、おそらく本質的にはレセディの言う通り――助けを求める者がある限り、俺はこの先もそこへ飛び込み続けるだろう。……Mr《ミスター》.エスコバルにとっての絵画がそうであったように、それが俺の魔法使いとしての業だ」

自分自身を理解した上でゴッドフレイがそう告げる。再び仲間たちを見やり、彼は言う。

「だが、そんな無謀に他人を巻き込むつもりはない。……この先は俺ひとりでやる。自警団は今日限り――」

言いかけた男の鳩尾《みぞおち》をこぶしが貫く。迷わず踏み込んで放ったレセディのその一撃に、ゴッドフレイが絶息して目を見開く。

「……がはっ……！」

「いいのが入ったな。喜べ、それで今回の分はチャラにしてやる」

そう言ってこぶしを引き、レセディは相手をじろりと睨《にら》む。他の誰も今回ばかりはそれを咎《とが》めない。代わりにオフィーリアが踏み出し、静かに口を開く。

「……絵の中にいる間、一度も疑いませんでした。先輩とカルロスが、わたしたちを助けに来てくれること……」

「オフィーリア君……」

「……魔に呑《の》まれたMr《ミスター》．エスコバルが先輩を求めた理由──わたしにも何となく分かります。……キンバリーは寒いんです。でも、あなたの周りだけは違う。ここは、温かい……」

そう言ってゴッドフレイの手を両手で包み、オフィーリアは相手の目を見つめる。以前から抱いていた、しかし今回でさらに輪郭を確かにした気持ち。それを伝えるために。

「……傍《そば》にいさせてください。そう簡単に死んだりしません。わたしも、もっと強く──」

「心配無用ですって先輩！　次は僕ひとりでパパッとミナゴロシですから！」

その最中に、まったく空気を読まずティムが割って入る。オフィーリアが顔を引《ひ》き攣《つ》らせて彼に向き直る。

「……ねぇ、ティム。わたし今、大事なことを言ってたわよね……？」

「同じ内容は手ェ握らなくても言えただろーが。ったく油断も隙もねぇ。ほら先輩、口直しに僕の乳揉《も》んでいいですよ」

「変化で作った偽乳《にせ》で何が口直しよ！　やり直すからその場所を返しなさい！」

ぎゃあぎゃあと言い争いながら一年生ふたりで取っ組み合う。その光景を眺めながら、ゴッドフレイが呆然《ぼうぜん》と彼らへ問いかける。

「……本当に、いいのか？　これからも付き合ってもらって……」

「馬鹿な選択かもね。けど──ひとつだけ言えるわ。この中の誰も、それを後悔しない」

カルロスが微笑《ほほえ》んで言い切る。その顔を見た瞬間にゴッドフレイの中で最後の引っ掛かりが消えた。痛みを押して胸を張り、ゴッドフレイは精いっぱいの頼もしさで仲間たちに向き直る。

「……ありがとう。君たちの命……引き続き、俺が預かる」

そう告げて目を伏せる。と──そんな彼らのもとに、廊下を歩いてふたり組の生徒がやって来る。

「──おっ、馬鹿の一団じゃない。また記録を更新したんだって？　おめでとー」

「セ、先輩。も──もう少し言い方を……カ、変えたほうが、いいと思うな。僕は」

気さくながらも剣呑《けんのん》な空気を漂わせた三年生の女生徒と、呪者に特有の陰鬱な気配をまとった二年生の男子生徒。憶《おぼ》えがありすぎるその組み合わせに、自警団の面々が一斉に身構える。

「『血塗れ《ブラッディ》』カーリー……！」「貴様、何の用だ⁉」

「あー、慌てない慌てない。今日は別に喧嘩《けんか》のお誘いじゃないから。先輩の成果を見学に来ただけ。あんたらだってそうでしょ？」

ひらひらと手を振ってそう言いつつ、五人の前を平然と通り過ぎて絵の前に立つ。後輩と並んでそれを見つめながら、カーリーがふと口を開く。

「あー……なるほどね……。……確かに、こりゃすごい」

そう言いながら天井を仰いで目頭を押さえる。隣の後輩が無言で差し出したハンカチを受け取るなり、彼女は臆面もなくそれで鼻をかんでみせる。

「……鼻の奥にツンと来るわ。ったく、いいもん描くじゃない……」

「オ、驚き、だな。先輩に、そ……そんな繊細な感性が、あったなんて」

「いい度胸だなロベールぅ。お前は先輩をどういう人間だと思ってんのかなー？」

茶化した後輩の頭を鷲掴《わしづか》みにするカーリー。そこにレセディがふと問いを挟む。

「……私自身も感じ入るところはあるが。より具体的に、この絵はどのような意味を持つのだ？　我々が魔道を先に進む上で……」

「さぁ？　私も詳しくないけど、哲学なんかと同じで、未現実主義《ポストリアリズム》の絵画ってそういう即物的なもんじゃないでしょ。分かるのは見た者の心象に少なからず影響を与えるってことで、それがどういう意味を持つのかまでは知らない。下手すりゃ分かるのは何百年も先かもね」

あっけらかんとカーリーが答え、やがて口元を引き結んで絵から視線を引き剝がす。

「……あーダメだ、長く見てると干乾《から》びそう。名残惜しいけど引き上げるわ。

そんじゃまたね、〈煉獄《れんごく》〉」

そんな言葉と共に後輩を引っ張り、ゴッドフレイの肩を叩《たた》いて去っていこうとする。一拍置いて妙に思ったゴッドフレイが、カーリーの背中へ声をかける。

「……今のは、俺のことですか？」

「そのつもりよ。その絵のタイトルが『煉獄《れんごく》』で、それをMr《ミスター》．エスコバルに描かせて持ち帰ったのがあんた。だったらあんたも〈煉獄《れんごく》〉でいいじゃない。誰が言い出したかなんて知らないけど、上級生はもうみんなそう呼んでるわよ」

事も無げなカーリーの言葉にゴッドフレイが困惑する。その顔をいたずらっぽく横目で見つつ、不敵に口元で笑って彼女は続ける。

「二年で『お迎え』をやってのける馬鹿はそういない。その馬鹿の今後にも期待するわ。だから、これは激励じゃなくて命令。——簡単に死ぬなよ、後輩」

そう言い残して相方と共に廊下を去っていく。ゴッドフレイが思わず額を抱えて仰《の》け反《ぞ》る。

「……とんだ異名を付けられた……」

「まったくだ。……が、通りは抜群だぞ。この絵は生徒のほぼ全員が見るのだから」

レセディが隣で薄く笑って言う。絵へと視線を戻しながら、カルロスがそこに言葉を添える。

「これが始まりかもしれないわね。アナタの伝説の——」

彼のふたつ目の予言だった。はたして数年後の未来から振り返った時、彼らは思い知る。

——疑問の余地なく、それが当たっていたことを。


〈了〉

あとがき

かくして灼熱《しゃくねつ》の日々は幕を開けた。――こんにちは、宇野朴人《うのぼくと》です。

名門キンバリーの歴史は長く、どこを紐解《ひもと》いても波乱に富んでいます。わけてもオリバー＝ホーンやナナオ＝ヒビヤが入学する直前に起こった変化は大きく、それがなければ彼らの過ごし方も違っていたことでしょう。アルヴィン＝ゴッドフレイの「前《ビフォーア》」と「後《アフター》」で、ここは大きく様変わりしているのです。

後の生徒会の前身となるゴッドフレイ一味の自警団。いくつかの出来事を経て校内に存在を示しながらも、彼らは未《ま》だ弱小の団体に過ぎません。味方が増えるほど敵もまた増えていき、それはやがてこの時期のキンバリーにおける主流《メインストリーム》への挑戦へと繋《つな》がっていきます。必然、今回に輪を掛けた苦難、輪をかけた強敵が、彼らの今後にはいくらでも控えていることでしょう。多くの出会いと離別《わかれ》も。

彼らの冒険は始まったばかりです。では――次なる煉獄《れんごく》で、また。

◉宇野朴人著作リスト

「神と奴隷の誕生構文《シンタックス》I〜III」(電撃文庫)
「ねじ巻き精霊戦記　天鏡のアルデラミンI〜XIV」(同)
「七つの魔剣が支配するI〜XI」(同)
「七つの魔剣が支配する　Side of Fire　煉獄の記」(同)
「スメラギガタリ壱・弐」(メディアワークス文庫)

本書に対するご意見、ご感想をお寄せください。

ファンレターあて先
〒 102-8177　東京都千代田区富士見 2-13-3
電撃文庫編集部
「宇野朴人先生」係
「ミユキルリア先生」係

本書は書き下ろしです。

電撃文庫

七《なな》つの魔剣《まけん》が支配《しはい》する Side of Fire
煉獄《れんごく》の記《き》

宇野朴人《うのぼくと》

2023年3月10日　初版発行

発行者　山下直久
発行　株式会社KADOKAWA
〒102-8177　東京都千代田区富士見2-13-3
0570-002-301（ナビダイヤル）
装丁者　荻窪裕司（META＋MANIERA）
印刷　株式会社暁印刷
製本　株式会社暁印刷

ISBN978-4-04-914935-7　C0193　Printed in Japan

電撃文庫　https://dengekibunko.jp/

電撃文庫創刊に際して

文庫は、我が国にとどまらず、世界の書籍の流れのなかで〝小さな巨人〟としての地位を築いてきた。古今東西の名著を、廉価で手に入りやすい形で提供してきたからこそ、人は文庫を自分の師として、また青春の想い出として、語りついできたのである。

その源を、文化的にはドイツのレクラム文庫に求めるにせよ、規模の上でイギリスのペンギンブックスに求めるにせよ、いま文庫は知識人の層の多様化に従って、ますますその意義を大きくしていると言ってよい。

文庫出版の意味するものは、激動の現代のみならず将来にわたって、大きくなることはあっても、小さくなることはないだろう。

「電撃文庫」は、そのように多様化した対象に応え、歴史に耐えうる作品を収録するのはもちろん、新しい世紀を迎えるにあたって、既成の枠をこえる新鮮で強烈なアイ・オープナーたりたい。

その特異さ故に、この存在は、かつて文庫がはじめて出版世界に登場したときと、同じ戸惑いを読書人に与えるかもしれない。

しかし、〈Changing Times,Changing Publishing〉時代は変わって、出版も変わる。時を重ねるなかで、精神の糧として、心の一隅を占めるものとして、次なる文化の担い手の若者たちに確かな評価を得られると信じて、ここに「電撃文庫」を出版する。

1993年6月10日
角川歴彦

電撃文庫DIGEST　3月の新刊

発売日2023年3月10日

第29回電撃小説大賞《金賞》受賞作

新作
ミリは猫の瞳のなかに住んでいる

著／四季大雅　イラスト／一色

猫の瞳を通じて出会った少女・ミリから告げられた未来は探偵になって『運命』を変えること。演劇部で起こる連続殺人、死者からの手紙、ミリの言葉の真相——そして嘘。過去と未来と現在が猫の瞳を通じて交錯する！

七つの魔剣が支配するXI

著／宇野朴人　イラスト／ミユキルリア

四年生への進級を控えた長期休暇、オリバーたちは故郷への帰省旅行へと出発した。船旅で旅情を味わい、絆を深め、その傍らで誰もが思う。これがキンバリーの外で穏やかに過ごす最後の時間になるかもしれないと——。

七つの魔剣が支配する Side of Fire 煉獄の記

著／宇野朴人　イラスト／ミユキルリア

オリバーたちが入学する五年前——実家で落ちこぼれと蔑まれた少年ゴッドフレイは、ダメ元で受験した名門魔法学校に思いがけず合格する。訳も分からぬまま、彼は「魔法使いの地獄」キンバリーへと足を踏み入れる——。

新作
とある暗部の少女共棲《アイテム》

著／鎌池和馬
キャラクターデザイン・イラスト／ニリツ
キャラクターデザイン／はいむらきよたか

学園都市の『暗部』に生きる四人の少女、麦野沈利、滝壺理后、フレンダ＝セイヴェルン、絹旗最愛。彼女たちがどのようにして『アイテム』となったのか、新たな『とある』シリーズが幕を開ける。

ソードアート・オンライン　オルタナティブ
ガンゲイル・オンラインXIII
—フィフス・スクワッド・ジャム〈下〉—

著／時雨沢恵一　イラスト／黒星紅白　原案・監修／川原 礫

1億クレジットの賞金がレンに懸けられた第五回スクワッド・ジャム。ついに仲間と合流したレンだったが、シャーリーの凶弾によりピトフーイが命を落とす。そして最後の特殊ルールが試合にさらなる波乱を巻き起こす。

恋は双子で割り切れない5

著／高村資本　イラスト／あるみっく

ようやく自分の割り切れない気持ちに答えを出した純。琉実と那織とのダブルデートの中でその想いを伝えた時、一つの初恋が終わり、一つの初恋が結ばれる。幼馴染として育った三人が迷いながらも選び取った関係は？

怪物中毒2

著／三河ごーすと　イラスト／美和野らぐ

《官製スラム》に解き放たれた理外の《怪物サプリ》。吸血鬼の零士と人狼の月はその行方を追う——その先に最悪の悲劇が待っていることを、彼らはまだ知らない。過剰摂取禁物のダークヒーロー譚、第二夜！

友達の後ろで君とこっそり手を繋ぐ。誰にも言えない恋をする。3

著／真代屋秀晃　イラスト／みすみ

罪悪感に苛まれながらも、純也と秘密の恋愛関係を結んでしまった夜瑠。友情と恋心が交錯し、疑心暗鬼になる新太郎と青嵐と火乃子。すべてが破局に向かおうとする中、ただ一人純也だけは元の関係に戻ろうと抗うが……

新作
わたしの百合も、営業だと思った？

著／アサクラネル　イラスト／千種みのり

最推しアイドル・かりんの「卒業」を半年も引きずる声優・すずね。そんな彼女の事務所に新人声優として現れたのは、かりん、その人だった！　売れっ子先輩声優×元アイドル後輩声優によるガールズラブコメ開幕!!

新作
魔王城、空き部屋あります！

著／仁木克人　イラスト／堀部健和

魔王と勇者と魔王城、時空の歪みによって飛ばされた先は——現代・豊洲のど真ん中！　元の世界に戻る作戦は「魔王城のマンション経営」!?　住民の豊かな暮らしのため（？）魔王が奮闘する不動産コメディ開幕！

新作
魔女のふろーらいふ

著／天乃聖樹　イラスト／今井翔太（Hellarts）
原案／岩野弘明（アカツキゲームス）

温泉が大好きな少女ゆのかが出会ったのは、記憶を失くした異世界の魔女？　記憶の手がかりを探しながら、温泉を巡りほのぼの異世界交流。これはマイペースなゆのかと、異世界の魔女サピによる、お風呂と癒しの物語。

レプリカだって、恋をする。
Even a replica falls in love
榛名丼
[イラスト]
raemz
16歳、夏。はじめての、青春。
愛川素直という少女の
身代わりとして働く
分身体《レプリカ》、それが私。
本体のために生きるのが
使命……なのに、
恋をしてしまったんだ。
海沿いの街で
巻き起こる
ちょっぴり不思議な
青春ラブストーリー。
応募総数
4,128作品の
頂点
第29回
電撃小説大賞
大賞
受賞作
電撃文庫

クセつよ異種族で行列ができる結婚相談所
～看板ネコ娘はカワイイだけじゃ務まらない～
五月雨きょうすけ
ill. 猫屋敷ぷしお
見習い秘書係のネコ娘、今日も頑張っています!
第29回 電撃小説大賞受賞作
電撃文庫
特設サイトをcheck!!
STORY
訪れるのはワケあり相談者ばかり?
異種族同士の婚活って大変なんです!
ドタバタ婚活ファンタジー、はじまります!!
電撃文庫

第29回
電撃小説大賞受賞作
電撃文庫
僕が君と別れ、君は僕と出会い、
舞台《ものがたり》は始まる。
四季大雅
［イラスト］一色
TAIGA SHIKI
Illust: ISSHIKI
ミリは猫の瞳のなかに住んでいる
MILI LIVES IN THE CAT'S EYES
STORY
猫の瞳を通じて出会った少女・ミリから告げられた未来は、
探偵になって『運命』を変えること。
演劇部で起こる連続殺人、死者からの手紙、
ミリの言葉の真相——そして嘘。
過去と未来と現在が猫の瞳を通じて交錯する！
豪華PVや
コラボ情報は
特設サイトでCheck!!
電撃文庫